U0366400

保罗·奥斯特

PAUL AUSTER, 1947—2024

这位魅力十足的作家
从他所居住的行政区汲取灵感
创作了《纽约三部曲》等广受好评的作品
赢得了全世界的赞誉

With critically lauded works like *The New York Trilogy*，the charismatic author drew inspiration from his adopted borough and won worldwide acclaim.

上海立信会计金融学院"序伦财经文库学术专著"

Space Writing in Paul Auster's Novels

保罗·奥斯特
小说中的空间书写

高莉敏 著

上海交通大学出版社
SHANGHAI JIAO TONG UNIVERSITY PRESS

内容提要

　　本书较为全面地论述了美国犹太作家保罗·奥斯特的创作思想和方法,通过分析奥斯特小说中的空间,指出其笔下的空间突破了传统的地理位置的含义,是场所与空间状态的双重结合,既指代特定的地点与建筑意象,也强调美国犹太人的行为活动,表现出美国犹太属性。奥斯特笔下空间的这一属性不仅反映了第三代美国犹太作家与前两代美国犹太作家创作的不同之处,还揭示了"犹太性"在当代美国犹太文学中的意义。

　　本书适合文学批评家、犹太文学研究学者及高校相关专业师生参考使用。

图书在版编目(CIP)数据

　　保罗·奥斯特小说中的空间书写 / 高莉敏著.

上海：上海交通大学出版社,2024.12. -- ISBN 978-7-313-32010-0

Ⅰ. I712.074

中国国家版本馆 CIP 数据核字第 2024ZQ8840 号

保罗·奥斯特小说中的空间书写

BAOLUO·AOSITE XIAOSHUO ZHONG DE KONGJIAN SHUXIE

著　　者：高莉敏	
出版发行：上海交通大学出版社	地　　址：上海市番禺路 951 号
邮政编码：200030	电　　话：021 - 64071208
印　　刷：上海景条印刷有限公司	经　　销：全国新华书店
开　　本：710mm×1000mm　1/16	印　　张：12.25
字　　数：207 千字	
版　　次：2024 年 12 月第 1 版	印　　次：2024 年 12 月第 1 次印刷
书　　号：ISBN 978 - 7 - 313 - 32010 - 0	
定　　价：68.00 元	

版权所有　侵权必究

告 读 者：如发现本书有印装质量问题请与印刷厂质量科联系

联系电话：021 - 59815621

保罗·奥斯特：
一位讲究空间叙事且晦涩隐忍的美国犹太作家
（代序）

　　高莉敏博士的这部《保罗·奥斯特小说中的空间书写》以近乎"十年磨一剑"的功夫写成的专著，终于要出版了。这是国内美国犹太文学研究领域里的一件大事，可喜可贺！

　　就我有限的阅读所知，高莉敏博士的这部学术专著，是国内第一部较为全面论述保罗·奥斯特的创作思想与创作方法的学术专著。其中既有文本细读与解析，也有理论运用和构建，可谓作家研究中较为完美的一部论著。这部著作是高莉敏博士在修改扩充其博士论文的基础上完成的。应高莉敏博士要求，我欣然为这部专著作序。

　　保罗·奥斯特无疑是重要的。他的重要性还不是一本书就能说清楚的，也不是数年间就能参悟透的。这位令人瞩目的当代美国犹太作家，从犹太文化切入，又从犹太文化走出来，细细描摹了美国大城市，特别是纽约这座城市中被神秘莫测、诡谲氛围缠绕的景象。

　　从这个角度讲，空间叙事是其创作的重要标识之一。综观国内外的奥斯特研究，大多数评论没有将他作品中的空间问题与其自身的美国犹太背景，以及相关的历史、宗教和文化因素结合起来进行考察，也没有关注体现在他作品中的美国犹太情感如何随着空间的变化而变化。

　　高莉敏博士的专著以此为突破口，在空间等理论的观照下，运用跨学科的研究方法，通过细致的文本分析与阐释，探讨奥斯特小说中的空间与美国犹太书写之间的关联。她把理论诠释与文本细读紧密结合起来，在厘清奥斯特小说中空间类型的同时，解读其内涵，并揭示其属性。在分析与论证的过程中，高莉敏博士以个体研究为基础，兼顾整体规律与趋势，即一方面考察单个作品中空间意象与美国犹太书写之间的关联，另一方面把它们作为一个整体来进行探讨，做到观照个体、统筹整体，从宏观和微观两个方面来把握奥斯特作品中的空间与美国犹太书写之间的关系。这一专著的出版将为其他族裔文学研究提供借鉴。

高莉敏在入校读博时，对美国犹太文学所知不多。不过，随着时间的推移和她的个人努力，她很快就较好地把握了美国犹太文学的整体状况，并在此基础上选择将保罗·奥斯特作为自己读博期间的研究对象。彼时，国内在空间叙事研究方面的成果还不多，外文资料也不易找到。高莉敏既要熟读奥斯特那些颇有些晦涩的作品，又要钻研尚且应用不多的空间叙事理论，而且还要磨炼自己的语言表达，其艰苦和难度可谓不小。作为她的导师，我深感欣慰和自豪，相信她能"百尺竿头，更进一步"，写出更多有关奥斯特的文章和专著。

奥斯特是一位深奥的美国犹太作家。他不同于其他美国犹太作家，而是对犹太宗教、文化有着深厚情感但其遣词造句委婉斟酌、极度隐忍的一位作家。这么说可能会有些夸张：对奥斯特这位美国犹太作家而言，一个没有深厚文学功底和对犹太宗教文化深刻理解的读者，是无法对其创作及其创作思想进行解读和感悟的。

乔国强
2024 年 5 月

前　言

保罗·奥斯特(Paul Auster,1947—2024)是美国当代最著名的犹太作家之一。他对空间的关注由来已久,大致可以分为四个阶段。第一阶段,以成名作《纽约三部曲》为主,聚焦纽约等现实的日常生活空间。第二阶段,以《末世之城》和《偶然之音》为主,关注末世之城、庄园等虚实相间的权力空间。第三阶段,以《海怪》和《在地图结束的地方》为主,解读边界等无形的第三空间——关于差异与身份的新文化政治空间。第四阶段,以《布鲁克林的荒唐事》为主,回到现实的城市空间。奥斯特通过分析这四个阶段的空间,书写了当代美国犹太人的身份追寻、历史记忆、自由幻想、政治主张、边界观和共同体思想,指出空间不仅指代特定的场所与建筑意象,还包括美国犹太人在其中的行为活动,是地理位置和美国犹太人空间状态的双重结合。

奥斯特通过揭示空间的美国犹太属性,表现出第三代美国犹太作家的独特特征,即他们对建立在美国和犹太政治文化共通互补基础上的共同体的向往。这是其与聚焦犹太移民经历的第一代美国犹太作家和关注"同化"问题的第二代美国犹太作家的最大不同之处。这一创作特点表明当代美国犹太人的"犹太性"不能单纯地从犹太文化或宗教角度来考虑,还应包含其美国化的一面,融美国现代性与犹太民族性为一体,表现出混杂的特点。这一认知不仅为当代美国犹太人的身份建构提供参考,还为当代美国社会的跨种族家园形塑提供借鉴,体现了当代美国犹太作家的人文主义思想与关怀。

本专著囊括了从奥斯特早期的成名作《纽约三部曲》(1987)到21世纪

的作品如《布鲁克林的荒唐事》(2005)，几乎所有的获奖作品和代表作，探讨了在这段时间内表现在奥斯特小说中的美国犹太情感如何随着空间的变化而变化。本专著的出版既拓展了美国犹太文学中的核心概念"犹太性"的阐释维度，也为其他族裔文学研究提供了范式借鉴，对于我们理解流散时空背景下世界各族人民面临的文化定位、身份认同和寻找精神栖居家园等问题具有重要的现实意义。

2024 年 3 月

目　录

绪论　保罗·奥斯特与空间理论

保罗·奥斯特(Paul Auster，1947—2024)作为当代一位非常重要的美国犹太作家，以其独特的创作风格在美国文坛独树一帜。这一创作风格具体说来表现在两个方面：一是他对空间叙事技巧的运用，二是他对美国犹太主题思想的表达。基于此，奥斯特在竞争激烈的美国文坛上占了一席之地。细究奥斯特这一创作风格的形成，犹太传统文化的熏陶、美国文明的冲击和法国空间理论的影响是最重要的三个因素。也正因为如此，批评界主要从奥斯特的后现代性、"犹太性"和其作品中的空间问题三个方面展开评论。在这些批评和论述中，既有真知灼见，也有值得商榷的地方。由是观之，把奥斯特作品中的空间问题与其自身的美国犹太背景结合起来考察，是解读其作品的关键。在空间理论的指导下，奥斯特小说中的空间可以划分为现实的日常生活空间、虚实相间的权力空间和无形的第三空间三类。这为之后探讨奥斯特笔下的空间话语与美国犹太书写之间的关联打下了基础。

第一节　关于奥斯特

保罗·奥斯特 1947 年出生于美国新泽西州纽瓦克市的一个犹太裔中产阶级家庭。他的祖父母是奥地利犹太人，20 世纪初移民到美国。他们一共生养了五个孩子，奥斯特的父亲是年龄最小的一个。在奥斯特眼里，他的祖母是这个家族的核心。"她是女家长，绝对的独裁者，是位于宇宙中心的原动力。"①她凶狠、残忍，要求丈夫和孩子们对她绝对忠诚。当她得知丈夫与别的女人关系暧昧时，这个疯狂的红头发小妇人在1919年1月23日射杀了自己的丈夫。这桩混合着丑闻和伤感的案子因为主角是犹太人而闹得沸沸扬扬，奥斯特的祖父也因此成为"第一个被埋葬在基诺沙犹太人公墓的人"②。

　　奥斯特的外祖父是第一次世界大战后从加拿大移民到纽约的犹太人，外祖母则是从俄国移民到美国的犹太人。在奥斯特眼里，外祖父是一个古怪而乐观的人。他是一名业余魔术师，喜欢讲笑话，有许多密友，是派对上的灵魂人物。最重要的是，他与奥斯特一样，都喜欢棒球比赛。在他最后的时光里，奥斯特一直陪伴其左右。奥斯特与外祖父之间的深厚感情可见一斑。

　　奥斯特的父亲是个勤勤恳恳的犹太人，一生都在努力工作。他把一家收音机商店变成一家小型电器店，随后又将其变成一家大型家具店。接着，他开始涉足房地产业。在他生意的巅峰期，他和他的兄弟们拥有近百座房子。奥斯特的父亲渴望成为世界上最富有的人，与此同时，他又十分不愿意花钱。"尽管他甚为富裕，有能力买他想要的东西，但他看起来却像一个穷人，一个刚从农场里出来的乡巴佬。"③奥斯特的父亲对金钱的态度体现了犹太人既追求财富又精打细算的金钱观。但需要注意的是，他虽然渴望金钱，却对租户们心肠很软，表现出犹太人一心向善的本质。比如，他"允许他们迟付租金，送衣服给他们的孩子，帮助他们找工作"④等。因此，租户们信任他，甚至把最值钱的东西交给他保存。在他们心里，奥斯特的父亲是一个善良、仁慈、值得托付的人。

　　在奥斯特的记忆里，父亲是个隐形人。他三十四岁结婚，五十二岁离婚。虽然他不逃避作为丈夫和父亲的责任，却不胜任这两个角色。奥斯特的母亲在蜜月结束之前就对这段婚姻失去了信心，而在她生产奥斯特的过程中，奥斯特的父亲始终没有出现。在奥斯特年幼的时候，父亲总是在他醒来之前就出门上班，在他睡下之后才回家。因此，奥斯特说道："我是我母亲

　　① 保罗·奥斯特：《孤独及其所创造的》，btr译，浙江文艺出版社，2009，第36页。
　　② 保罗·奥斯特：《孤独及其所创造的》，第38页。
　　③ 保罗·奥斯特：《孤独及其所创造的》，第61页。
　　④ 保罗·奥斯特：《孤独及其所创造的》，第63页。

的孩子，我生活在她的轨道里。"①在奥斯特成长的
过程中，他希望得到父亲的关注，但父亲总是表现
得冷漠、心不在焉。"对他而言，我是谁并不取决
于我的所为，而取决于我的身份，而这意味着他对
我的看法不会改变，意味着我们固定在一种无法
改变的关系里，有一堵墙将我们彼此隔开。"②在奥
斯特看来，正是父与子的身份关系决定了父亲扮
演缺席者的角色。巧合的是，他发现他的祖父也
在他父亲的生命中扮演了缺席者的角色。因为当

他的祖母射杀自己的丈夫时，他的父亲只有八岁。
奥斯特借此说明正是"家族的创伤决定了他的父亲无法与他人保持一种亲
密的关系"③。受此影响，奥斯特经常在作品中塑造"缺席的父亲"形象，如
《月宫》(*Moon Palace*，1989)中的祖孙三代都是如此。

　　奥斯特与父亲之间缺乏沟通、交流，不过，从某种程度上说，这种"隔
阂"反倒激励了奥斯特，最终帮助他在文学创作上取得成功。每当奥斯特
在杂志上发表一篇文章后，他总会复印一份给父亲看，然而在父亲看来，
"像《纽约书评》(*The New York Review of Books*)这样的杂志不值得一提，
《评论》(*Commentary*)上的文章却给他留下了深刻的印象"④。奥斯特的
父亲认为只有当犹太人的杂志接纳了儿子的文章，他才算真的成功了。
父亲的这种犹太情结影响并激励了奥斯特，推动他在文学创作上不断
进步。

　　与父亲之间的"隔阂"也促使奥斯特特别重视家庭与友情。当他看到
凡·高(Van Gogh)在一封信中说"和其他所有人一样，我感觉到需要家庭
和友情，需要慈爱和友好的交流。我不是铁石做的，不像消防龙头或者电灯
柱"时，他说"也许这才是真正重要的：直抵人类感情的核心，不管有没有证
据"⑤。奥斯特重视亲情与友情，将其当作情感的核心。从更广泛的意义上

---

①　保罗·奥斯特：《孤独及其所创造的》，第 22 页。

②　保罗·奥斯特：《孤独及其所创造的》，第 25 页。

③　John D. Barbour. *The Value of Solitude*. Charlottesville and London：University of Virginia
Press，2004，p. 187.

④　Paul Auster. *Collected Prose*. London：Faber and Faber，2003，p. 54.

⑤　保罗·奥斯特：《孤独及其所创造的》，第 29 页。

来看,这种亲情与友情不仅指代来自家庭与朋友的感情牵绊,还有来自犹太民族的情感纽带,奥斯特借此抒发了深厚的犹太情感。

奥斯特的犹太情结决定犹太传统必然对其思想与行为产生深刻的影响。在《孤独及其所创造的》(*The Invention of Solitude*,1982)一书中,他以第三人称的口吻回忆自己的犹太童年。他记得因为自己是犹太人而被拒绝在学校演唱圣诞赞美诗,当其他孩子去礼堂排练的时候,他躲在教室后面;当他身穿一套新外衣从希伯莱学校第一天放学回家时,一群穿皮夹克的学长把他推倒在小河里,并叫他"犹太狗屎";小时候观看棒球比赛时,不知为何棒球与他心中的宗教经验纠结在一起,他认为赢得锦标就是进入应许之地;在他还是个小男孩时,他就跟随父亲进了犹太餐厅;在得知大名鼎鼎的托马斯·爱迪生(Thomas Edison)曾经因为父亲是犹太人而辞退他时,他对爱迪生产生了失望之情。① 奥斯特对自己童年的回忆总是与犹太宗教、文化因素纠结在一起的,因此他称自己的童年是"犹太童年"②。即使在长大后,奥斯特对自己的犹太身份依然十分敏感。他逐渐明白"纳粹"的含义,了解了纳粹对犹太人的暴行。他发现即使在美国,犹太人也没有一席之地,他们从未以英雄的形象出现在书本、电影和电视里。虽然"被美国救了,但那不意味着你就可以期望自己在美国受欢迎"③。

犹太人虽然是美国社会的一分子,却被看作局外人,受到美国反犹势力的排挤。面对这一情况,奥斯特从不试图隐瞒自己的犹太身份,反而处处为犹太人发声。在当船员时期,当有人故意用反犹话语激怒他时,他威胁要揍甚至杀死对方;在巴黎留学期间,他认为当法国人称呼犹太人为以色列佬时是在疏离犹太人,是一种反犹主义的表现;在布鲁克林,当他看到有人拿着红白黑纳粹大旗时,他会走上前去,将阿道夫·希特勒(Adolf Hitler)的罪恶连同被他杀害的数百万无辜犹太人告诉对方,让对方丢弃大旗……奥斯特对犹太历史文化的认同和对犹太身份的坚定态度可见一斑。在接受采访时,奥斯特说道:"我不认为自己是一名宗教人士……我感兴趣的是犹太人

---

① 奥斯特的父亲年轻时曾经给爱迪生做过助手,但当爱迪生知道他的犹太身份后就辞退了他。
② 保罗·奥斯特:《孤独及其所创造的》,第130页。
③ 保罗·奥斯特:《内心的报告》,小庄译,人民文学出版社,2017,第65页。

的历史、犹太思想的某些方面。我曾经认真阅读过《旧约》。"①奥斯特在承认自己不是一名宗教人士的同时，强调："犹太教就是我的一切，它孕育了我的成长。我热爱犹太民族的历史，关于其所有的细枝末节。……犹太教……的印记已经烙在了我的身上。"②通过这两次采访，奥斯特既表明了自己世俗犹太人的身份，也说明了犹太历史、宗教、文化对他的巨大影响。因此，在传记里，他以第二人称的口吻对自己的犹太身份做出评价，说"它从一开始就成了你的一部分"③，在确认美国人身份之前，以此来表明对犹太身份的深刻认同。

　　这一影响必然会延伸到奥斯特的文学创作上。《1945年以来的犹太美国文学》(*Jewish American Literature Since 1945：An Introduction*，1999)一书的作者斯蒂芬·韦德(Stephen Wade)在介绍奥斯特时说道："奥斯特试图通过文学创作与家庭影响之间的关系来解释自己的'犹太性'。"④在这里"家庭"已经不仅指代奥斯特成长和生活的犹太小家庭了，还是一个扩大到整个犹太民族范围的概念。奥斯特在犹太民族的历史与文化的孕育和滋养下踏上文学创作的道路并取得成功，而他又通过文学创作表达了自己的"犹太性"。正如亚历卡·瓦尔沃廖(Aliki Varvogli)所说："奥斯特没有把他的文学兴趣与他对历史的追寻分割开来，这种追寻引导他探索犹太文化遗产。"⑤无独有偶，《理解保罗·奥斯特》(*Understanding Paul Auster*，2010)一书的作者詹姆斯·皮科克(James Peacock)认为："奥斯特作品中涉及的所有内容，包括那些毫无意义的死亡，都可以从他的犹太背景中寻求解读。"⑥由此可见，奥斯特的文学创作与犹太传统是密不可分的，它"延续了犹太传统的强大生命力"⑦。正因为如此，奥斯特在他的小说中探讨犹太问

---

① Carsten Springer. *Crises：The Works of Paul Auster*. Frankfurt am Main：Peter Lang，2001，p. 39.

② Aliki Varvogli. *The World That Is the Book：Paul Auster's Fiction*. Liverpool：Liverpool University Press，2001，p. 72.

③ 保罗·奥斯特：《内心的报告》，第60页。

④ Stephen Wade. *Jewish American Literature since 1945：An Introduction*. Edinburgh：Edinburgh University Press，1999，p. 143.

⑤ Aliki Varvogli. *The World That Is the Book：Paul Auster's Fiction*，p. 75.

⑥ James Peacock. *Understanding Paul Auster*. Columbia：The University of South Carolina Press，2010，p. 12.

⑦ Harold Bloom. "Introduction," In *Bloom's Modern Critical Views：Paul Auster*. Harold Bloom，ed. Philadelphia：Chelsea House Publishers，2004，p. 1.

题,以表达对犹太身份的坚定态度。"作为一名纽约犹太人……如果有人问我的宗教信仰是什么或者我从哪里来,我会毫不犹豫地告诉他。如果他不喜欢,就是他的问题。我绝不会隐瞒自己的身份或者假装成别人,以此来躲避麻烦。"①正因为奥斯特对犹太民族怀有深厚的感情,犹太历史和文化因素才会在他的作品中留下深刻印迹,如在《末世之城》(*In the Country of Last Things*, 1987)等多部作品中,奥斯特都表达了对第二次世界大战大屠杀的历史记忆。

犹太经验对奥斯特的影响还体现在他对犹太文化的反思上,这一点主要表现在他对上帝的态度上。在《内心的报告》(*Report from the Interior*, 2013)中,奥斯特说道:"那无处不在、主宰一切的上帝并非某种善良或爱的力量……上帝与罪惩相关……上帝一直在看着你,监听你……如有违逆,可怕的惩罚就要降临到你身上,那简直是无法形容的折磨,你会被关进最黑最暗的地牢里,余生都只吃得到面包和水。"②在奥斯特看来,上帝是无所不在、无所不能的。但他不是犹太传统意义上善良、仁慈的上帝,而是代表了令人敬畏的力量。他监视并规训犹太人,一旦犹太人违背其意愿,就要接受惩罚。这与米歇尔·福柯(Michel Foucault)在《规训与惩罚》(*Discipline and Punish: The Birth of the Prison*, 1975)中描写的当权者运作权力、规训对象的方式极为相似,犹太人成了权力运作的工具和载体。这一点在《偶然之音》(*The Music of Chance*, 1990)中得到了充分体现,奥斯特借代表上帝的弗劳尔和斯通对代表犹太人的纳什的规训,质疑了上帝仁慈的本质和契约论的有效性。

犹太作家的作品也深深地影响了奥斯特的文学创作。奥斯特的随笔集里收录了他在 1974 年为纪念弗朗兹·卡夫卡(Franz Kafka)逝世 50 周年所撰写的悼文。在这篇悼文里,奥斯特认为卡夫卡是一个徘徊在通往应许之地路上的孤魂,他的流浪品性体现了犹太人的特质。随后,在随笔集里的多篇文章中奥斯特都提到了卡夫卡,他甚至认为以卡夫卡为代表的一批作家创作的作品"唤醒了我们的文学意识,让我们对文学产生了新的理解并改变了我们的生活"③。奥斯特视卡夫卡为一位能够改变生命和人生态度的

---

① Paul Auster. *Hand to Mouth*. New York: Henry Holt, 1997, p. 54.
② 保罗·奥斯特:《内心的报告》,第 11 页。
③ Paul Auster. *Collected Prose*, p. 325.

作家,由此可以推断卡夫卡对奥斯特文学创作的影响。《新编美国文学史》第四卷的主撰人王守仁认为:"奥斯特的创作受到……卡夫卡的影响,他的小说世界荒诞而又真实。"①除卡夫卡外,奥斯特还撰写了其他关于犹太作家的文章,如法国犹太作家塞缪尔·贝克特(Samuel Beckett)、乔治·佩雷克(Georges Perec),法国犹太诗人保罗·策兰(Paul Celan)、埃德蒙·雅贝(Edmond Jabes),美国犹太诗人查尔斯·列兹尼科夫(Charles Reznikoff)等。②奥斯特在评论这些犹太作家的作品时,融文本和犹太历史、文化于一体,表达了深厚的犹太情感。奥斯特对这些犹太作家及其作品的评论说明他重视犹太历史、文化因素与文学创作之间的关系,而这一点也必然会在他自己的文学创作中有所反映。正如史蒂芬·弗雷德曼(Stephen Fredman)在谈到奥斯特随笔集中关于犹太作家的文章时所说:"这为奥斯特的(犹太)背景提供了一个重要的参考依据……他们对奥斯特的创作产生了巨大的影响。"③

犹太作家对奥斯特的影响不仅体现在创作内容上,也表现在创作手法上。以卡夫卡、贝克特为代表的犹太作家不再按照传统的方式进行创作,而是采用现代主义、后现代主义的创作技巧来表现内容。他们不再在作品中直接讨论犹太问题,也不提及人物的民族身份,但我们仍然能够感受到鼓荡

---

① 王守仁:《新编美国文学史》(第四卷,1945—2000),上海外语教育出版社,2002,第 267 页。

② 塞缪尔·贝克特(1906—1989),出生于都柏林一个犹太家庭,后加入法国国籍。作为一名爱尔兰和法国作家,贝克特尤以戏剧方面的成就突出,主要剧本有《等待戈多》(*Waiting for Godot*,1952)等。乔治·佩雷克(1936—1982),出生于一个犹太家庭,父母在 20 世纪 20 年代从波兰移民到法国。他的父亲在 1940 年德国入侵法国时去世,母亲于 1943 年死于纳粹集中营。作为法国当代著名的先锋小说家,他的小说以任意交叉错结的情节和独特的叙事风格见长,主要作品有《生活的使用指南》(*Life:A User's Manual*,1978)、《物》(*Things*,1965)等。保罗·策兰(1920—1970),出生于罗马尼亚,用德语创作,于 1948 年定居巴黎。他的父母死于纳粹集中营,他本人也历经磨难,于 1970 年自杀身亡。策兰以《死亡赋格》(Todesfuge,1945)一诗震动第二次世界大战后的德语诗坛,之后出版多部诗集,取得了令人瞩目的艺术成就。他的作品基本上围绕他父母的死亡和他自己在第二次世界大战期间的经历展开。埃德蒙·雅贝(1912—1991),20 世纪法国著名的随笔作家、诗人,生于埃及的一个讲法语的犹太家庭。他的作品主要有《边缘之书》(*The Book of Margins*,1993)等。查尔斯·列兹尼科夫(1894—1976),出生于纽约的布鲁克林区,父母是从俄国移民到美国的犹太人,著有诗集《金色的耶路撒冷》(*Jerusalem the Golden*,1934)等。

③ Stephen Fredman. "'How to Get Out of the Room That Is the Book?' Paul Auster and the Consequences of Confinement," In *Bloom's Modern Critical Views:Paul Auster*. Harold Bloom, ed. Philadelphia:Chelsea House Publishers,2004,p. 30.

在其中的犹太文化底蕴。① 因为"'犹太性'主要是指犹太作家在其作品中所表达出来的某种与犹太文化或宗教相关联的一种思想观念"②,其中既包括明显的直接描写,也包括隐含的间接暗示。奥斯特继承了卡夫卡和贝克特表现"犹太性"的方式,运用象征、隐喻、暗示等创作手法来表达"犹太性",表明自己的民族立场和秉性。正如马泰恩·查德·哈钦森(Martine Chard Hutchinson)所说:"对于奥斯特的'犹太性'来说,更多地体现在隐含的意义上,而不是流于表面。"③在奥斯特的作品中,虽然犹太教并不居于明确的核心地位,而且作者极少描写犹太场景、犹太人的穿着打扮、语言和传统食物等明显的犹太文化标志,换句话说"他的小说几乎没有明确表达过犹太主题"④,但是"犹太传统却随处可见"⑤,我们仍然能够感受到作品中潜藏的犹太元素和暗扣的犹太民族的精神气质。正如皮科克所说:"从他(奥斯特)的作品中可以辨别出一种犹太情感……奥斯特极少在作品中公然地呈现'犹太'主题。"⑥因此,隐含的"犹太性"也就成了奥斯特作品的一大特色。

身为一个从小在美国长大的犹太男孩,除了家族的犹太文化,作为社会大环境的美国文化也深深地影响了奥斯特。正如奥斯特自己所说:"我,是被当成美国男孩养大的,我对祖先的认识还不如豪帕隆·卡西迪

① 乔国强在《中国美国犹太文学研究的现状》一文中进一步解释了这个问题:"美国犹太作家的写作手法尽管与同代作家一样,花样百出、变化多端,注意使用现实主义、魔幻现实主义、现代主义、后现代主义中的一些表现技巧,但其叙事的要义却始终不离犹太传统的或非传统的伦理道德观这个轴线。也就是说,无论他们写什么或怎么写,作品的落脚点始终是在张扬一种犹太的伦理道德关系。对这种关系的处理可能有多种——正面的或反面的,但不管是哪一种,都直接或间接地表达了犹太文化元素。"详见乔国强:《中国美国犹太文学研究的现状》,《当代外国文学》,2009 年第 1 期,第 39-40 页。如卡夫卡,在他的小说里,"犹太"两个字几乎从来没有出现过,但是,众多评论家一致认为他是"犹太性"最强的作家。详见 David Brauner. *Post-War Jewish Fiction*:*Ambivalence*,*Self-Explanation and Transatlantic Connections*. New York:Palgrave,2001,p. 8.

② 乔国强:《美国犹太文学》,商务印书馆,2008,第 17 页。

③ Martine Chard Hutchinson. "Paul Auster," In *Contemporary Jewish-American Novelists*:*A Bio-Critical Sourcebook*. Joel Shatzky and Michael Taub,eds. London:Greenwood Press,1997,p. 14.

④ David Brauner. *Post-War Jewish Fiction*:*Ambivalence*,*Self-Explanation and Transatlantic Connections*,p. 189.

⑤ Dennis Barone. "Introduction:Paul Auster and the Postmodern American Novel," In *Beyond the Red Notebook*:*Essays on Paul Auster*. Dennis Barone,ed. Philadelphia:University of Pennsylvania Press,1995,p. 23.

⑥ James Peacock. *Understanding Paul Auster*,p. 12.

（Hopalong Cassidy）①的帽子。"②在美国社会的包围中，奥斯特从小接受的犹太传统教育受到了美国文化的冲击，如他被镇上的基督徒家庭歧视，被朋友的家人赶走并禁止再踏进他家一步，早年热衷于阅读侦探小说等美国通俗文学作品等。在奥斯特走上文学创作的道路后，美国文化对他的影响主要体现在其创作内容与风格上。奥斯特提到爱伦·坡（Allan Poe）、纳桑尼尔·霍桑（Nathaniel Hawthorne）、沃尔特·惠特曼（Walt Whitman）、亨利梭罗（Henry Thoreau）等美国文艺复兴时期作家对他的影响，这一点从其作品与这些文学巨匠作品的互文关系中可窥一二。正如彼得·布鲁克（Peter Brooker）所说："奥斯特的哲学和文学趣味将其与美国文艺复兴时期的文学天才们联系在了一起。"③在美国文化与犹太文化的作用下，奥斯特具有了双重身份。他既是犹太人，也是美国人。奥斯特在评论美国犹太诗人查尔斯·列兹尼科夫的身份时所说的话也同样适用于他自己。他说列兹尼科夫既是美国人，也是犹太人，也可以说他两者都不是，最重要的是"他的美国身份和犹太身份不可分割"④。对于奥斯特的这种双重身份，詹姆斯·皮科克认为："犹太宗教思想与美国文化、政治交织在一起，铺就了诸多道路中的一条，而奥斯特就在这条道路上寻找着自己的定位和归属。"⑤

在犹太传统与美国文化的影响下，奥斯特的政治观也表现出了鲜明的双重性。奥斯特在自传里说自己从小"被教导说美国的一切都是好的。没有任何一个国家可以和你所在的这个天堂般的国度相比……因为这是自由之国、财富之国，每个男孩都可以梦想长大以后成为总统"⑥。可见，奥斯特从小就被灌输了美国民主、自由、平等的政治理念，认为美国接纳外来移民、废除奴隶制、维护世界和平，是一个完美国家。但在成长的过程中，奥斯特对美国政治文化的态度逐渐发生变化。他认识到犹太人在美国社会不受欢迎，"没有一席之地"⑦；看到黑人在美国的真实处境；见证了美国越战的失败。

---

① 豪帕隆·卡西迪：虚构的牛仔形象。
② 保罗·奥斯特：《孤独及其所创造的》，第 30 页。
③ Peter Brooker. *New York Fictions：Modernity，Postmodernism，the New Modern*. London and New York：Longman，1996，p. 148.
④ Paul Auster. *Collected Prose*，p. 380.
⑤ James Peacock. *Understanding Paul Auster*，p. 38.
⑥ 保罗·奥斯特：《内心的报告》，第 50 页。
⑦ 保罗·奥斯特：《内心的报告》，第 63 页。

他说，"美国不是民主国家"①，它只保护了少数人的权力，即当权者，而不是大多数的人民群众。奥斯特戳穿了美国民主制度的虚伪本质，讽刺了美国的政治体制。但是他也认识到，犹太人必须"依附在美国领土上，没法与之决裂"②。因此，他公开承认自己是一名"纽约犹太人"③，表明自己作为一名美国犹太人的政治立场——"反对右翼之兴盛"④，关注公正、平等、自由、种族歧视和阶级压迫等问题，明确表示他"所有的良知和同情都给了那些被社会准则打压的、逐出家园的落魄失败者"⑤。奥斯特的论调体现了当代美国犹太人自由主义的政治信仰，即一种犹太人的美国主义思想，兼具美国性与"犹太性"。

奥斯特不仅受到犹太传统文化和美国文明的熏陶，成年后，他来到巴黎，又感受到了法国文化的力量。在奥斯特年满十八岁的夏天，即1965年暑假，他第一次来到了巴黎。1967年，奥斯特再次在巴黎逗留了数月。在哥伦比亚大学获得双学位后，奥斯特在墨西哥海峡的油轮上当起了海员。随后，在1971年2月，奥斯特跑去了巴黎，直到1974年7月才返回纽约。在巴黎的这段时间，奥斯特主要靠翻译法国的诗歌、散文为生。这段经历为其诗歌创作打下了基础，正如帕特里克·史密斯（Patrick Smith）所说："从1971年到1974年，奥斯特在法国的这三年培养了他的艺术自觉，指引他走上早期诗歌创作的道路。"⑥1979年11月，奥斯特再次回到巴黎，12月返回纽约。从1965年奥斯特十八岁开始到1979年他三十二岁，奥斯特与巴黎和法国诗歌结下了不解之缘。回国后，他编辑了《20世纪法国诗歌》（*The Random House Book of Twentieth-Century French Poetry*，1982）一书。

就在奥斯特在法国逗留的20世纪60和70年代，巴黎的学术界正经历一场空间转向的革命。著名社会空间理论家亨利·列斐伏尔（Henri Lefebvre）"从第二次世界大战之后一直到20世纪70年代，均是备受关注的、与萨特齐名的核心人物"⑦。从20世纪60年代中叶开始，列斐伏尔重新

---

① 保罗·奥斯特：《穷途，墨路》，于是译，浙江文艺出版社，2014，第24页。
② 保罗·奥斯特：《内心的报告》，第65页。
③ 保罗·奥斯特：《穷途，墨路》，第55页。
④ 保罗·奥斯特：《冬日笔记》，btr译，人民文学出版社，2016，第143页。
⑤ 保罗·奥斯特：《穷途，墨路》，第11页。
⑥ Patrick Smith. "Paul Auster," In *American Writers*，Supplement Ⅻ. Jay Parini，ed. New York：Charles Scribner's Sons，2003，p. 23.
⑦ 刘怀玉：《现代性的平庸与神奇：列斐伏尔日常生活批判哲学的文本学解读》，中央编译出版社，2006，第3页。

关注空间问题,探讨现代社会的空间化问题。1968年,他发表了《现代社会的日常生活》(*Everyday Life in the Modern World*)。1970年,《城市革命》(*The Urban Revolution*)一书出版。1974年,他那著名的《空间的生产》(*The Production of Space*)问世。几乎在同一时间,法国另外一位著名的空间理论家米歇尔·福柯也开始建构关于空间的理论体系。他"在《批评》杂志上发表了《距离、方向、起源》(1963)和《空间语言》(1964),所讨论的主题内容与列斐伏尔完全相同"①。与此同时,福柯还不断与建筑学打交道。他接受了一批建筑学家的邀请作一项"空间研究",并于"1967年3月14日在巴黎作了一次题为'关于其他空间'的演讲"②。1975年,他的《规训与惩罚:监狱的诞生》一书出版。在这本著作里,福柯把权力与空间相结合,分析了特定空间组织中权力的运作方式。正如爱德华·W.索杰(Edward W. Soja)所说,在20世纪60年代巴黎的空间转向运动中,"亨利·列斐伏尔和米歇尔·福柯是两位主要人物"③。对于旅居巴黎多年,且密切关注巴黎知识界的奥斯特来说,列斐伏尔和福柯两大理论家的空间转向是他不可能忽略的学术动态。④ 正如奥斯特在自传中所说:"那是在巴黎,1965年,他⑤第一次体验到有限空间的无限可能。"⑥奥斯特把对巴黎的最初记忆与一间房间紧密联系在了一起。这是一个狭小的空间,"你不可能在其中移动,除非你把身体缩成最小的尺寸,除非你把你的心缩成某个无限微小的点。只有那样,你才能开始呼吸,才能感觉到房间在扩张,才能看着你的心探索那空间最深最广的领域"⑦。因为在那间房间里,"有一整个宇宙,有一个包含着最广阔、最遥远、最不可知的一切的微型宇宙。这是一所圣祠,不比身体大多少,颂扬着超越身体存在的一切:它是一个人内心世界的代表,甚至最小

---

① 爱德华·W.索杰:《第三空间:去往洛杉矶和其他真实和想象地方的旅程》,陆扬等译,上海教育出版社,2005,第189页。(Soja,又译"索亚",本著作采用"索杰"译法,其他地方尊原出处译法,以下不再一一说明。——著者注)

② 爱德华·W.索杰:《第三空间:去往洛杉矶和其他真实和想象地方的旅程》,第189页。

③ Edward W. Soja. "Taking Space Personally," In *The Spatial Turn:Interdisciplinary Perspectives*. Barney Warf and Santa Arias, eds. London and New York:Routledge, 2009, p. 18.

④ 奥斯特从1971年2月到1974年7月在巴黎生活的这段时间里,翻译过福柯的作品。

⑤ 奥斯特的自传是他以第三人称的口吻写成的,因此在这里,奥斯特称自己为"他"。

⑥ 保罗·奥斯特:《孤独及其所创造的》,第97页。

⑦ 保罗·奥斯特:《孤独及其所创造的》,第97页。

的细节"①。奥斯特心中的空间是有限与无限、狭小与广博、具体与抽象、真实与想象、意识与无意识……的集合。这是豪尔赫·路易斯·博尔赫斯(Jorge Luis Borges)描述的阿莱夫,一个包罗万象的点;是列斐伏尔和福柯所说的无限复杂、彻底开放的空间,一个一切地方都在其中的空间,一个巨大的二元对立体的集合。奥斯特在自传中对巴黎的记忆明显打上了空间的记号,这暗示了列斐伏尔、福柯等法国空间理论家对他的影响。正因为如此,奥斯特在日后的创作中格外关注空间问题。他在与柯慈(J. M. Coetzee)②的通信中说,读小说的时候,他会努力布置剧情上演的那个空间,想要搞懂故事的地理坐落;创作小说时,他不会把自己投射到作者描述的那个虚构环境里,而是习惯把角色放在一个熟悉的地方,把情节搬到记忆中的庭室上演,以稳固住自己的想象力。③ 由此可见,空间在奥斯特的小说中占据了重要地位,甚至可以说是其创作的基础。

从奥斯特的人生经历来看,犹太传统文化的熏陶、美国文明的冲击和法国空间理论的影响是决定其小说创作走向的主要因素,也是其小说创作的最大特点,贯穿于其创作的每个阶段。正因为如此,本书紧紧围绕空间和美国犹太书写两个关键词铺展开来。

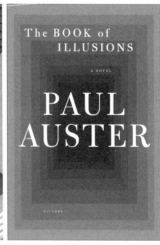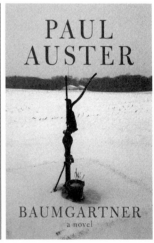

---

① 保罗·奥斯特:《孤独及其所创造的》,第 97-98 页。

② J. M. Coetzee 的通常译名为 J. M. 库切;本书采用了梁永安翻译的《此刻:柯慈与保罗·奥斯特书信集》中的译法,即"柯慈",特此说明。

③ 柯慈、保罗·奥斯特:《此刻:柯慈与保罗·奥斯特书信集》,梁永安译,宝瓶文化事业有限公司,2013,第 232-233 页。

奥斯特的作品颇丰,是当代美国文坛比较高产的作家。1985年,他发表《玻璃城》(*City of Glass*),这部小说与《幽灵》(*Ghosts*,1986)和《锁闭的房间》(*The Locked Room*,1986)一起被称为《纽约三部曲》(*The New York Trilogy*),成为其成名作。在此之后,奥斯特又创作了《末世之城》《月宫》《偶然之音》《海怪》(*Leviathan*,1992)、《眩晕先生》(*Mr. Vertigo*,1994)、《在地图结束的地方》(*Timbuktu*,1999)、《幻影书》(*The Book of Illusions*,2002)、《神谕之夜》(*Oracle Night*,2003)、《布鲁克林的荒唐事》(*The Brooklyn Follies*,2005)、《密室中的旅行》(*Travels in the Scriptorium*,2006)、《黑暗中的人》(*Man in the Dark*,2008)、《隐者》(*Invisible*,2009)、《日落公园》(*Sunset Park*,2010)、《4321》(2017)和《鲍姆加特纳》(*Baumgartner*,2023)等作品。奥斯特集小说家、诗人、剧作家、译者、电影导演等多重身份于一身,他不仅发表小说,还出版诗集、创作剧本、撰写评论、编辑作品和翻译著作。在所获奖项方面,奥斯特曾获法国梅迪西斯文学奖、美国艺术和文学协会颁发的莫顿·道文·萨贝尔奖、西班牙阿斯图里亚斯王子文学奖、意大利拿波里奖等。他担任编剧的电影《烟》(*Smoke*)于1996年获得柏林电影节银熊奖和最佳编剧奖。2012年,他成为第一位纽约市文学荣誉奖的获得者。此外,他的作品还曾入围布克国际文学奖、IMPAC都柏林国际文学奖、美国笔会/福克纳小说奖和爱伦·坡推理小说奖等。他是美国艺术与文学学院、美国艺术与科学院院士。他的作品被翻译成四十几种语言,他也是每年冲击诺贝尔文学奖的有力人选之一。

第二节　批评家笔下的奥斯特

综观国内外的奥斯特研究,国外多于国内。国外文学批评界对奥斯特的批评主要从其后现代性、"犹太性"和他作品中的空间问题三个方面展开。

目前,国外批评界较为集中地谈论奥斯特的后现代性问题。评论家们从奥斯特作品中的互文现象、追寻的叙事策略、对偶然因素的运用、对传统侦探小说的颠覆等方面入手考察他的后现代性。阿利基·瓦尔沃廖专注于奥斯特作品中的互文性。她在《世界是这样一本书:保罗·奥斯特的小说》(*The World That Is the Book: Paul Auster's Fiction*,2001)一书中认为,奥斯特的创作深受美国文艺复兴、法国象征主义和现代主义作家如贝克特、卡夫卡的影响。因此，她抓住奥斯特小说中的互文现象，试图找出暗含在其作品中的作家、文学文本，相关神话、历史的文化文本和奥斯特自己的作品，探讨它们与奥斯特小说的关系。琼·奥尔卡斯·杜普雷(Joan Alcus Dupre)在博士论文《好斗的父亲/获救的儿子：保罗·奥斯特〈纽约三部曲〉中为生活与艺术的抗争》("Fighting Fathers/Saving Sons: The Struggle for Life and Art in Paul Auster's *New York Trilogy*"，2007)中，从文学上的父子关系的角度出发，分析了《纽约三部曲》中所体现的奥斯特与他的文学之父梭罗、霍桑、爱伦·坡等作家之间的关系。杜普雷认为，"奥斯特的这些文学之父就是萦绕在《纽约三部曲》中的幽灵"[①]。除此之外，沃伦·奥伯曼(Warren Oberman)在其博士论文《存在主义和后现代主义：后现代人文主义转向》("Existentialism and Postmodernism: Toward a Postmodern Humanism"，2001)中，也单辟一章分析了奥斯特的小说《偶然之音》与让-保罗·萨特(Jean-Paul Sartre)和贝克特的作品之间的关系。在这类论述中，评论家们专注于奥斯特小说的情节与其他作家作品内容的关联度，缺少对除情节之外的其他因素的考察，如奥斯特与卡夫卡、贝克特等犹太作家对空间的思考等问题就没有得到评论家们应有的关注。即使是在针对故事情节的研究上，评论家们也忽略了对奥斯特的作品与犹太历史、文化文本之间关联的探讨。如瓦尔沃廖在专著中只简单地提及奥斯特的小说《末世之城》与大屠杀之间的关系，却没有对此详加分析，而在解读奥斯特的作品与贝克特、卡夫卡小说之间的互文性时，她也没有从犹太历史、文化的角度进行探讨。

勒纳·夏洛(Ilana Shiloh)从奥斯特作品中追寻的叙事策略出发，探究他的后现代性表现。她在《保罗·奥斯特与后现代的追寻》(*Paul Auster and Postmodern Quest: On the Road to Nowhere*，2002)一书中，不仅运用哲学、心理学的相关理论分析了奥斯特小说中追寻的含义，还探究了奥斯特作品中传统的流浪汉故事与偶然因素的结合，神话、原型因素在追寻模式中的运用，以及其中包含的存在主义暗示等方面的内容。在书中，夏洛聚焦奥斯特的八部小说进行了详细的文本分析，指出他作品中的追寻不仅是物质

---

① Joan Alcus Dupre. "Fighting Fathers/Saving Sons: The Struggle for Life and Art in Paul Auster's *New York Trilogy*," Diss. The City University of New York，2007，p. iv.

保罗·奥斯特小说中的空间书写

层面的追寻,更是精神层面的追寻,是主人公对自我的追寻。夏洛虽然从后现代的角度分析了奥斯特小说中追寻的叙事技巧和主题思想,但她在论述中没有把这种追寻的叙事策略与主人公在追寻的过程中形成的流动性空间联系起来,忽视了奥斯特借流动性空间刻画的主人公焦虑、渴望"走出去"的心态,以及由此传达出的犹太情感。正如评论家皮科克所说,奥斯特作品中的追寻叙事体现了"犹太作家所特有的对流亡和空间的思考"①。

奥斯特作品中的偶然因素也受到了评论家们的关注。在《保罗·奥斯特的后现代性》(*Paul Auster's Postmodernity*,2008)一书中,布伦丹·马丁(Brendan Martin)通过分析奥斯特小说中的偶然、巧合和各种不确定因素,断定奥斯特是一名后现代主义小说家。持相同观点的还有赖安·杰弗里·梅丹(Ryan Jeffrey Maydan)。她在博士论文《"无论如何":后现代小说文本中的偶然、选择与变化》("'In Any Event': Chance, Choice, and Change in the Postmodern Fictional Text",2006)中,以唐·德里罗(Don DeLillo)、埃德蒙·怀特(Edmund White),尼克尔森·贝克(Nicholson Baker)和奥斯特四位作家的作品为基础,试图探讨"偶然、选择和变化这三个概念与后现代小说中的主体性之间的关系"②。史蒂文·E.奥尔福德(Steven E. Alford)在《当代叙事中的偶然因素:以保罗·奥斯特为例》("Chance in Contemporary Narrative: The Example of Paul Auster",2000)一文中认为,奥斯特对现实生活中偶然因素的见解与其作品中的人物对偶然因素功能的分析截然不同,而这一矛盾归因于叙事的双重时间结构。"生活中的偶然事件存在于叙事之外;在文学中,没有偶然事件。"③评论家们注意到了奥斯特作品中的巧合和偶然因素,不过他们基本上只关注了这些偶然事件本身,没有把它们置于所发生的空间中进行考察,忽略了作者在特定的空间中设置偶然事件的目的。

奥斯特作品中对传统侦探小说的颠覆也是评论家们讨论较多的一个问题。凯利·C.康奈利(Kelly C. Connelly)在博士论文《从坡到奥斯特:侦探

① James Peacock. *Understanding Paul Auster*, p. 100.

② Ryan Jeffrey Maydan. "'In Any Event': Chance, Choice, and Change in the Postmodern Fictional Text," Diss. University of Ottawa, 2006, p. iv.

③ Steven E. Alford. "Chance in Contemporary Narrative: The Example of Paul Auster," *Literature Interpretation Theory*, 11.1 (2000): 77.

小说的文学试验》（"From Poe to Auster：Literary Experimentation in the Detective Story Genre"，2009）中，论述了从以爱伦·坡为代表的传统侦探小说家，到以保罗·奥斯特为代表的后现代侦探小说家，"每一代的侦探小说家是如何进行文学创新，从而使侦探小说这一早已被贴上静止和僵死标签的通俗文学样式焕发出新的生机与活力"①。基法·阿尔·乌马里（Kifah Al Umari）在博士论文《埃德加·爱伦·坡和保罗·奥斯特侦探小说中的互文性、语言和理智》（"Intertextuality，Language，and Rationality in the Detective Fiction of Edgar Allan Poe and Paul Auster"，2006）中，从爱伦·坡和奥斯特侦探小说中的互文性、对语言的探讨和对理智的排斥三个方面论证了两位侦探小说家作品的相似性，证明"爱伦·坡在作品中显示出了后现代的倾向，而奥斯特则结合经典与后现代侦探小说的特点，创造出了一种新的侦探小说的样式"②。在《侦探文本：从坡到后现代主义中的玄学侦探故事》（*Detecting Texts：The Metaphysical Detective Story from Poe to Postmodernism*，1999）一书中，编者收录了三篇关于奥斯特的文章③，这三篇文章从不同方面论证了奥斯特的作品对传统侦探小说的颠覆，从而将其命名为后现代的玄学侦探小说。④ 此外，约翰·齐克斯基（John

---

① Kelly C. Connelly. "From Poe to Auster：Literary Experimentation in the Detective Story Genre," Diss. Temple University，2009，p. ii.

② Kifah Al Umari. "Intertextuality，Language，and Rationality in the Detective Fiction of Edgar Allan Poe and Paul Auster," Diss. The University of Texas at Arlington，2006，p. vii.

③ 这三篇文章分别是 Jeffrey T. Nealon's "Work of the Detective，Work of the Writer：Auster's *City of Glass* "；Stephen Bernstein's "'The Question Is the Story Itself '：Postmodernism and Intertextuality in Auster's *New York Trilogy* "；和 Susan Elizabeth Sweeney's "'Subject-Cases' and 'Book-Cases'：Impostures and Forgeries from Poe to Auster". 见 *Detecting Texts：The Metaphysical Detective Story from Poe to Postmodernism*. Patricia Merivale and Susan Elizabeth Sweeney，eds. Philadelphia：University of Pennsylvania Press，1999.

④ 在《侦探文本》一书中，编者们认为"玄学侦探故事"是指一种颠覆或戏仿传统侦探故事的文本。它常常通过自我指涉——喻指文本创作过程本身来超越神秘情节的设计。因此，在玄学侦探故事里，侦探往往无法揭开案子的最终谜底，而读者则在此基础上因为无法了解文本的真实含义而陷入迷茫之中。除了"玄学侦探小说"的称呼，有评论家喜欢用其他的名称来命名这一文学体裁，如"反侦探小说"（见下文）。在《末日侦探》（*The Doomed Detective*，1984）一书中，斯蒂芬诺·塔尼（Stefano Tani）就用"反侦探小说"来命名这一文学体裁。在传统侦探小说中，侦探通过推理分析解开谜团，而反侦探小说是对此的一种改变和颠覆。因此，在"反侦探小说"中，读者通常会发现在文本的最后他们所期望解决的悬疑没有解决，一直若隐若现的谜底最终消失不见了，甚至连犯罪的性质也随着侦探探案的深入具有了不寻常的言外之意。由此可见，"玄学侦探小说"和"反侦探小说"是指同一种文学体裁，即颠覆传统侦探小说的文本，只是名称不同而已。在本书中，笔者没有将这两种命名进行统一，只是忠实地再现了评论家们在自己著作或文章中的说法。

Zilcosky)在《作者的报复：保罗·奥斯特向理论挑战》（"The Revenge of the Author：Paul Auster's Challenge to Theory"，1998）一文中，以奥斯特的《纽约三部曲》为例，论证了其玄学侦探小说的属性。他认为，《纽约三部曲》不是关于犯罪的小说，而是对作者和写作本身的书写。《欲望的艺术：阅读保罗·奥斯特》（An Art of Desire：Reading Paul Auster，1999）一书的作者伯恩·赫佐根拉斯（Bernd Herzogenrath）在谈到《纽约三部曲》的第一部《玻璃城》时说道："侦探小说作为一种文学体裁包含了三个主要因素：侦探、探案过程和谜底。其中，谜底是最重要的因素。"[①]但在这部小说里，伴随着罪犯的消失，案子的终极意义也消失了，侦探奎恩没有揭开案子的最终谜底。因此，它是一部反侦探小说。评论家们论证了奥斯特的作品对传统侦探小说的戏仿，从而把奥斯特归于后现代侦探小说家的行列。但是，奥斯特在《纽约三部曲》中套用侦探小说的框架是为了探讨现代人的异化和他们对自我身份的追寻，以表现犹太人的身份意识，这与侦探小说的发生空间即纽约和封闭的房间密切相关。评论家们往往只关注奥斯特侦探小说本身，忽略了对其发生环境的考察。

当众多评论家探讨奥斯特的后现代性，并称他为"后现代主义小说家"时，也有人提出相反的论调，认为奥斯特是反后现代主义小说家。斯科特·戴莫维茨（Scott Dimovitz）在博士论文《颠覆的颠覆：反后现代主义和当代小说对理论的挑战》（"Subverting Subversion：Contrapostmodernism and Contemporary Fiction's Challenge to Theory"，2005）中认为，"奥斯特通过批判后现代主义的几个重要因素成功地瓦解了后现代主义的根基"[②]。他结合奥斯特的作品，从反侦探小说、偶然因素、城市问题等几个方面批判了奥斯特后现代小说家说，认为奥斯特的作品是对后现代主义小说的超越。

事实上，那些称奥斯特为后现代主义小说家的评论家自己，也对这个称呼心存疑问，其中就包括瓦尔沃廖。她在把奥斯特归于后现代主义作家的行列的同时，又说道："他（奥斯特）的小说很难归于哪一类，因为它借鉴了不

---

① Bernd Herzogenrath. *An Art of Desire：Reading Paul Auster*. Amsterdam：Rodopi，1999，p. 24.

② Scott Dimovitz. "Subverting Subversion：Contrapostmodernism and Contemporary Fiction's Challenge to Theory," Diss. New York University，2005，p. 252.

同的文学传统并融入了不同的派别，因而不专属于其中的任何一类。"①无独有偶，布伦丹·马丁在肯定奥斯特是一名后现代主义小说家的同时，也认为"奥斯特不能简单地被归于绝对的后现代主义作家的行列"②，因为奥斯特创作的《月宫》《海怪》等作品表现出他对社会和政治批判的一面，这一点与其早期作品明显不同。鉴于此，马丁把奥斯特创作的出发点归于他对人类生存本质的关注。评论家克里斯托弗·多诺万（Christopher Donovan）在讲到奥斯特的小说《末世之城》时也认为，这是一部"经济和社会批判小说，关于语言、身份和理论的后现代困境退居次席"③。在《末世之城》之后的《月宫》《偶然之音》等作品中，现实主义的色彩越发浓厚。评论家丹尼斯·巴罗内（Dennis Barone）则一方面认为奥斯特的小说是后现代小说，另一方面又说"他的作品是后现代关怀、前现代问题和现实主义内容的综合产物"④。评论家们自相矛盾的话语已经说明奥斯特作品的多元性，它们绝不仅仅是纯粹的后现代主义小说。

奥斯特自己也对"后现代主义小说家"的称呼不以为意。他在接受采访时说道："从最严格的意义上讲，我认为自己是一名现实主义者。"⑤奥斯特认为，他只是在小说中忠实地再现了这个千奇百怪的世界和人们的生活，而不是在运用后现代主义小说的创作技巧进行创作。他以自己作品中的偶然因素为例，指出："当我说到巧合时，我并不是指一种控制的欲望——操纵情节的手法，把所有事情整合在一起的冲动，皆大欢喜的结局——而是指对不可预料事情的呈现和一种偶然的力量。"⑥奥斯特把巧合、偶然归于现实的一部分，认为自己不是在运用巧合和偶然因素进行创作，而是在展现现实。奥斯特所强调的是偶然因素的现实意义。评论家布伦丹·马丁认为："虽然在奥斯特的小说世界中偶然占据主导地位，但人的反应和相互之间的影响才是作者最为关心的内容。"⑦在马丁看来，奥斯特所关注的不是巧合和偶

① Aliki Varvogli. *The World That Is the Book*：*Paul Auster's Fiction*，p. 2.

② Brendan Martin. *Paul Auster's Postmodernity*. New York & London：Routledge，2008，p. x.

③ Christopher Donovan. *Postmodern Counternarratives*. New York and London：Routledge，2005，p. 82.

④ Dennis Barone. "Introduction：Paul Auster and the Postmodern American Novel." p. 22.

⑤ Larry McCaffery and Sinda Gregory. "An Interview with Paul Auster." *Contemporary Literature*，33.1（1992）：3.

⑥ Larry McCaffery and Sinda Gregory. "An Interview with Paul Auster." p. 3.

⑦ Brendan Martin. *Paul Auster's Postmodernity*，p. 35.

然事件本身，而是它们造成的影响、产生的意义。如在《偶然之音》中，奥斯特重视的不是纳什与波兹相遇、相识的巧合，以及他们输掉赌局的偶然性，而是他们此后在虚构的庄园中与代表上帝的弗劳尔和斯通立约、违约的过程，以及从中表现出的犹太人对契约论的怀疑。正如皮科克在解释《偶然之音》的英文名 *The Music of Chance* 时所说，music 和 chance 的结合看似矛盾，却代表了一种"无序的有序"[①]。皮科克强调的是"有序"——意义，而不是"无序"——偶然本身。无独有偶，《保罗·奥斯特》（*Paul Auster*，2007）一书的作者马克·布朗（Mark Brown）也认为："我们不能把奥斯特作品中的偶然完全当作一种随意的表现。"[②]奥斯特在表面巧合和偶然因素的背后更加专注于意义，这才是他设置巧合和偶然事件的目的。事实上，奥斯特强调自己是一名现实主义者旨在说明，他创作小说的目的是反映这个世界和人们的生活，而他所运用的后现代主义小说的创作技巧完全是为了达到此目的的手段，却不是目的本身。"他运用后现代叙事策略……只是一种达到目的的手段。"[③]对于从后现代角度分析奥斯特小说的评论家来说，他们大多过分关注奥斯特在作品中运用的后现代主义小说的创作技巧，忽略了其运用此技巧表现的内容。

综上所述，评论家们从奥斯特作品中的互文现象、追寻的叙事策略、对偶然因素的运用、对传统侦探小说的颠覆等方面入手，对他的后现代性进行了研究。但缺陷在于他们往往聚焦小说形式研究，弱化内容分析，特别是缺少对奥斯特小说中犹太传统意象的解读，这就导致他们过分强调当代美国文化的同化作用，淡薄了作品中鼓荡的犹太文化底蕴以及犹太民族的主体性诉求。

在"犹太性"方面，有的评论家强调了记忆在奥斯特表达"犹太性"方面起到的重要作用，有的关注奥斯特渴望的性格，还有的侧重第二次世界大战中的犹太人大屠杀事件。《1945 年以来的犹太美国文学》的作者斯蒂芬·韦德强调了记忆的重要作用。他认为，奥斯特的"犹太性"表现在两个方面：

[①] James Peacock. *Understanding Paul Auster*，p. 101.

[②] Mark Brown. *Paul Auster*. Manchester and New York：Manchester University Press，2007，p. 80.

[③] Ilana Shiloh. *Paul Auster and Postmodern Quest：On the Road to Nowhere*. New York：Peter Lang，2002，p. 44.

"一是文学作品和诗歌中的犹太因素,二是犹太思想和想象的强大力量。"①韦德认为,在奥斯特的随笔集和自传中,记忆占据了核心地位。在随笔集中,奥斯特撰写了大量关于犹太作家的文章,追忆了这些作家的文学创作与犹太历史、文化之间的关系。在自传中,奥斯特记录了自己家族的历史并回忆了与父亲的关系,他"试图通过文学创作与家庭影响之间的关系来解释自己的'犹太性'"②。韦德认为,记忆是犹太作家创作的源泉,他们的记忆和想象与犹太人流散、同化的历史密切相关。奥斯特通过犹太思想和想象的强大力量表达了自己的"犹太性"。但在书中,韦德只论述了他所总结的关于奥斯特"犹太性"表现的第二个方面,即犹太思想和想象的强大力量,却忽略了第一个方面,即文学作品和诗歌中的犹太因素。在选择文本方面,韦德只涉及了奥斯特的随笔集和自传,没有提及他的小说和诗歌等文学作品。即使是论述奥斯特在自传中所表达的"犹太性",韦德也仅仅谈论了记忆的作用,忽略了奥斯特通过房间的空间意象勾连记忆,表达"犹太性"的叙事手法。"记忆、创伤、孤独、创造力汇集在房间的空间意象上,这也就是为什么在'记忆之书'中,奥斯特把'房间'置于其地志计划的核心位置。"③奥斯特在自传中描写的那些萦绕在他心头的事件与空间相关,发生在房间的空间意象中。正如他在自传中所说,记忆是"一个地方,一座建筑"④,"在一个特定的空间中,历史事件重现"⑤。然而,以韦德为代表的评论家忽略了这一点。弗雷德曼注意到正是在房间的空间意象里,奥斯特的想象喷涌而出,第二次世界大战中大屠杀的记忆则是其思绪的源泉。⑥ 弗雷德曼从空间的角度出发,分析了奥斯特通过记忆和想象所传达出来的犹太情感。但他只局限于奥斯特的自传,没有将其延续到其小说作品上。这为我们从空间的角度分析奥斯特小说中的"犹太性"既打下了基础,也留出了余地。

德里克·鲁宾(Derek Rubin)在《"不惜一切代价保留饥饿感":〈孤独及

---

① Stephen Wade. *Jewish American Literature since* 1945: *An Introduction*, p. 142.

② Stephen Wade. *Jewish American Literature since* 1945: *An Introduction*, p. 143.

③ James Peacock. *Understanding Paul Auster*, p. 30.

④ Paul Auster. *Collected Prose*, p. 66.

⑤ Paul Auster. *Collected Prose*, p. 68.

⑥ 详见 Stephen Fredman. "'How to Get Out of the Room That Is the Book?' Paul Auster and the Consequences of Confinement," In *Bloom's Modern Critical Views*: *Paul Auster*. Harold Bloom, ed. Philadelphia: Chelsea House Publishers, 2004, pp. 7-43.

其所创造的〉的读后感》（"'The Hunger Must Be Preserved at All Cost'：A
Reading of *The Invention of Solitude*"，1995）一文中，探讨了奥斯特渴望
的性格，并追述了这一性格与犹太文化传统的关联。鲁宾认为，奥斯特在自
传中不仅追寻了他个人的过去，还有整个家族，甚至是犹太民族的历史。这
种追寻暴露了奥斯特性格中的一个核心特点："犹太式的向往、渴望和'饥
饿'。"①奥斯特渴望得到父爱，渴望追寻自我。这一品质把奥斯特与犹太历
史和早期的美国犹太作家紧密地联系在了一起。鲁宾认为，奥斯特表现出
来的渴望与艾萨克·罗森费尔德（Isaac Rosenfeld）对亚伯拉罕·卡恩
（Abraham Cahan）的小说《戴卫·莱文斯基的发迹史》（*The Rise of David
Levinsky*，1917）中主人公性格的"饥饿"定位一脉相承。因为饥饿引起了渴
望，渴望又促使人追求，而渴望也是整个犹太民族的心理范式，他们渴望回
到神圣的家园——耶路撒冷。鲁宾把奥斯特的渴望定义为犹太式的渴望与
饥饿，建立了他与犹太文化传统的关联。同时，鲁宾也承认，这种渴望并不
是犹太民族所独有的，美国人和其他民族的人都具有这种品质。但是，他话
锋一转说道："当奥斯特在《孤独及其所创造的》中表达一种饥饿感时，他是
站在一个 20 世纪的美国人的立场上，但是，他从中表现出的焦灼的心态、深
刻的洞察力和强烈的情感都表明他还是个犹太人。"②鲁宾强调的仍然是奥
斯特通过渴望的性格所表现出来的"犹太性"。在分析中，鲁宾只涉及了奥
斯特的自传《孤独及其所创造的》，没有论及其小说作品。但是在《保罗·奥
斯特与查尔斯·列兹尼科夫：饥饿的犹太美国艺术家》（"Paul Auster and
Charles Reznikoff：The Hunger-Artists of Jewish America"，2014）一文
中，伊莎贝拉·兹比尔（Izabela Zieba）弥补了这一不足。她立足于奥斯特
的小说，通过分析食物与"犹太性"之间的关系，认为奥斯特小说中的人物以
禁食为手段，表达了对世界和自身的不满。他们逃离满足的遗忘，回到渴望
的轨道，恢复"在路上"的欲望，这正是犹太人流散的标志，是"犹太性"的
体现。

---

① Derek Rubin. "'The Hunger Must Be Preserved at All Cost'：A Reading of *The Invention of
Solitude*," In *Beyond the Red Notebook*：*Essays on Paul Auster*. Dennis Barone，ed. Philadelphia：
University of Pennsylvania Press，1995，p. 61.

② Derek Rubin. "'The Hunger Must Be Preserved at All Cost'：A Reading of *The Invention of
Solitude*." p. 69.

以索菲亚·巴迪安·莱曼（Sophia Badian Lehmann）和乔希·科恩（Josh Cohen）为代表的部分评论家强调了历史，特别是第二次世界大战中的大屠杀在奥斯特表达"犹太性"方面起到的重要作用。索菲亚·巴迪安·莱曼在博士论文《追寻过去：历史与当代美国犹太文学》（"In Pursuit of a Past：History and Contemporary American Jewish Literature"，1997）中，通过考察菲利普·罗斯（Philip Roth）、E. L. 多克托罗（E. L. Doctorow）、保罗·奥斯特、辛西娅·奥兹克（Cynthia Ozick）、索尔·贝娄（Saul Bellow）等美国犹太作家的作品，探究了美国社会和犹太历史对美国犹太文学发展的影响。在该文中，莱曼分析了奥斯特的小说《末世之城》，认为这部作品重现了第二次世界大战中对犹太人大屠杀的历史史实，象征性地呈现了"犹太性"。"小说中的犹太人经历了压迫与苦难，最终成为幸存者。在飘摇不定的处境中，他们成为幸存的典型。"①对于《孤独及其所创造的》，莱曼认为奥斯特通过关注犹太人在大屠杀事件中所遭受的苦难表达了"犹太性"。乔希·科恩在《遗弃：保罗·奥斯特，埃德蒙·雅贝和奥斯威辛写作》（"Paul Auster，Edmond Jabes，and the Writing of Auschwitz"，2000—2001）一文中，探讨了保罗·奥斯特和埃德蒙·雅贝这两位"战后犹太作家"与第二次世界大战中大屠杀的关系。② 在谈到奥斯特时，科恩也分析了《末世之城》，认为这部小说描写了奥斯威辛集中营中的真实场景，是对第二次世界大战中大屠杀事件的再现。科恩与莱曼一样，都强调了历史，特别是第二次世界大战中大屠杀在奥斯特表达"犹太性"方面起到的重要作用；而且两人都选择了奥斯特的小说《末世之城》作为分析的文本，跳出了自传的框架，具有一定的创新性。但是，他们只关注了小说中描写的大屠杀事件本身，忽略了奥斯特运用《末世之城》的空间意象再现这一历史事件的叙事策略；而且他们的论述也主要围绕《末世之城》这一部小说，没有涉及奥斯特的其他小说作品。因此，他们对奥斯特"犹太性"的表述还有一定的局限性。

在关于奥斯特"犹太性"方面的研究上，斯蒂芬·韦德和史蒂芬·弗雷德曼强调了记忆的重要作用，德里克·鲁宾和伊莎贝拉·兹比尔分析了奥

---

① Sophia Badian Lehmann. "In Pursuit of a Past：History and Contemporary American Jewish Literature," Diss. State University of New York at Stony Brook，1997，p. 45.

② Josh Cohen. "Paul Auster，Edmond Jabes，and the Writing of Auschwitz." *Midwest Modern Language Association*，33.3（2000-2001）：96.

斯特渴望的性格,索菲亚·巴迪安·莱曼和乔希·科恩则关注第二次世界大战中的大屠杀事件,评论家们分别从不同方面论述了奥斯特的"犹太性",为我们从整体上探究奥斯特的小说与犹太历史、文化的关联打下了基础。但不足在于评论家们往往从犹太语境出发探讨此问题,忽视了其在美国语境中的意义。当代美国犹太作家在重现民族创伤的同时,力求从中发掘被美国社会认可的价值理念,借此为美国社会提供道德教训,并将其内化为美国人的主观意识,影响美国的文化格局。

奥斯特批评的另一重要观点是关于奥斯特作品中的空间问题。评论家们主要从空间与身份、空间与后现代性的关系两个方面展开论述。在空间与身份的关系方面,《保罗·奥斯特》一书的作者马克·布朗从奥斯特小说中的房间出发,步入纽约街头,来到曼哈顿商业区的酒吧、饭店、画廊等社会空间,再到纽约之外的空间,继而走进虚构的空间,最后再回到纽约这个全球化的大都市,探讨了空间对奥斯特作品的主题,如身份、迷失、语言、写作等的影响。在该著作中,布朗不仅考察了奥斯特的小说,还分析了他的诗歌和电影剧本,对奥斯特作品中的空间问题进行了较为系统的研究。不过,从布朗对奥斯特作品中空间转换轨迹的描述来看,他对空间的分析基本上局限在地理意义的层面上。在他的分析中,空间并不居于核心地位,而是一种背景和场所,为奥斯特作品的主题服务。因此,直到书的最后,布朗也没有给奥斯特笔下的空间以明确界定。此外,在书中,布朗集中讨论了空间与身份的关系,探讨了奥斯特在不同空间中对身份理解的变化。"开始时是一种碎片式的虚无呈现,接着被一种熟悉感和稳定性代替,但这其中仍然充斥着偶然性和脆弱的表现,最终奥斯特笔下的人物……通过逐步的适应建立了稳定的身份。"[1]布朗强调了空间与身份建构的关系,论述了奥斯特在不同空间中对身份理解的变化。不过,他没有把奥斯特这种对身份的感悟与其自身的犹太背景联系起来,也就无法看出奥斯特借空间表达"犹太性"的叙事目的。

在空间与后现代性的关系上,史蒂文·E. 奥尔福德在《间隔:保罗·奥斯特〈纽约三部曲〉中的意义与空间》("Spaced-Out: Signification and Space in Paul Auster's *The New York Trilogy*",1995)一文中,借《纽约三部曲》里的行人空间、绘制的空间和乌托邦空间这三类空间探讨了自我、空间

---

① Mark Brown. *Paul Auster*,p. 3.

和意义的关系。他在文中指出，行人的空间意味着自我的迷失；在绘制的空间里，人文因素的消失所导致的误解致使空间成为意义的表面呈现；最终，空间的意义体现在乌托邦中。这个乌托邦不是指一个"无地之地"，而是指"一个既不在这里也不在那里的地方"①。奥尔福德把空间的意义归于一个中间地带，认为"它使回家—离开、自我—他者、内部—外部构成的空间，以及行人空间—绘制的空间的出现成为可能"②，最终走向了后现代主义的道路。提姆·伍兹（Tim Woods）在《寻找空中的信号：城市空间与〈末世之城〉中的后现代性》（"Looking for Signs in the Sky：Urban Space and the Postmodern in Paul Auster's In the Country of Last Things"，1995）一文中，从城市空间的角度出发，分析了《末世之城》中空间与意识、空间与语言、空间与主体性的关系，探讨了其中的后现代因素。《保罗·奥斯特的后现代性》一书的作者布伦丹·马丁在论及奥斯特笔下的当代城市时，也以《末世之城》为例，认为末世之城体现了后现代城市混乱、缺少人情味的特点。《保罗·奥斯特的写作机器》（Paul Auster's Writing Machine：A Thing to Write With，2014）一书作者埃维娅·特洛菲莫娃（Evija Trofimova）在《纽约，所有的追寻终将失败》（"New York，Where All Quests Fail"）一文中，把奥斯特在纽约的旅行分为外部和内部两类：穿越大街的行走和房间里思想的游荡。她认为，奥斯特走路与思考的方式极为相似，正是在纽约街道的行走刺激了其思想的产生和写作的发生。在房间里，生命与写作相遇，开启了一场自我叙述。房间就是一本书，贯穿了作者的思想与意识。因此，纽约不只是物质性的存在，还是一个具有心理学意义的场所，为个体建立心目中的纽约城搭建平台。从这一层面上讲，特洛菲莫娃认为在纽约的行走无法赋予这座城市精确的解读，因为每个人心中都有自己的纽约城。特洛菲莫娃对奥斯特小说中纽约的解读彰显了后现代流动、多样、变化的特点。评论家们从多个方面论证了奥斯特小说中的空间与后现代性之间的关系，为奥斯特小说的空间研究和后现代性研究搭建起桥梁，拓宽了我们的研究思路。

　　除此之外，也有评论家注意到奥斯特小说中空间与"犹太性"的关系。

---

① Steven E. Alford. "Spaced-Out：Signification and Space in Paul Auster's *The New York Trilogy*." *Contemporary Literature*，36.4（1995）：614.

② Steven E. Alford. "Spaced-Out：Signification and Space in Paul Auster's *The New York Trilogy*." p. 629.

如在《迷失的喜悦：重历保罗·奥斯特的无地之地》（"The Bliss of Being Lost：Revisiting Paul Auster's Nowhere"，2008）一文中，马库·萨米拉（Markku Salmela）通过考察作家所在的锁闭的房间、城市漫游者迷失的状态和旅行者驾车旅行的生活三个方面，把奥斯特作品中的空间定义为一个"无地之地"（nowhere），认为"无地之地"的空间允许自我暂时摆脱社会建构的身份，直面自我意识的中心。值得注意的是，在文章的最后，萨米拉指出，奥斯特"无地之地"的思想"一方面源于美国文化遗产，另一方面源于犹太人的创伤历史"[①]。萨米拉意识到奥斯特"无地之地"的思想蕴含了犹太人逃离的传统：从出埃及到逃避大屠杀的创伤记忆。但作者只是简单地一笔带过，没有详细阐述奥斯特作品中的空间与犹太历史、文化的关系。另外，在安尼塔·德尔金（Anita Durkin）的《写于边缘：〈布鲁克林的荒唐事〉与〈在地图结束的地方〉中的地方与种族》（"Writing in the Margins：Place and Race in *The Brooklyn Follies* and *Timbuktu*"，2011）一文中，作者讨论了围绕犹太人产生的空间与政治压迫问题。[②] 德尔金不仅描述了犹太人在第二次世界大战大屠杀时期东躲西藏、惶惶不可终日的狼狈生活及幸存之后的精神创伤，还展示了他们移民到美国后经历的苦难与贫困，以及始终无法融入美国社会的局外人身份。这不仅有利于我们了解犹太人曾经遭受的政治迫害和在美国经历的艰苦生活，而且为我们解读奥斯特作品中空间与"犹太性"的关系问题打下了基础。

针对奥斯特作品中的空间问题，评论家们主要探讨了空间与身份、空间与后现代性的关系两个方面。在这两个方面的讨论上，评论家们往往忽略了对奥斯特犹太背景的考察，对奥斯特以空间为媒介来表达自己犹太思想的叙事策略没有予以足够的重视。

与国外批评界相比，国内评论界对奥斯特的批评主要集中在后现代性的问题上，但是近年来，随着评论家们对奥斯特作品中空间和犹太问题的关注，这两个方面的研究热度也逐渐升温。在后现代性方面，数量可观的博士

[①] Markku Salmela. "The Bliss of Being Lost：Revisiting Paul Auster's Nowhere." *Critique*，49.2（2008）：144.

[②] Anita Durkin. "Writing in the Margins：Place and Race in *The Brooklyn Follies* and *Timbuktu*，" In *The Invention of Illusions：International Perspectives on Paul Auster*. Stefania Ciocia and Jesús A. González，eds. Newcastle upon Tyne：Cambridge Scholars Publishing，2011，p. 63.

论文和专著相继出版。台湾大学的蔡淑惠撰写了博士论文《消隐的脸谱：唐·迪力罗与保罗·奥斯特小说中的后现代巅峰经验》(2003)，探讨了这两位作家作品中的后现代表现。上海交通大学的姜颖撰写了名为《保罗·奥斯特小说的后现代叙事策略》(2009)的博士论文。在该文中，作者通过分析奥斯特几部具有代表性的作品，揭示了其小说运用的基本叙事策略，进而管窥奥斯特的叙事风格与其所处的文学背景下的后现代主义叙事风格之间的关系。游南醇的博士论文《充满不确定性的世界——保罗·奥斯特小说研究》(2010)运用后现代理论分析了奥斯特小说中的不确定性，指出奥斯特小说中充满了失落的自我、漂浮的现实、偶然的力量和失效的语言等。李琼在其专著《保罗·奥斯特的追寻：在黑暗中寻找自己的位置》(2012)中从后现代主义与存在主义的角度解读奥斯特的作品，指出其作品的主题，包括身份的追寻、父亲的缺失、自由的追求、语言的不确定性和反侦探的叙事模式等。李金云的专著《保罗·奥斯特小说研究》(2016)以其博士论文为基础，突破后现代主义的限制，认为奥斯特穿梭于后现代语言游戏与现实主义的政治关注之间，形成了与众不同的创作风格，融后现代主义的零度写作、现实主义的介入写作和新出现的新现实主义写作为一体，表现出创作的复杂性与丰富性。在另外一部专著《主体 语言 他者：美国当代作家保罗·奥斯特研究》(2019)中，李金云选取奥斯特的诗歌、传记与小说中的若干代表性作品，运用当代西方关于主体、语言和他者的理论以及戏仿、拼贴、互文性等后现代理论对其创作进行系统研究。在期刊论文方面，姜小卫的《凝视中的自我与他者——保罗·奥斯特小说〈纽约三部曲〉主体性问题探微》(2007)"从后现代关于主体构成性的理论出发"[①]，研究了《纽约三部曲》中主人公们"自我"的变化。丁冬在《论奥斯特〈内心的报告〉中的实验性自我书写》(2021)一文中同样关注自我书写，认为奥斯特通过一系列实验性的叙事策略，试图调和自传文类与后结构主义思想在身份和叙事问题上的矛盾。在《略论玄学侦探小说的基本特征——评保罗·奥斯特的〈纽约三部曲〉》(2008)一文中，李琼认为《纽约三部曲》在"人物塑造、情节安排和叙述模式方面，与传统

---

① 姜小卫：《凝视中的自我与他者——保罗·奥斯特小说〈纽约三部曲〉主体性问题探微》，《当代外国文学》，2007年第1期，第25页。

侦探小说有着很大的差别",因此,她把《纽约三部曲》定义为"玄学侦探小说集"①。持相同观点的还有姜颖和胡全生。他们在《从〈玻璃之城〉看〈纽约三部曲〉对侦探小说的颠覆》(2008)一文中,援引有关反侦探小说的理论,从侦探、探案过程和解决方案三个方面论述了《玻璃之城》对传统侦探小说的颠覆。除此之外,姜颖、胡全生还在《论奥斯特小说情节的偶然性——以〈纽约三部曲〉和〈月宫〉为例》(2009)一文中,以奥斯特的《纽约三部曲》和《月宫》为蓝本,"通过分别检视这两部小说的开端、发展与结尾三部分,进一步揭示了偶然性是奥斯特小说情节中的具体表现形式"②。在《迷宫·偶然与死亡——论保罗·奥斯特〈纽约三部曲〉的叙事艺术》(2015)一文中,崔丹分析了《纽约三部曲》中以迷宫、偶然和死亡为主要特征的叙事艺术,并揭示了其对后现代社会的启迪。综上所述,学者们从自我的分裂、对传统侦探小说的颠覆和对偶然因素的运用等方面来论述奥斯特的后现代性,为国内的奥斯特研究打下了基础。

在空间问题上,丁冬的博士论文《感知城市的多重维度——论保罗·奥斯特的城市书写》(2015)避开以往评论者对奥斯特文本所作的形式分析,从其小说创作中持续关注的城市主题切入,对奥斯特笔下的城市形态和再现主题进行概括和梳理,从而展现奥斯特复杂、多元的城市观。尹星的《保罗·奥斯特的〈玻璃城〉:后现代城市的经验》(2016)聚焦《玻璃城》,探讨了奥斯特如何书写在后现代城市中人们所面临的困境及其生活经验。张媛在《转身中的保罗·奥斯特城市景观书写嬗变》(2016)一文中,选取《纽约三部曲》《布鲁克林的荒唐事》《日落公园》三部小说,从城市的主体体验、城市的空间形式和城市的叙事实践三个维度来探讨奥斯特在从后现代主义向现实主义转变中的城市景观书写嬗变。丁冬在《论〈日落公园〉中保罗·奥斯特的纽约书写》(2017)一文中,认为奥斯特以现实主义的笔调再现了政治、经济危机侵袭之下城市所暴露出的问题,并强调个体应通过艺术和身体感知来认识自我、体知生存的意义。学者们对奥斯特作品中空间问题的探讨伴随着作者自身从后现代主义到现实主义写作风格的转变,也逐渐转向了现

① 李琼:《略论玄学侦探小说的基本特征——评保罗·奥斯特的〈纽约三部曲〉》,《外国文学评论》,2008 年第 1 期,第 66 页。
② 姜颖、胡全生:《论奥斯特小说情节的偶然性——以〈纽约三部曲〉和〈月宫〉为例》,《江西社会科学》,2009 年第 6 期,第 114 页。

实主义的维度。

在"犹太性"方面,高莉敏的《语言自觉与文化身份建构——保罗·奥斯特〈玻璃城〉中隐含的"犹太性"》(2010)从小说主人公对语言的自觉、对边缘文化的思考和对自我身份的探寻三个方面,探索了作品中隐含的"犹太性"。在《保罗·奥斯特与当代美国犹太作家》(2012)一文中,她通过比较奥斯特与多克托罗和菲利普·罗斯两位美国犹太作家在创作手法和主题表达上的异同,指出奥斯特小说的独特性,并由此说明当代美国犹太文学的一些特点。在《〈末世之城〉:大屠杀的历史记忆》(2016)一文中,她探讨了奥斯特如何借末世之城的禁闭空间再现第二次世界大战中对犹太人大屠杀的历史,表达对历史和民族身份的记忆。随着时代的发展,越来越多的学者开始关注奥斯特作品中的"犹太性"问题,研究的角度也越发多样化,涉及主题、创作手法、历史文化等多个方面。

综观国内外的奥斯特研究可以发现,后现代性研究容易弱化对作品现实意义的考察①;空间分析容易忽略对其背后犹太作家创作心理的探究;"犹太性"研究容易局限于犹太话语,忽视美国语境中犹太研究的意义。简而言之,大多数有关奥斯特的批评没有将他作品中的空间问题与其自身的美国犹太背景,以及犹太历史、宗教、文化和美国社会现实等因素结合起来进行考察,也没有看到表现在奥斯特作品中的美国犹太情感如何随着空间的变化而变化。这是我们在对奥斯特的作品进行分析和批评时应该注意的。

第三节　空间理论

本书以亨利·列斐伏尔、米歇尔·福柯和爱德华·W. 索杰等提出的空间理论为基础,从现实的日常生活空间、虚实相间的权力空间和无形的第三

---

① 最近的奥斯特研究显示,越来越多的学者开始关注奥斯特作品的现实意义,比如孙霄、高依诺:《论保罗·奥斯特〈4321〉中的美国国家信念裂痕》,《山东外语教学》,2022 年第 6 期:第 71-78 页。申圆、王秀梅:《〈布鲁克林的荒唐事〉中的家庭抗逆力论析》,《外语研究》,2023 年第 5 期:第 106-111 页。Arce Álvarez and María Laura. "The Urban Essential Solitude of the Hunger Character: A Blanchotian Reading of Paul Auster's *Moon Palace* ." *Critique* , 1 (2024): 1-14.

空间三个方面来探讨奥斯特小说中的空间问题,以指出奥斯特笔下的空间话语与美国犹太书写之间的关系。

列斐伏尔是 20 世纪 60 和 70 年代法国著名的空间理论家。他提出空间是一个三元组合,包括空间实践(感知的空间)、空间的再现(构想的空间)和再现的空间(实际的空间)。在列斐伏尔看来,空间具有它的物质属性,但是它绝不是与人类、人类实践和社会关系毫不相干的物质存在。空间也具有它的精神属性,但这并不意味着空间的观念形态和社会意义可以抹杀或者替代它作为地域空间的客观存在。社会空间既不同于物理空间和精神空间,又包容进而超越两者。列斐伏尔把客观的物质空间和主观的精神空间融合为社会空间。社会空间具有两种不同的性质:它是一个可分开的领域,可以与物质空间、精神空间相区别;同时又是向无所不包的空间思维的趋近,最具包容性的社会空间概念包含三种空间——感知的、构想的与实际的。① 空间与社会实践是相互建构的辩证互动关系。简言之,列斐伏尔认为空间体现了物质、精神与社会的三重辩证法。其中,现代世界的日常生活是其空间理论的出发点和落脚点。列斐伏尔把日常生活的实践与空间理论结合起来,提出关于现代日常生活的空间理论,认为现代世界是一个高度同质化、商品化和科层化的空间,它"被技术理性、市场交换所入侵,被传播媒体的符码化统治体制多重性地殖民主义化"②,日常生活的异化成了现代性的主导特征。由此可见,列斐伏尔的空间理论与其毕生从事的日常生活批判一脉相承。他试图用空间性的问题来融化日常生活的问题,探讨现代世界的日常生活空间。列斐伏尔赋予空间与时间同等重要的地位,揭示出现代和后现代世界的空间内涵,为我们的日常生活研究、空间研究和现代性思考提供了参考。

几乎在同一时间,法国另一位空间理论家米歇尔·福柯也开始关注日常生活的空间。但是,与列斐伏尔不同的是,福柯专注于日常生活中的一些特殊空间,如学校、医院、精神病院、监狱等。福柯在谈到特殊空间对个体进行控制的问题时认为,西方只有两种大的模式:一种是排斥麻风病人的模式;另一种是容纳鼠疫病人的模式。麻风病人引起了驱逐风俗,在某种程度

---

① 吴宁:《日常生活批判:列斐伏尔哲学思想研究》,人民出版社,2007,第 383-384 页。
② 刘怀玉:《现代性的平庸与神奇:列斐伏尔日常生活批判哲学的文本学解读》,第 43 页。

上提供了"大禁闭"的原型和一般形式;瘟疫引出了种种规训方案,它要对大批人群进行复杂的划分、深入的组织监视与控制、实现权力的强化与网络化。麻风病人被卷入一种排斥的实践,放逐—封闭的实践,等待毁灭;瘟疫患者则被卷入一种精细的分割战术中。一方面是大禁闭,另一方面是规训;一方面是麻风病人及对他的隔离,另一方面是瘟疫及对它的分割。① 纠结在前一空间中的权力是镇压、消灭、抹除的暴君权力;存在于后者空间中的权力是生产、矫正、改造的规训权力。前者来势汹汹,粗犷、猛烈;后者悄然而至,平稳、冷静。前者志在消除,后者志在改造;前者是将非规范性的东西抹除,后者是将其矫正。这就是两种权力形态的差异,也是两种社会形态——暴君社会和规训社会——的差异。福柯阐释了两种特殊空间中的不同权力形态。

在对待空间问题上,列斐伏尔关注具有普遍性和中心性的日常生活空间,福柯重视具有特殊性和边缘性的体制化空间,他们研究的侧重点不同。但他们的相同之处在于,无论是针对具有普遍意义的日常生活空间,还是针对个别的特殊空间,他们的研究对象都是真实的有形空间。

但是,这一点在美国空间理论家爱德华·W. 索杰这里发生了变化。他提出了第三空间的概念,转向了对无形的多元空间的讨论。索杰认为,第一空间是物质或物质化了的空间,第二空间是构想的、精神性的空间,而第三空间瓦解了传统的二元论,它既是一个区别于其他空间(第一空间和第二空间)的空间,又是超越所有空间的混合物。索杰强调在第三空间里,一切都汇聚在一起:主体性与客体性、抽象与具象、真实与想象、可知与不可知、重复与差异、精神与肉体、意识与无意识、学科与跨学科等。② 换言之,这是一种开放的多样化空间。索杰认为,列斐伏尔的三元辩证法城市类似于他的第三空间:"一个极大开放且充满无限机会的生活空间。这里所有的历史地理,所有的时间地点,都无所不在地被呈现与表征,成为一个力量与支配、权力压迫与反抗的战略空间。"③索杰提出第三空间的目的在于推翻非此即彼

---

① 米歇尔·福柯:《规训与惩罚:监狱的诞生》,刘北成、杨远婴译,生活·读书·新知三联书店,1999,第222页。

② 陆扬:《译序》,爱德华·W. 索杰:《第三空间:去往洛杉矶和其他真实和想象地方的旅程》,上海教育出版社,2005,第13页。

③ 爱德华·W. 索杰:《第三空间:去往洛杉矶和其他真实和想象地方的旅程》,第388页。

的二元论,发现另一种政治选择的和彻底开放的"后现代地理","集中探讨阶级、种族、性别、性趋向等问题同社会生活空间性的关系,反思由此凸显出来的差异和认同的文化政治"。① 因此,索杰所走的通向第三空间的道路将我们引向了后现代文化的特别领域,引向了对有关差异与身份的新文化政治的讨论。

通过以上对三位空间理论家观点的简单介绍,我们可以看出列斐伏尔关注现代世界的日常生活空间,侧重对社会意义的探究;福柯重视特殊的体制化空间,着力于对权力关系的分析;索杰转向目不可见的多元空间,展开对有关差异与身份的新文化政治的讨论。三位空间理论家从各自的视角出发,阐述了对空间的理解和看法。

在空间理论的指导下,观照奥斯特的小说作品可以发现,从《纽约三部曲》中的纽约,到《末世之城》中虚实相间的末世之城和《偶然之音》中亦真亦幻的庄园,再到《海怪》和《在地图结束的地方》中身份选择的空间,最后回到《布鲁克林的荒唐事》中现实的布鲁克林,奥斯特对空间的探讨既包括了像纽约、布鲁克林这种日常生活的空间,也包括了末世之城、庄园代表的权力空间,还有无形的第三空间——关于差异与身份的新文化政治空间。在这三类空间中,奥斯特探讨了当代美国犹太人的身份追寻、历史记忆、自由幻想、政治主张、边界观和共同体思想,表达出一名美国犹太人的立场与主张。可以说,奥斯特笔下的空间话语与美国犹太书写紧密相连。他从现实中的空间出发——寻绎身份,历经虚实相间的权力空间——追溯历史,最后回到现实——探讨与当代美国犹太人生活息息相关的自由、政治、边界和共同体等话题,形成一个圆环结构,表达了在美国社会建立以美国和犹太政治文化共通互补为基础的共同体的愿望,而这也正是其美国犹太书写的独特之处。以此为参照,本书第一至六章将分别围绕纽约与身份意识、末世之城与大屠杀历史记忆、庄园与自由幻想、自由女神像与政治主张、爱伦·坡故居与边界观、城市变体与共同体思想这六个主题展开讨论,力求厘清奥斯特小说中空间话语与美国犹太书写之间的关系。

---

① 陆扬:《译序》,爱德化·W.索杰:《第三空间:去往洛杉矶和其他真实和想象地方的旅程》,第7页。

第一章　纽约与身份追寻

在《现代世界的日常生活》(*Everyday Life in the Modern World*, 1984)一书的前言中,菲利普·万达(Philip Wander)总结了列斐伏尔对日常生活的描述。他认为:"'日常生活'意味着枯燥的日常琐事,每天的上班、支付账单和回家时的疲惫缓行。这是一种超越哲学领域的存在,无法用言语描述,是包围我们的灰色现实。"①从万达的话中可以看出,日常生活就是每天发生在我们身边的点滴细事,其中既离不开物质存在的参与,也包含了精神因素,更与社会现实密切相关。由此引申出的日常生活空间是一个同时包含地理、社会与文化三个层面的空间,是一个三维、立体的概念。城市作为人们居住、工作和休闲的场所,往往成了日常生活空间的集中体现。《城市是什么》("What Is a City?", 1999)一文的作者史蒂夫·派尔(Steve Pile)在谈到城市的独特品质时,认为有三点必不可少:"城市生活的规模与程度、城市环境和城市的社会意义。"②根据派尔的观点,城市不仅是一种物质存在,还有掩盖在更广泛城市环境概念下的整个社会实践活动,即居于其中的人的日常生活,正是这些普通人的活动构成了城市的社会意义。由此可见,城市包括了日常生活空间的三个层面,是日常生活实践的集中体现。

在奥斯特的成名作《纽约三部曲》中,纽约是日常生活空间的化身。《纽约三部曲》由《玻璃城》《幽灵》《锁闭的房间》三部小说构成。这三部小说均

---

① Philip Wander. "Introduction to the Transaction Edition," In *Everyday Life in the Modern World*. Henri Lefebvre, Sacha Rabinovitch, trans. New Brunswick and London: Transaction Books, 1984, p. vii.

② Steve Pile. "What Is a City?" In *City Worlds*. Doreen Massey, John Allen and Steve Pile, eds. London and New York: Routledge, 1999, p. 6.

以纽约为背景,套用侦探小说的框架,探讨了现代人在大都市里的异化和他们对自我身份的追寻。正因为如此,三部小说合为一体,被称作《纽约三部曲》。这一命名恰恰突出了纽约的城市空间在这三部小说中的重要作用。正如奥斯特所说:"纽约是《纽约三部曲》的主要人物。"①奥斯特笔下的纽约作为现实的日常生活空间,是物质、精神与社会的三位一体。在纽约的地理迷宫中,小说中的人物纷纷陷入迷失的状态中,这种迷失代表了个体乃至整个社会的危机,日常生活的异化成了纽约社会的主要特征。奥斯特在认识到纽约社会异化特征的同时,没有放弃从日常生活中寻找希望的可能。在小说中,这一可能表现在作为日常生活空间基本组成部分的房间中。小说中的人物在封闭的房间里实现了犹太身份的回归,感受到了犹太身份的悖论,经历了美国身份与犹太身份的冲突。封闭的房间成了犹太身份的象征,投射了作者为当代美国犹太人超越社会异化、破解身份危机和实现精神救赎找寻出路的主观意图。

第一节　异化的纽约社会:自我的迷失

　　身份作为社会空间的产物,受制于城市语境构建。换句话说,城市语境影响了个体的身份认知。但是反之,个体的结构与行为又是城市语境构建的基础,城市起初于生活在复杂社会环境中的人类主体。在《纽约三部曲》的第一部《玻璃城》中,奥斯特借用侦探小说的框架,把身为悬疑小说家的奎恩改造成侦探,使其成为一个独特的空间性单元——兼具小说家的感性和侦探的理性;②通过描写其跟踪犯罪嫌疑人的过程,聚焦个体的行走与思

---

① Quoted in Mark Brown. *Paul Auster*, p. 1.

② 《玻璃城》的主人公奎恩是一名悬疑小说家,当同一个电话连续三次打到他的家里要求一个名叫保罗·奥斯特的侦探接听时,奎恩就假装自己是侦探奥斯特,接下了案子。奎恩要监视的是一个叫斯蒂尔曼的人,聘请他的正是此人的儿子小斯蒂尔曼。小斯蒂尔曼从小被父亲禁闭,后因房屋失火才侥幸逃脱,老斯蒂尔曼也因此锒铛入狱。如今父亲出狱,为防报复,小斯蒂尔曼决定聘请奎恩跟踪他。由此可见,整部小说都是围绕斯蒂尔曼家的这桩案子展开。

考,从而为纽约城市语境的构建打下基础。

　　奥斯特描写奎恩地理生产的过程是从他接下案子、准备面见雇主开始的。作者详细讲述了奎恩出发和离开时的地理位置及周边景观,还特意说明了他在此过程中的方位变化,从而勾勒出纽约的大致轮廓,帮助读者获得了关于这座城市的最初印象。在小说中,作者提到奎恩出门一小时后,站在了第七十街和第五大道的交叉口,一边是公园,一边是弗里克陈列馆。"他一路走去,穿过街道,向东走去。到麦迪逊大道时他往右拐向南走到一个路口,再左拐,看到了他要去的地方。"①经过一番周折,奎恩来到了雇主小斯蒂尔曼的家里。当他离去时,他站在第七十二街和麦迪逊大道的路口,叫了一辆出租车,穿过公园向西城驶去。当他到了家门口时,"他又折回第一百零七街,在百老汇那儿向左拐,朝上城方向走去"②,最终在第一百一十二街的"顶点餐馆"门口停下。从空间景观的转换到地理方位的变化,奥斯特对奎恩第一次出门的空间位置描写具体而烦琐。正是通过这种描写,读者感受到了纽约复杂的地理环境,为此后作者揭示纽约的迷宫本质埋下伏笔。

　　奥斯特描写奎恩地理生产的方式不仅包括单纯的文字描述,还有图画表征。这是运用了"混合媒介"的方法。克里斯托弗·德克(Christof Decker)在《创伤叙事:混合媒介与隐形的冥想》("Trauma Narratives: Mixed Media, and the Meditation on the Invisible", 2012)一文中提出"混合媒介"的概念,把它定义为一种运用多感官和符号类型的技术手段。德克借助这种方式讲述创伤,将其呈现为一种视觉体验。奥斯特则把它运用到空间的生产中,借着奎恩跟踪犯罪嫌疑人老斯蒂尔曼的过程,把老斯蒂尔曼的空间行动和奎恩的地图分析结合在一起,图文并茂地构架起一座"THE TOWER OF BABEL——巴别塔"迷宫。在跟踪老斯蒂尔曼的过程中,奎恩发现对方总是在一个有限的范围内打转,"北至第一百一十街,南到第七十二街,西面是河滨公园,东面就到阿姆斯特朗大道为止了"③。奎恩首先在笔记本上画了一幅老斯蒂尔曼步履所及区域的地图,描绘了他的活动范围和其中的重要景观:从阿姆斯特朗大道到百老汇大道、西区大道、河滨路,再到河滨公园、哈德逊河。老斯蒂尔曼的行踪好像经过精心设置,"不管怎么随意地

　　① 保罗·奥斯特:《纽约三部曲》,文敏译,浙江文艺出版社,2007,第 14 页。
　　② 保罗·奥斯特:《纽约三部曲》,第 40 页。
　　③ 保罗·奥斯特:《纽约三部曲》,第 63 页。

游动,他的路线似乎总是如此——他每一天的活动日程都不一样——斯蒂尔曼从不越过这些'边界'"①。表面上看,老斯蒂尔曼的行动路线非常简单,他的活动范围仅限于此,而且清晰可见,似乎整个纽约就浓缩在这一区域内。但当奎恩用笔在地图上追寻老斯蒂尔曼每一天的行动路线时,他发现了其中的变化。老斯蒂尔曼的行动路线开始时接近一个矩形,像字母"O"。接下来的一天,这幅图变成了一只展翅翱翔的小鸟,像字母"W"。第三幅图是字母"E"。第四幅图的图形成了一个代表字母"R"的形状。

> 再下来的一天,图形上给了他一个有点偏斜的"O"字,像是一个甜面圈,一侧撞在另一组张突着三四个锯齿的参差不齐的线条上。然后出现了一个小小的"F",一侧带着洛可可风格惯常具有的涡状纹饰。这以后是一个"B",看上去像是两个随意摞在一起的盒子,边角被精心打磨过了。继而是一个站立不稳的字母"A",有点像是一把梯子,每一边都有几个梯阶。最后,是第二字母"B":不稳定地偏向一个甩出去的尖齿上,像是一个颠覆的金字塔。②

老斯蒂尔曼的空间行动每天都有新的变化,呈现出新的姿态,奎恩用图画描绘出了这一变化。当奎恩把这些空间分析的图画放在一起后,答案就有了:THE TOWER OF BABEL——巴别塔。老斯蒂尔曼挪动自己的脚步架构起一座巴别塔迷宫,纽约熟悉的景观成了迷宫中的标志物。奎恩把这一切形诸笔墨,通过书写再现了这座迷宫。利用小说叙事经验和地图绘制经验,奥斯特把充满想象力的文字与可视性极高的图画相结合,构成了一种可知可感的思维视觉,展示了纽约成为地理迷宫的可能性,既把文字变成了极具审美张力的图画,又利用图画拓展了小说语言的文本空间,帮助读者在此基础上获得一种空间判断,见识了纽约的迷宫本质。

如果说奎恩对纽约城市空间的构建起初是被动、消极的,缺乏一种主观能动性,不足以揭示纽约城的本质,那么当老斯蒂尔曼失踪之后,奎恩自己漫步在纽约街头、穿行于不同地理景观时,他对周遭空间的生产就极具说服力了。

---

① 保罗·奥斯特:《纽约三部曲》,第 63 页。
② 保罗·奥斯特:《纽约三部曲》,第 74 页。

他走过百老汇,走到第七十二街,转向东面的中央公园西区,然后顺着公园走到第五十九街,走过了哥伦布雕像。他在这儿又一次拐向东边,沿着中央公园南区一直走到麦迪逊大道,然后折向右边,沿着闹市区走到中央车站。这样随意地转了几个路口后,他又往南走了几英里,沿着第二十三街来到百老汇和第五大道的交义处,停下来看了一下熨斗大厦,来回想了一下路程,向西拐弯一直走到第七大道。他在这儿左转,往闹市区走了一阵,在谢里丹广场他又转向东面,溜溜达达走过威佛利广场,穿过第六大道,继续向华盛顿广场走去。他穿过拱门……转而他从东面的角上离开了这个小公园,穿过植着片片绿草坪的大学区,在休斯敦街转向右边。在西百老汇,他又拐了个弯。这一次是向左,一直走到运河街,稍微有点儿偏斜地拐向右边。他穿过一个袖珍公园,转到凡瑞克街,走过六号门口。他曾在这儿住过,然后他又向南走去,再次走过西百老汇,这条街和凡瑞克街相通,从西百老汇来到了世贸中心大楼……他又向东走去,逛到金融区狭窄的街道上,然后掉头往南,向草地滚木球场走去……在富尔顿街,他右拐顺着东百老汇大道朝东北方向走去,这条路引领他穿过乌烟瘴气的曼哈顿下城东区,接着进入唐人街。在那儿他又转入包厘街,那条路带他一直走到第十四街。随之又拐向左边,穿过联合广场,继续往上城方向走到公园大街南面。到第二十三街,他转身向北。走过几个路口后,他又向右转,走过一个路口拐向东面。然后顺着第三大道走了一会儿,在第三十二街他转向右边,来到第二大道,再向左,又朝北走过三个路口,然后他最后一次右拐,从那儿走到第一大道。他顺着这条街一直穿过七个路口来到联合国大厦,决定短暂地休息一下。①

从百老汇到唐人街,再到联合国大厦,奥斯特用一页多的篇幅来描写奎恩的行踪。作为一个有血有肉的人,奎恩自身就是一个独特的空间性单元。伴随着他的行为和活动,其周围的空间又不断地被塑造和生产。从中央公园、哥伦布雕像、世贸中心大楼等标志性的建筑,到第七十二街、第五十九街、第七大道等各类街道,再到东南西北四方位的频繁转换,这些固定的空间组织

① 保罗·奥斯特:《纽约三部曲》,第 114-115 页。

保罗·奥斯特小说中的空间书写

在奎恩的介入和参与下发生了新的关联,衍生出新的空间关系。奎恩的行踪塑造了他周围的空间,而他的行为空间在这些空间组织和关系的作用下,又表现为纽约的城市地理。不过,在奥斯特的笔下,纽约的城市布局并非井然有序、等级分明。以广场、公园为代表的公共空间和以住宅、公寓为代表的私人空间,以及以街道、马路为代表的中转区域交织在一起,①呈现出一幅你中有我、我中有你的景象。似乎在奎恩的脚下,纽约所有主干道、大街小巷和各类建筑都融合为一个整体,成了一座移动的迷宫。正如奎恩自己所说:"纽约是一个永远不缺新鲜花样的地方,一个无穷无尽的迷宫,不管他走出多远,不管他走入了如指掌的街邻地带还是其他什么街区,总会给他带来迷失的感觉。"②奎恩无数次地游荡过纽约的各类景观、场所和地点,却永远也无法把握这座城市、累积关于纽约的空间经验。奥斯特通过安排奎恩在纽约城的行走,让其参与纽约地理的制造,读者借着奎恩的行动与感知获取关于纽约的空间经验,最终触碰到这座城市的迷宫本质。从描写奎恩的第一次出门,到讲述奎恩跟踪老斯蒂尔曼的过程,再到记录奎恩漫步纽约街头的行踪,奥斯特一层层地掀开了覆盖在纽约上空的面纱,揭示了纽约城市迷宫的本质。

城市是时空关系与人类认知相交会的场所,人类对一个城市的感知和与之相关的时空关系紧密相连。在小说中,奎恩的行为和思想塑造了纽约城市迷宫语境,反过来,纽约的地理空间也深刻影响了奎恩的感受和认知。空间话语逐渐对人物的命运和小说情节的发展起到了决定性的作用,不同的地点、不同的建筑,甚至是一座房子里不同的房间都能对人物和小说情节产生不一样的影响,"像医院、监狱、军队等机构空间甚至能决定出场的人和即将发生的事"③。可以说在某些小说作品中,空间决定了人物的行为,也决定了他们的精神状态。在《玻璃城》中,当小说主人公奎恩漫步于纽约街头时,奥斯特说道,他"从来都不是有目标地出行,只是让那两条腿把自己带

---

① 列斐伏尔在《空间的生产》中认为,城市空间由三部分组成:一是公共空间,如庙宇、宫殿和政府大楼等;二是私人空间,如住宅、公寓等;三是介于上述两者之间的空间,如交通干线、中转区域等。列斐伏尔笔下的城市空间井然有序、等级分明。但在奥斯特的小说里,这种鲜明的划分被打乱了,不同空间之间的界线变得模糊起来,各类建筑、街道交融在一起。

② 保罗·奥斯特:《纽约三部曲》,第 3 页。

③ Wesley A. Kort. *Place and Space in Modern Fiction*. Gainesville: University Press of Florida, 2004, p. 16.

到什么地方就是什么地方"①。奥斯特强调了奎恩在纽约物质空间中的精神感受,即一种迷失的感觉,而

> 迷失,不仅是摸不清这个城市,而且也找不到他自己了。他每一次散步出去,都会觉得他把自己撇在身后了,一边走一边就把自己丢在了街上,因为把感知能力降至仅仅是一双眼睛的视觉,这就逃避了思考的义务,只有这种方式,才能使他得到一种内心的平静,一种祛邪安神的虚空。外面的这个世界,他四周的,他前面的,一直处于变化之中,他的目光不可能长时间地停留在任何一样东西上面。重要的是他在走动,一步一步地迈出去,只不过是把自己的躯体向前挪移的动作而已。漫无目标的游荡使得所有的步履变得意义等同,并不是要把他送往什么地方去。在最享受的漫步时刻,他会有一种不知身置何处的感受。这种感受,最后就成了他所期望的情形:身处乌有之乡。②

在纽约的地理迷宫中,伴随着奎恩的行动,他周围的空间景观和组织不断发生变化,但这无法引起奎恩的驻足和停留。他的精神早已脱离了躯体,头脑摆脱了思考的义务,只剩下两条腿带着他漫无目的地游荡在纽约的城市空间中。在最享受的时刻,纽约仿佛成了奎恩在自己的周围垒起来的一个乌有之乡,迷失成了他生活的主旋律。这种迷失意味着奎恩丧失了在纽约的城市地理中为自己定位,以及准确找出自己方位的能力。不过,迷失不仅是"摸不清这个城市",而且是"找不到他自己了",即一种自我的迷失。奎恩的自我迷失源于他把自身的空间与作为外部环境的城市空间完全对立起来,沉浸在自己的世界里。当他忽视周边世界的变化时,这也意味着他失去了自我评价和认同的外在参照物,最终迷失了自我。这种迷失不仅是空间意义上的迷失,还包含了时间上的概念。在他的心里,时间已经凝固停滞了。正如奥斯特所说,虽然他活着,但"这个实实在在的事实开始一点一点地迷住了他——好像他竭力要比自己活得长久似的,好像不知是怎么回事,他在过着一种死后的生活似的"③。继在纽约具有标识性的地理空间中失去了

---

① 保罗·奥斯特:《纽约三部曲》,第 3 页。
② 保罗·奥斯特:《纽约三部曲》,第 3-4 页。
③ 保罗·奥斯特:《纽约三部曲》,第 5 页。

为自己绘制出空间位置的能力后,奎恩又"丧失了时间意识"①,无法获得关乎其生命的持续观念。空间与时间经验中的断裂成了奎恩意识的基本特征。

　　奎恩的个体自我与周遭环境的关系发生紊乱,这意味着其混淆了自身躯体空间与纽约城市空间之间的差异。由于无法分清自身躯体的界限,因而奎恩迷失于外部环境的海洋中,放弃自身的认同性,换言之,其作为生命独立体的异质性消失了,身份危机由此产生。在小说中,奎恩以悬疑小说家的身份登场,但他之前写过诗集、剧本、评论文章,也翻译过作品。为了把现在的自己和之前著书立说的自己区分开来,他决定用威廉姆·威尔逊(William Wilson)的名字来发表作品。威廉姆·威尔逊是爱伦·坡同名小说中的人物,他因为内心的异己性杀死了自己的另一面。奎恩用这个名字来发表作品,既表明他的双重身份,也说明他对之前自己的排斥。奎恩不仅用威廉姆·威尔逊的笔名写悬疑小说,还想象自己就是小说中的侦探马克斯·沃克,"沃克正一点一点地成了奎恩生命的一个呈现形式,成了他精神上的兄弟,孤镜中的同伴"②。在奎恩、威廉姆·威尔逊、马克斯·沃克之间,奎恩处于自我的三重奏中。当同一个电话连续三次打到他的家里要求一个名叫保罗·奥斯特的侦探接听时,奎恩又摇身一变成了侦探奥斯特。事实上,侦探奥斯特并不存在,存在的是作家奥斯特,奎恩又与作家奥斯特形成了呼应。奎恩在小说中的身份是复杂而多变的,他不断地在作家和侦探的角色之间转换。正如作者奥斯特所说,奎恩一直生活在"private eye"和"private I"的夹缝中。"private eye"是侦探的意思,"private I"是孤独的自我的意思,"隐喻"了作家的处境。对于处于夹缝中的奎恩来说,他的这种双重生活极易模糊他对自己身份的认识。他在笔记本中写道:

　　　　然后,最重要的是:记住我是谁。记住我应该成为谁。我觉得这不是什么游戏。另一方面,没有什么事情是清楚明了的。例如:你是谁?如果你认为你知道这事情,为什么你一直在撒谎呢?我对此没有答案。所有我能够说的是:听我说。我的名字是保罗·奥斯特。这不是我的真

---

①　Carsten Springer. *A Paul Auster Sourcebook*. Frankfurt am Main: Peter Lang, 2001, p. 25.
②　保罗·奥斯特:《纽约三部曲》,第 6 页。

实姓名。①

奎恩丧失了作为能动人的理性，他矛盾、纠结的自我认知意味着其陷入了身份迷失之中，这也代表了一种身份的危机。卡斯滕·施普林格（Carsten Springer）在《危机：保罗·奥斯特作品》（Crises：The Works of Paul Auster，2001）一书中谈到奥斯特作品中的危机时指出，这是"奥斯特主人公们的身份危机"②。施普林格把奥斯特作品中的危机归纳为身份危机，认为这是奥斯特作品的主题。正是在这种身份危机的影响下，奎恩纠结于自我认知的问题，忽视了外部时空关系的变化，陷入迷失之中。因此，他在纽约街头经历的身体与精神的双重迷失也就顺理成章了。

空间不仅仅指城市本身，还有掩盖在更广泛城市环境概念下的整个社会实践活动。换句话说，空间是文化和社会关系的产物，是一种社会形态学。在小说中，奥斯特描写纽约的地理迷宫和人物的精神迷失是为了折射纽约社会的空间形态。正是纽约的社会空间决定了城市的物理空间和人们的精神世界，而社会空间又是由人们的日常生活活动构成。正如《城市里的世界》（"Worlds Within Cities"，1999）一文的作者约翰·艾伦（John Allen）所说："城市影响了我们的认知，而我们在城市中的体验又赋予其意义。"③他认为，城市影响了人们的日常生活，反过来人们的日常生活又赋予城市以意义。换句话说，城市的意义就体现在人们的日常生活中。因此，要探讨小说中导致奎恩身份危机的缘由，必须深入纽约的社会空间中，关注奎恩的日常生活。列斐伏尔在《日常生活批判》（Critique of Everyday Life，1991）第一卷中指出，日常生活包含了三个方面的内容："工作、家庭和'私人'生活、休闲活动。"④列斐伏尔认为，通过对工作、家庭和私人生活，以及休闲活动三个方面的考察，可以了解现实的日常生活。在《玻璃城》中，奥斯特正是从这三个方面入手，对奎恩的日常生活状态进行了解读。本书先从家庭和私人生活方面进行阐释。

---

① 保罗·奥斯特：《纽约三部曲》，第 45 页。

② Carsten Springer. *Crises：The Works of Paul Auster*，p. 2.

③ John Allen. "Worlds Within Cities," In *City Worlds*. Doreen Massey，John Allen and Steve Pile，eds. London and New York：Routledge，1999，p. 81.

④ Henri Lefebvre. *Critique of Everyday Life*. *Vol*. *1*：*Introduction*. John Moore，trans. London and New York：Verso，1991，p. 32.

在家庭和私人生活方面，奎恩的妻儿已死，他独自一人"隐居"在纽约的一处公寓房里。奎恩以创作悬疑小说为生，用威廉姆·威尔逊的名字发表作品，但他从不从自己笔名的后面现身而出。"他有一个代理人，但他们从不碰面。他们的接触来往只限于信件，出于这种考虑，奎恩在邮局租用了一个编号信箱。和出版商的交往也照此办理，对方支付给奎恩的所有费用，稿酬和版税，一概通过代理人。"①在奎恩的"隐居"生活中，保持他与外界联系的唯一媒介就是他在邮局租用的编号信箱。编号信箱的出现是通信与运输进步的结果。在 20 世纪的技术革命中，通信和运输方面的进步最为显著，它们"致力于追求速度的突破与时间的压缩，缩短交流时间并降低空间的隔离性"②。小说中奎恩用的编号信箱就体现了现代世界的这种时空压缩③。在它的帮助下，奎恩能够及时与代理人、出版商沟通交流，获取稿费，维持生活的正常运转，而无须见面。不过，现代世界的时空压缩，在使人们的生活变得更加方便、快捷的同时，也在一定程度上促使人们过上了一种"与世隔绝"的生活。当人们通过书信邮件、电话电报、互联网等方式与他人联系时，在场东西的直接作用越来越被在时间和空间意义上缺场的东西取代。人们渐渐局限在自己的小天地里，忽视了正常的人与人的交往。小说中奎恩的"隐居"生活正是如此。他的社会活动越来越依赖于在时空不在场的状况下进行，他与他人面对面、亲密无间的交往一天天减少，人际关系一天天疏远，最后，他也不再有什么朋友了。奎恩的日常生活空间虽然在功能上更有效了，但却大大降低了他在其中体验的质量。最终，"奎恩成功地在纽约市中心为自己建立了一种孤独的存在"④。

奎恩日常生活中最主要的工作就是创作悬疑小说。"他每年通常要花

---

① 保罗·奥斯特：《纽约三部曲》，第 5 页。

② 吴宁：《日常生活批判——列斐伏尔哲学思想研究》，第 328 页。

③ "时空压缩"的概念首先由戴维·哈维（David Harvey）在《后现代的状况》（*The Condition of Postmodernity：An Enquiry into the Origins of Cultural Change*，2004）一书中提出。他认为"这个词语标志着那些把空间和时间的客观品质革命化了，以至于我们被迫、有时是用相当激进的方式来改变我们将世界呈现给自己的方式的各种过程。……资本主义的历史具有在生活步伐方面加速的特征，而同时又克服了空间上的各种障碍，以至世界有时显得是内在地朝着我们崩溃了。……由于空间显得收缩成了远程通信的一个'地球村'，成了经济上和生态上相互依赖的一个'宇宙飞船地球'——使用两个熟悉的日常形象化的比喻——由于时间范围缩短到了现存就是全部存在的地步（精神分裂症患者的世界），所以我们必须学会如何对付我们的空间和时间世界'压缩'的一种势不可挡的感受"。详见戴维·哈维：《后现代的状况——对文化变迁之缘起的探究》，阎嘉译，商务印书馆，2004，第 300 页。

④ Mark Brown. *Paul Auster*，p. 34.

上五六个月的工夫写小说"①,悬疑小说占据了奎恩日常生活中一半的时间。不过,真正掌握奎恩日常生活节奏的却是符号。在小说中,奎恩虽然以创作悬疑小说为生,但其创作的素材并非来自亲身经历。"奎恩也像大多数人一样,对杀人越货的门道几乎一无所知。他从未谋害过什么人,也从未偷过什么东西,而且干那种事儿的人他一个也不认得。他有生以来没进过警察局,从来没跟私家侦探打过照面,也从未跟罪犯说过话。"②所有这方面的知识都是来自书本、电影和报纸。奎恩撰写悬疑小说的素材完全来自大众媒介,而不是现实的体验。他从这些大众媒介中获得的信息,就像罗兰·巴特(Roland Barthes)在谈到"表现的服饰"——时装杂志上刊登的服装时所说:"它使我们意识到的不是真实,而是意象。"③罗兰·巴特认为,人们在时装杂志上看到的服装是种种意象和表象,它们是现实的反映,却不是现实本身。小说中奎恩通过书本、电影和报纸获得的"知识"是符码和表象的化身,而不是真正的现实,他成了符号消费的受害人。但是,他又不停地创作这类小说,不断地复制并传播这些符号,成了符号消费的帮凶。结果是,他创作的悬疑小说不具有任何现实的意义,他对此也有一个清晰的认识。"他感兴趣的不是那些故事与尘世众生的关系……他知道大部分东西都写得很糟,而且大多经不起最最马虎的推敲……"④奎恩很清楚自己的作品缺乏对现实生活的关注和理解,因此,"他没有把自己视为自己作品的作者,他也不觉得自己该对那些作品负责,所以在他内心就觉得没有必要去维护那些作品"⑤。在这种简单、低级的重复中,奎恩渐渐脱离了与社会现实的关系,遁入符号消费与复制的世界中。

当奎恩想要通过这些虚无缥缈的符号建立起个体主体性时,他的愿望遭到了致命打击。奎恩在中央车站的候车室等待即将出现的犯罪嫌疑人老斯蒂尔曼时,发现一个大约二十岁的姑娘正在阅读自己写的悬疑小说《自杀紧逼》。奎恩想象着对方会赞扬他的作品并索要签名。

---

① 保罗·奥斯特:《纽约三部曲》,第 3 页。
② 保罗·奥斯特:《纽约三部曲》,第 7 页。
③ 罗兰·巴特:《流行体系:符号学与服饰符码》,敖军译,上海人民出版社,2000,第 9 页。
④ 保罗·奥斯特:《纽约三部曲》,第 7 页。
⑤ 保罗·奥斯特:《纽约三部曲》,第 4 页。

保罗·奥斯特小说中的空间书写

奎恩时常想到过这样的情形:那是突然发生的,与自己的一个读者偶然相遇产生的愉悦。他甚至想象也许接着还会有一番对话:他,当陌生人赞扬起他的书时温文尔雅地表现出羞怯的神态,然后,又很不情愿而又谦逊万分地在扉页上签上自己的名字,一边说道"既然你坚持要这样"。①

奥斯特通过刻画奎恩想象自己被赞扬并索要签名时表现出的"温文尔雅""羞怯""很不情愿而又谦逊万分"的神情,塑造出奎恩渴望得到公众对其作品和小说家身份认同的心态。对奎恩来说,读者对其作品和小说家身份的认可直接影响了他对自我的认同,即自我主体性的建构。但是,在小说中,当奎恩询问姑娘为什么阅读此书时,对方答道:"'我不知道'……'消磨时间呗,我想。再说,那也花不了多少时间。'"②姑娘的话打破了奎恩最初的设想。他撰写的悬疑小说在别人看来只是消磨时间的工具,而不是那种真正意义上的作品。奎恩想要通过他人对其作品及其小说家身份的认同建立起自己主体性的愿望遭到了致命打击。他感到"一种痛苦",但"他仍然拼命要吞下自己的骄傲"③。在奎恩的日常生活空间里,他只是一个符号的传播者,而他生产出来的产品也只不过是符号复制的结果,同时这也是为了迎合大众的心理,对大众口味、兴趣的复制,缺少现实的意义。当奎恩想要依靠这些虚无缥缈的符号建立起自己的主体性时,其结果必然是徒劳的。

为了摆脱现代社会"隐居"生活的无聊,人们不得不从各种休闲活动中寻求慰藉,如电影、电视、报纸杂志等。在小说中,奎恩除了一年有一半的时间花在写悬疑小说上之外,剩下的时间"他大量阅读,光顾画展,还去看电影。夏天,他在电视上看棒球比赛。冬天,他去看歌剧"④。在所有爱好中,除了每天的散步外,他最喜欢的莫过于棒球比赛了。小说中不断出现的棒球比赛的意象说明了这一点。当奎恩等待陌生人的电话时,手头翻阅的是《体育新闻》;早上醒来,奎恩一边吃早饭一边关注报纸上的棒球赛比分;在餐馆用餐时,奎恩与厨师聊的是棒球消息;在车站的候车室里,奎恩的眼睛瞄的也是棒球比赛的结果;而在等待老斯蒂尔曼出现时,奎恩阅读的还是关

---

① 保罗·奥斯特:《纽约三部曲》,第 57 页。
② 保罗·奥斯特:《纽约三部曲》,第 58 页。
③ 保罗·奥斯特:《纽约三部曲》,第 58 页。
④ 保罗·奥斯特:《纽约三部曲》,第 3 页。

于棒球比赛的报道……奥斯特用不断出现的棒球比赛的意象告诉读者,在奎恩的日常生活中,棒球比赛扮演了重要角色。棒球比赛已经成为奎恩日常生活中默认的"仪式",这一"仪式"统筹了他日常生活的空间。电视、报纸作为传播媒体控制了奎恩日常生活的时间序列,因为奎恩了解棒球比赛的途径不是去现场观看比赛,而是通过电视和报纸。但这两种了解比赛的途径所达到的效果截然不同。一种是现场的竞争和挑战;另一种则是与选取角度、重放、闪回等相关的电视场面:"……所有大众传媒的咨询和交流都消除了意义,从而使听众和观众处于一种平面化的、单向度的经验之中,被动地接受形象或拒斥意义,而不是主动地参与到意义的流程和生产过程之中。"①在现场观看棒球比赛时,观众可以直接感受到现场的竞争与挑战,主动地参与意义的生产。借助电视等大众媒体观看棒球比赛时,观众是在被动地接受画面和形象。从选取角度到画面重放,是媒体而不是观众占主导地位、起决定作用,观众无法积极、主动地参与经验的生产。在这种平面化、单向度的经验中,意义的产生发生了断裂。正如让·鲍德里亚(Jean Baudrillard)所说,媒介在传递信息的过程中最终导致了"意义的坍塌"②。这就是为什么奥斯特在书信集中说,坐在电视前面观看球赛如同阅读通俗小说,当时可以带来快感,最后是空洞和后悔。③ 大众媒体制造出一个失去意义的"超现实"世界,这些传媒就是现实的"镜像""反映"和"表象",它们促成了"图像""符号"在日常生活中的迅速传播。在小说里,奎恩通过电视和报纸了解棒球比赛消息时所消费的不是现实的意义,而是无形的"图像—符号"。最终,符号控制了奎恩日常生活的空间。

奎恩在公寓里的私人生活空间呈现为符号消费的空间,他的社会生活空间,即他与他人的关系也同样是建立在符号的基础上。在小说中,自从奎恩选择"隐居"生活后,"他也不再有什么朋友了"④,唯一能够说上几句话的就是"顶点餐馆"的厨师。当奎恩第一次走进这家餐馆时,他与厨师聊起了棒球。自此以后,奎恩每次进来,他们都继续聊这个话题。他们热火朝天地

---

① 季桂保:《后现代境域中的鲍德里亚》,包亚明:《后现代性与地理学的政治》,上海教育出版社,2001,第104页。
② 戴阿宝:《终结的力量:鲍德里亚前期思想研究》,中国社会科学出版社,2006,第222页。
③ 柯慈、保罗·奥斯特:《此刻:柯慈与保罗·奥斯特书信集》,第55页。
④ 保罗·奥斯特:《纽约三部曲》,第5页。

谈论着从电视和报纸上获得的比赛消息,从比赛进程到球员的表现,无限繁殖的符号架起了他们沟通的桥梁。实际上,奎恩与厨师互不了解,"几年来,奎恩一直和这个他不知道姓名的人这样聊天"[1]。在奎恩与厨师的交往中,两人都固守着自己的秘密,不愿敞开心扉,只以形同虚设的棒球比赛消息作为沟通的媒介。随着两人谈论的棒球比赛信息的增加,读者反而感到了他们越来越深刻的孤独,似乎"沟通信号的泛滥反使沟通匮乏了"[2]。奎恩与厨师的关系建立在徒有虚表的符号基础上,两人之间不存在真实的纽带,一旦符号消失,他们之间的"友谊"也就结束了。因此,奥斯特把联结两人的纽带称作"无望的热情"[3]。奥斯特通过描写奎恩与厨师之间的"符号友谊"反映了奎恩空虚的生活状态。

即使当奎恩接受小斯蒂尔曼和弗吉尼亚的聘请,担任他们的私家侦探,开始跟踪犯罪嫌疑人老斯蒂尔曼时,也只是进入一种临时的专家系统。安东尼·吉登斯(Anthony Giddens)认为:"在现代性的条件下,专家系统无孔不入,渗透到社会生活的所有方面,如食品、药物、住房、交通……就现代性的专家系统而言,医生、咨询者和心理治疗专家的重要性和科学家、技术专家或工程师一样,并无差别。"[4]根据吉登斯的观点,专家系统是指一种更为专门化和精确化的社会关系,如医生与病人、咨询者与被咨询者之间的关系等。在现代社会中,侦探也属于这种专家系统。在小说中,作为侦探的奎恩和身为雇主的弗吉尼亚,以及被监视对象老斯蒂尔曼之间建立了一种内在的联系,形成一种专家系统。不过,这种专家系统的出现并不意味着人们参与社会的程度加强,反而是减弱。当人们越来越依赖专家系统时,就会因为与这些专家的紧密联系而自动与周围社会隔绝,独成一体,处于一种"挖出来",即"抽离化"的社会关系中。在小说中,自从奎恩接手案件后,他每天的工作就是监视老斯蒂尔曼并向弗吉尼亚报告。"两个星期来,他和那个老人一直被一根无形的绳索牵在一起。不管斯蒂尔曼做什么,他也照做;不管斯蒂尔曼去哪儿,他也跟着去哪儿。"[5]奎恩完全被禁锢在这一专家系统中,排

① 保罗·奥斯特:《纽约三部曲》,第41页。
② 刘怀玉:《现代性的平庸与神奇:列斐伏尔日常生活批判哲学的文本学解读》,第320页。
③ 保罗·奥斯特:《纽约三部曲》,第41页。
④ 安东尼·吉登斯:《现代性与自我认同:现代晚期的自我与社会》,赵旭东、方文译,生活·读书·新知三联书店,1998,第20页。
⑤ 保罗·奥斯特:《纽约三部曲》,第99页。

除了与外界的交往，他没有因为接手案件而真正地融入社会，反而是与外部世界疏离了。一旦这一关系结束，奎恩就会陷入更大的孤独与绝望中。在小说里，当跟踪对象老斯蒂尔曼失踪后，奥斯特描写道，奎恩

> 走在河畔街头，他恍然明白自己不必再跟踪斯蒂尔曼了。这感觉就像是丢失了自己的一半……他的身体现在甚至都不习惯于这种新的自由了，因而在走过最初几个路口时，他会照着老习惯拖着脚步慢吞吞地走。符咒解除了，但他的躯体还不知道。①

奎恩没有因为老斯蒂尔曼的失踪摆脱专家系统的控制、重新参与社会活动，而是像丢了魂一样，迷失了自我。

奎恩"隐居"在纽约一处狭小的公寓房里，企图切断个体与社会空间的联系。虽然他把自己裹得严严实实，却阻挡不了铺天盖地的符号的侵袭。在他的私人生活、工作和休闲活动中，以悬疑小说和棒球比赛为代表的大众文化消费深刻改变了其私人生活空间和社会生活空间。"文化消费的意图是消费艺术作品与风格，事实上却只消费了符号（艺术作品的符号，'文化'的符号）。"②奎恩以大众文化消费为特点的日常生活空间呈现为符号消费的空间。奥斯特以奎恩个体的生活空间反映了整个纽约社会的生活空间，暗示出纽约的日常生活世界是一个被虚假的符号体系操纵和奴役的地带，是一个抽象的符号空间。影响社会大环境的结构和力量同时也塑造了个体空间，正是社会空间的状态决定了个体空间的状态。在充满了大众媒体和符号复制的纽约社会里，城市的社会空间消解了人与人、人与空间之间的深厚感情，个体空间呈现出空虚、消沉的状态。正如列斐伏尔所说，在抽象的符号空间里，"消费者被符号包围，技巧、财富的符号，快乐、爱的符号。符号与意谓代替了现实，这是一次大范围的替代，一次巨大的转变，除了转轴强力旋转产生的幻觉外别无他物"③。最终，没完没了的"图像—符号"消费导致了彻底的沮丧与乏味。在小说中，正是在纽约社会倾盆大雨的符号消费的包围中，奎恩丧失了自己的理性主体或者说是积极的、富有创造性的自我

---

① 保罗·奥斯特：《纽约三部曲》，第99页。
② Henri Lefebvre. *Everyday Life in the Modern World*，p. 133.
③ Henri Lefebvre. *Everyday Life in the Modern World*，p. 108.

意识,陷入身体与身份的双重迷失之中。对于这种个体危机,列斐伏尔在《现代世界的日常生活》一书中指出,其表现就是"积极的、富有创造性和生产性的'人'"的消失,即"拥有快乐和健全理性"的人的消失。[①] 这也是社会异化的基本表现形式。在异化的状态下,人们产生"一种试图影响我们生存的这个世界的无力感;寻找行动指南和信仰时的意义缺失;与他人的疏远;与自我的疏离"[②]。小说中的奎恩被符号系统营造的伪装与幻觉包围,缺乏社会现实所能提供的心理支持和安全,表现出了社会异化的基本形式:能动人理性的缺失。

个体危机导致了社会危机。列斐伏尔指出,在抽象的符号空间里,主体在死亡,社会现实在消失,日常生活的异化成了现代性的主导特征。"伴随着生产的现实性一起,那个积极的、富有创造性和生产性的'人'的意象和概念趋于消失,结果是作为整体的社会的意象和概念的消失。"[③]列斐伏尔认为,在符号称霸的社会里,随着个体理性主体的消失,宏观的社会现实也被瓦解了。也就是说,伴随着个体异化的是整个社会的异化。"它剥夺了日常生活的权利,忽视了其富有生产性和创造性的潜力,甚至完全贬低它,把它扼杀在思想意识的虚假光环下。"[④]异化正在使社会的物质匮乏转化为精神贫瘠,积极意识转化为消极意识。日常生活的意义逐渐消失,社会危机形成。

随着时代的发展,新的异化形式不断涌现。除了《玻璃城》中人物的理性缺失外,《幽灵》中主人公布鲁的焦躁、《锁闭的房间》中主人公"我"的表里不一也都是社会异化的不同表现形式。这些不同的异化形式指向了一个结果,即自我的迷失。

在《幽灵》中,奥斯特开篇就提到故事发生的地点是纽约,由此指明了小说的空间背景。主人公布鲁是一名侦探,但是,就像他自己所说:"我不是歇洛克·福尔摩斯那类侦探。"[⑤]布鲁"喜欢跑跑颠颠,从一个场子赶到另一个场子,手里总是忙活着什么事情"[⑥],而不是待在一个地方长时间地守候。

① Henri Lefebvre. *Everyday Life in the Modern World*,p. 56.
② Philip Wander. "Introduction to the Transaction Edition." p. ix.
③ Henri Lefebvre. *Everyday Life in the Modern World*,p. 115.
④ Henri Lefebvre. *Everyday Life in the Modern World*,p. 33.
⑤ 保罗·奥斯特:《纽约三部曲》,第 147 页。
⑥ 保罗·奥斯特:《纽约三部曲》,第 147 页。

因此，当他接手怀特的案子，蜷缩在房间里监视马路对面房子里那个叫布莱克的人时，他的神经越发紧张。这是"一桩无事可做的案子。除了盯着那人看书写字外就没别的可做的了"①。布鲁的内心充满了焦虑，他没有办法静下心来观察布莱克。当他发现布莱克正在阅读一本名为《瓦尔登湖》（*Walden*，1854)的书时，他也买了一本开始阅读。但是，他发现

> 读这本书不是一桩轻松的事儿，当布鲁开始阅读时，他感到像是走入一个背道而驰的世界。涉过泥沼和荆棘，跨过幽谷和峭壁，他感到像是一个囚徒在进行一场被迫的行军，唯一的念头就是逃离。他被梭罗的言辞弄得不胜其烦，发现自己很难全神贯注地读下去。一个个章节看过去，看到最后，他意识到自己什么都没看进去。为什么会有人愿意离群索居地待在森林里呢？所有这一切关于种豆子，却又不喝咖啡不吃肉的事情说的是什么呢？为什么要插进大段关于鸟类的描写呢？布鲁以为会了解到一个故事，或者至少像故事那样的东西，但这本书通篇都是一些废话，没完没了言之无物的长篇大论。②

布鲁没有办法全神贯注地阅读梭罗的作品，因为他的阅读兴趣不在这一方面。布鲁生活在大众文化流行的纽约社会里，他喜欢读通俗作品，而不是文学经典。"布鲁除了报纸、杂志，也就是孩提时读过一些冒险故事。"③现在，他最喜欢的读物就是《侦探纪实》。"他是《侦探纪实》的忠实读者，从来不肯错过一期……他把最新一期从头到尾全部读完，甚至停下来浏览那些小块的补白启事和最后几页上的广告。他钻入犯罪团伙和密探的专题报道中津津有味地阅读着……"④在纽约的符号空间里，大众文化的符码控制了人们的需求。人们热衷于符号制造的象征意义和表象，被幻觉和伪装包围，内心世界却得不到真实的满足。这就构成了符号消费的最大悖论："消费本质上是在制造新的匮乏，消费之所以无法克制，其最终原因便在于它是建立在欠缺之上。"⑤现代世界的符号消费满足不了人们内心世界的真实需求，当人

---

　① 保罗·奥斯特：《纽约三部曲》，第 147 页。
　② 保罗·奥斯特：《纽约三部曲》，第 170-171 页。
　③ 保罗·奥斯特：《纽约三部曲》，第 171 页。
　④ 保罗·奥斯特：《纽约三部曲》，第 149 页。
　⑤ 刘怀玉：《现代性的平庸与神奇：列斐伏尔日常生活批判哲学的文本学解读》，第 285 页。

们越来越感到不满足时,就会产生焦虑。小说中的布鲁正是如此。布鲁看似热衷于通俗作品,并从中获得了愉悦,但这只是一种虚假的需求与快乐。事实上,他的内心世界没有得到满足。在这种情况下,他没有办法平复焦虑,也无法静下心来阅读《瓦尔登湖》和观察布莱克。当布鲁不能心平气和地读书和观察别人时,这也意味着他无法对自己形成一个清晰的认识。符号消费把人们引向焦虑不安的文化心理世界,却满足不了人们深层次的需求,更无法让人们获得审视自我心理的能力。充斥于日常生活的躁动感成为一种新的异化形式的日常生活表征。"充斥于日常生活的躁动感是当代文学的主题之一。在过去几十年中,几乎所有作品都直接或间接地描绘了这种躁动不安的社会现象……我们这个社会的内在躁动已成为一种社会的和文化的现象。"[1]奥斯特借侦探小说的故事框架刻画了侦探布鲁在接手这件与众不同的案件后的心理状态——焦虑不安,反映了纽约社会新的异化形式的表征——充斥于日常生活的躁动感。在个人焦虑的心态和社会躁动的大形势下,布鲁无法获得审视自我心理的能力,结果只能陷入迷失之中。

在《锁闭的房间》中,叙述者"我"开篇就说自己住在纽约。纽约社会是一个充满了符号的虚拟世界,"假装"已经构成了日常生活的组成部分。"假装具有特殊的角色:它必须隐瞒强制力的优势地位以及我们适应能力的有限性,忽视强烈的冲突与'真实'问题的份(分)量。"[2]在这个伪装的世界里,"我"的意象也发生了变化。每个人都在掩盖真实的自我,精心营造和认真维持形象的自我。在纽约社会中,"我"是一个年轻有为的评论家,"以诗评和小说评论起家,现在几乎哪方面的评论都能拿得起来,活儿也干得令人信服。电影、戏剧、艺展、音乐会、图书,甚至评论橄榄球比赛……天底下把我视为一个风华正茂的年轻才俊,一个正处上升阶段的新锐评论家"[3]。但在这个表面形象的背后,"我自己内心却感到老了,一切都耗尽了。迄今为止,我写的那些玩意儿不过是一些什么都不值的碎屑而已。太多的尘土,一阵

---

① Henri Lefebvre. *Everyday Life in the Modern World*, p. 80.

② 刘怀玉:《现代性的平庸与神奇:列斐伏尔日常生活批判哲学的文本学解读》,第 290 页。此处引文的"份量"现统一用"分量",原文如此,引用时将推荐用法括注其后,全书统一,不再一一标注,特此说明。——著者注。

③ 保罗·奥斯特:《纽约三部曲》,第 217 页。

微风都能把它们吹散"①。表面上，"我"是一个前途光明的评论家，实际上，"我"是一个庸人，写不出"那种让人感动也能改变人生的作品"②。在内心疲乏、沮丧的真实情感的演绎下，"我"仍然要维持自己"青年才俊"的形象，假装自己"才华横溢"的表面。这种表里不一的异化形式正是伪装的符号世界造成的，但在人们的赞扬声中，"我""就晕头转向了。一旦有了给自己补偿的机会，谁不会欣然接受呢——人的意志能够坚强到足以抵制那种希冀吗？"③"符号—想象"的"假装"被当成了"现实"。"知识分子……为爬上社会的高层，为成为一个大众作家，一个著名的新闻工作者，一个有名的技术人才或管理者，不惜漠视自身平庸的生存状况，无视自己因缺少权力和金钱而不得不屈从于强制力和神话这些可耻的事实。"④小说中的"我"屈从于"符号—想象"的统治秩序，接受了纽约社会模式所提供给"我"的那种人格，沉迷于虚幻的满足中，而没有意识到被哄骗。虚假的自我代替了真实的自我，"我"已经不再是自己了。

以奎恩、布鲁和"我"为代表的犹太人像普通的美国人一样生活在纽约抽象的符号空间中，遭受着符号消费的侵袭，他们的身份和主体性发生了变化：奎恩的身体与身份的双重迷失意味着具有健全理性能动人的消失，布鲁的焦躁不安意味着审视自我心理能力的缺失，"我"的表里不一意味着虚假的自我伪装。小说中的人物表现出了现代社会异化的不同表现形式，而这些不同的异化形式都指向了一个结果，即自我的迷失。这种自我的迷失代表了个体乃至整个社会的危机。正如评论家陆扬在谈到现代世界时所说："现代世界由是观之，它就是……一个年轻人走火入魔，迷失自我的世界。"⑤有形的、外部的物质统治被隐形的、内在的符号统治取代，外在的压迫被自我异化取代，日常生活的异化成了现代世界的主要特征。

奥斯特在《纽约三部曲》中对纽约符号消费社会的描述与其在巴黎留学期间的经历不无关系。在 20 世纪 60 和 70 年代，奥斯特在巴黎断断续续待了三年多的时间。在这期间，正是罗兰·巴特的符号学体系和列斐伏尔的

---

① 保罗·奥斯特：《纽约三部曲》，第 217 页。
② 保罗·奥斯特：《纽约三部曲》，第 217 页。
③ 保罗·奥斯特：《纽约三部曲》，第 217 页。
④ Henri Lefebvre. *Everyday Life in the Modern World*，p. 92.
⑤ 陆扬：《列斐伏尔：文学与现代性视域中的日常生活批判》，《清华大学学报》，2009 年第 5 期，第 71 页。

保罗·奥斯特小说中的空间书写

日常生活批判在巴黎学术界大放异彩的时期。同时，两位学者在思想上又保持着密切的"互动"关系。巴特为列斐伏尔的日常生活批判提供了"意义的零度""流行体系"等关键词，还和列斐伏尔一样，用结构主义分析日常生活。同样，列斐伏尔的代表作《现代世界中的日常生活》等也借鉴了巴特的《流行体系》(*The Fashion System*，1967)等书的思想观点和例证。[①] 对于旅居巴黎多年，且密切关注巴黎知识界的奥斯特来说，巴特和列斐伏尔两大理论家的思想体系是他不可能忽略的学术动态，而且他曾在传记中提到，在巴黎留学期间他一心想要旁听罗兰·巴特的课程。[②] 由此推想，奥斯特是把巴特和列斐伏尔笔下被流行文化和消费体系控制的巴黎位移至纽约，复制了一个被各种各样符号控制的景观社会，进而揭示出大众消费时代的主要特征——日常生活的异化，并在此基础上展现异化个体的百态。

第二节　封闭的房间：犹太身份的象征

在各种各样的建筑中，作为日常生活空间基本组成部分的房间与人的关系最紧密，是我们最初的宇宙，也是我们认识世界的基础。正是在这一私人空间里，人们褪去外在的社会属性，回归自我，成为个性的独立体，直面自我的身份问题。《纽约三部曲》的三位主人公作为现代城市的游逛者，在纽约城市空间中并没有获得归属感，或者说没有发现自己的归属，在回到房间后才萌生了身份意识，而这种身份意识的属性直指"犹太性"。封闭房间的原型来自《约拿书》里的鱼腹。在自传中，奥斯特认为鱼腹不是惩罚之地，而是救赎之所。在《纽约三部曲》的第一部《玻璃城》中，他延续了把封闭的房间设置为救赎之地的构想，指引主人公奎恩展开寻根之旅。但是，奥斯特并没有把房间的意义仅仅局限在救赎的层面上，而是在结合犹太历史、文化的基础上挖掘了房间的隐含意义，如《幽灵》中房间的受迫害意味，《锁闭的房间》里房间所蕴含的身份矛盾与冲突等。具体来说，三部小说的封闭空间叙事经历了三个阶段：第一阶段，房间作为现代犹太人摆脱符号控制、实现精

---

① 刘怀玉：《现代性的平庸与神奇——列斐伏尔日常生活批判哲学的文本学解读》，第271页。
② 保罗·奥斯特：《穷途·墨路》，第30页。

神救赎的场所,指引犹太人实现身份回归;第二阶段,房间蒙上了一层受迫害色彩,隐含了犹太人身份中的一个悖论——犹太人是上帝的选民,也是现实中的受害人;第三阶段,房间作为"我"的另一面,体现了现代美国犹太人的身份困境——两种身份的矛盾与冲突。正是在身份探寻的过程中,犹太身份的意义才逐渐明朗起来。

房间作为日常生活空间的基本组成部分,属于一种私人的空间,它反映了居住者的身份、精神和隐私。在小说中,对于之前"隐居"在公寓中的奎恩来说,他的身份是悬疑小说家。当他接手案件,离开公寓,蹲守在小斯蒂尔曼家门口时,他成了一名侦探。现在,奎恩走进一座被遗弃的房子。"这逼仄的小屋只有十英尺长六英尺宽。透过一扇带铁丝网格的窗子可以望见天井,但看上去这是所有房间中最暗的一间。这房间里还有一道门,通向一个带盥洗室而没有窗子的小卧室。"①奎恩走进这个狭小的空间,发现这里四壁空空,搬得一干二净。玛丽琳·R. 钱德勒(Marilyn R. Chandler)在《文本中的住所:美国小说中的房子》(*Dwelling in the Text:Houses in American Fiction*,1991)一书中认为,如果房间的装饰不是"出自人们'真我'的审美冲动",就会变成对人们"精神本质的严重威胁"。② 钱德勒强调了房间装饰对人们产生的两种影响:一种是"真我"的表现,另一种是"真我"的摧毁。小说中的房间是一个只有木头地板、四堵白墙的空间,没有任何装饰。奥斯特以此暗示在空空如也的房间里,奎恩的精神世界将返回到一种初始状态。在房间里,奎恩留下红色笔记本和笔,"然后解下手表塞进口袋。他把全身上下的衣服都脱下,打开窗子,一件一件扔进天井:先是扔右脚的鞋,再是左脚的鞋;然后一只袜子,再一只袜子;再是衬衫,内裤,长裤"③。奎恩把全身上下所有的衣物都扔出了窗外。作为"身体保护的手段",穿着也是"符号表演的手段",具有掩饰的作用。④ 在小说中,奎恩扔掉全身上下的衣物,这表明他正在褪去伪装,摆脱表演的形式,直面自我。此时的他正如《旧约》(*Old Testament*)中的约伯(Job)在丧失儿女和所有财产后所说:

---

① 保罗·奥斯特:《纽约三部曲》,第 134 页。

② Marilyn R. Chandler. *Dwelling in the Text:Houses in American Fiction*. Berkeley,Los Angeles and Oxford:University of California Press,1991,p. 35.

③ 保罗·奥斯特:《纽约三部曲》,第 134 页。

④ 安东尼·吉登斯:《现代性与自我认同:现代晚期的自我与社会》,第 68 页。

"我赤身出于母胎,也必赤身归回。"①在这一切都结束后,奎恩把窗子关上了。现在,奎恩所在的房间成了一个封闭的空间。在这一空间组织里,奎恩对悬疑小说和棒球比赛的态度发生了变化。"他记得先前以威廉姆·威尔逊的笔名写的那些书。好陌生啊,他想,他是玩过那些名堂,可现在真不知道当初为什么要那么做。从内心说,他意识到马克斯·沃克已经死了。"②在棒球比赛方面,"奎恩试着回想大都会队的阵容,一个位置一个位置地搜寻,但他脑子里开始恍惚起来……奎恩在心里向他们挥手道别"③。小说开始时,悬疑小说和棒球比赛几乎占据了奎恩日常生活的全部,"图像—符号"消费无孔不入。现在,面对城市的纷扰,封闭的房间把符码与异化隔绝在外,形成一个闭锁的空间。在这一空间中,奎恩远离了伪装与幻觉,从符号系统的包围中突围了出来。

在封闭的房间里,奥斯特借助富有魔幻色彩的情节,指涉上帝对犹太人的拯救,暗示封闭房间的救赎功能。奎恩一觉醒来后发现:

> 他身边地板上摆着一只盛食物的托盘,盘子里热气腾腾的像是烤牛肉便当。奎恩安之若素地领受了这一施予,既不感到诧异,也没觉得不妥。是的,他对自己说,最大的可能是这份食物本来就是留在这儿给我的。这食物怎么会跑到这儿,或者为什么要搁在这儿,他一点也不好奇。这事儿甚至都不能引发他离开这个房间去公寓别处瞧个明白。他倒是凑近些,细细地端视着盘中食物,发现除了两大块烤牛肉外,还有七颗小小的烤土豆,一些芦笋,一个新鲜面包卷,一点沙拉,一罐红酒,还有作为甜点的一块三角奶酪和一个梨。还有一方雪白的餐巾纸,工艺精良的金属餐具……醒来时,阳光照进了房间,身边地板上又出现了盛食物的托盘。④

奎恩在四壁空空的房间里没有挨饿,反而吃到了精美的食物,这不能不说是上帝对他的一种保护。封闭的房间具有了拯救的含义。

---

① 《圣经》,中国基督教两会,1989 年,第 777 页。
② 保罗·奥斯特:《纽约三部曲》,第 135 页。
③ 保罗·奥斯特:《纽约三部曲》,第 135-136 页。
④ 保罗·奥斯特:《纽约三部曲》,第 136 页。

具有救赎意义的房间代表奎恩的身份即将再次发生变化。除了吃饭、睡觉,奎恩最主要的事情就是写作,但他写的已经不是悬疑小说和老斯蒂尔曼的案子了。"现在这案子已经被他扔诸脑后,他不再让自己为这事儿烦心了。那曾是他生命中引向彼岸的桥梁,现在他已经过来了,桥的意义也就不再存在。"①事实上,在《玻璃城》中,老斯蒂尔曼的案子从头到尾都只是一个幌子,小说的本真意义在于奎恩对自我身份的追寻。从奎恩接手案子,就意味着自我探索的开始。奎恩在接下案子后,买了一本红色笔记本和一支圆珠笔。在笔记本上,奎恩写完对雇主小斯蒂尔曼、弗吉尼亚和犯罪嫌疑人老斯蒂尔曼的第一印象后,写下了对自我的认识。"然后,最重要的是:记住我是谁。记住我应该成为谁。我觉得这不是什么游戏。"②显然,奎恩在办案的背后还另有目的,就是对自我的探索。但是,在这一阶段,他对自己的认识还极为模糊。当跟踪对象失踪,甚至连雇主都不知去向时,案件的伪装作用也逐渐消退,作者的真实目的浮出了水面。在小说中,当奎恩的跟踪对象老斯蒂尔曼失踪后,他的雇主小斯蒂尔曼夫妇也不知去向了,此时,奎恩很清楚他已经可以切断与这个案子的联系了。但他认为"他必须把这事情做完"③。如果奎恩的目的仅仅是跟踪老斯蒂尔曼的话,那么他的任务已经完成了,但他却要继续把这件事情做下去。显然,奎恩的目的已经不是追踪老斯蒂尔曼了。当初,奎恩买下红色笔记本是为了记录老斯蒂尔曼的踪迹,以备日后分析破案而用,现在,当跟踪对象失踪后,作者写道:"自从买了这红色笔记本后,这是他第一次记录当天与斯蒂尔曼的案子无关的情况。他所关注的是一路走来的所见所闻。"④奎恩现在关注的是自己的所思所想,他正把注意力从老斯蒂尔曼身上转移到自己身上。他的跟踪对象发生了变化,他正在追寻自己,寻找自己的身份。正如评论家布伦丹·马丁所说:"奎恩获得一种新的自我认知……他从一名侦探小说家转变为一位当代城市现实生活的记录者。"⑤毫无疑问,奥斯特是在借侦探小说的框架探讨主人公奎恩自己的身份问题。奥斯特在接受采访时也说道,《纽约三部曲》是关于

---

① 保罗·奥斯特:《纽约三部曲》,第138页。
② 保罗·奥斯特:《纽约三部曲》,第45页。
③ 保罗·奥斯特:《纽约三部曲》,第119页。
④ 保罗·奥斯特:《纽约三部曲》,第115页。
⑤ Brendan Martin. *Paul Auster's Postmodernity*,p. 115.

身份的小说，"问题在于谁是谁，我们是否就是我们所认为的那个人……我们必须面对我们是谁，或者我们不是谁的问题"①。奥斯特把老斯蒂尔曼的案子比喻成桥梁，认为它指引奎恩走上自我追寻之路。现在，当奎恩跨桥而过，来到封闭的房间后，这也意味着他翻开了人生新的一页。他"对自己也越来越不在意。他写星辰，写地球，写他对人类的祈盼"②。奎恩开始书写自己对世界、对人类的哲学思考，他成了一名真正意义上的作家。奥斯特在自传中提到，在房间中写作的作家是受上帝保护的。在小说中，奥斯特描写奎恩在封闭的房间中享用精美的食物、得到上帝的庇佑，正是为了说明奎恩身份的转变。面对这种转变，萨米拉认为这是生与死的较量："奥斯特笔下封闭的房间具有两种力量，这两种力量就是生与死。"③在封闭的房间里，过去那个不停地复制并传播符号的悬疑小说家奎恩，以及那个为了老斯蒂尔曼的案子来回奔波的侦探奎恩已经死了，重生的是这个探讨人类与宇宙关系的作家奎恩，他"走上了真正的自我决定（self-determination）之路"④。

当奎恩在房间中实现了作家身份的回归后，他由对语言的感悟过渡到了对亲情和友情的眷恋。奎恩在书写对宇宙和人类认识的过程中，感到语言已经切断了与自己的联系，"现在它们已经成了大千世界的一部分，非常真实而明确，就像石头、湖沼，或是花朵。它们不再跟他有任何关系了"；奎恩"不知道自己能否扔开笔写，不知道能否代之以口述，用自己的声音填入蒙昧的暗夜，让言语渗入空气，逾墙而去，遍及市廛，即便光明不再重临"。⑤此刻，奎恩对语言有了一个清晰而深刻的认识，语言仿佛具有了生命，不再依赖于他的存在而存在。它们就像大自然中的江河湖海、山石草木，是独立的个体，具有自主性和自身的深度。它们正在从一种纯粹功能性的存在转变为一种自主状态，而不是充当表征系统。当奎恩对语言产生了一种新的感悟后，他"想起自己出生的那一瞬间，如何被轻轻地从母亲子宫里娩出。他想起这世上的无限善意和所有那些他曾爱过的人"⑥。"母亲""善意""他

① Mark Brown. *Paul Auster*, p. 2.
② 保罗·奥斯特：《纽约三部曲》，第 138 页
③ Markku Salmela. "The Bliss of Being Lost：Revisiting Paul Auster's Nowhere." p. 135.
④ Joseph Walker. "Committing Fiction：Crime as Cultural Symptom in Contemporary American Literature and Film," Diss. Purdue University，1998，p. 40.
⑤ 保罗·奥斯特：《纽约三部曲》，第 138 页。
⑥ 保罗·奥斯特：《纽约三部曲》，第 138 页。

曾爱过的人"，奎恩由对语言的感悟过渡到了对母亲的热爱和对亲情、友情的留恋。在这种感情的背后蕴藏的是作者自己的情感体验。奥斯特在一次采访中被问及为什么选择居住在纽约布鲁克林区时，说道："说实话，我不知道我为什么还要住在这里，但是，我从来没想过其他地方。虽然大多数的时候我会讨厌住在这里，但是我认为我不可能永远地离开这里。"[①]在这段话中，奥斯特表达了对纽约布鲁克林区的深厚感情。即使他为自己长时间住在同一个地方感到厌烦，他也认为自己不会离开布鲁克林。因为在奥斯特的布鲁克林情结背后，深藏着他对犹太民族的深厚感情。众所周知，布鲁克林是纽约犹太人的聚居区，奥斯特从小生长的家庭又是典型的犹太家庭，他对布鲁克林的依恋是其犹太情结的彰显。在小说中，当奥斯特安排主人公奎恩在纽约一间封闭的房间里表达出对家人和朋友的深厚感情时，这在无形中呼应了奥斯特对布鲁克林住所的强烈情感，以及其背后的犹太情结。对于身为犹太作家的奥斯特来说，小说中"母亲"和"那些他曾爱过的人"显然有所指代。他们不仅代表他的家人、朋友，还代表他所深爱的犹太民族和犹太人民。马克·布朗在《保罗·奥斯特》一书中说道，奥斯特笔下人物的身份是在他们与朋友、爱人和家庭之间的关系中逐步稳固起来的。[②] 布朗强调了奥斯特作品中人物的身份与家庭之间的关系，而"犹太教的核心就是家庭——包括生物学意义上的家庭和犹太民族这个更宽广意义上的家庭"[③]。小说中的奎恩正是在对亲情和友情的眷恋中恢复了与犹太民族的紧密联系，萌生了犹太身份意识，最终实现了犹太身份的回归。这也完成了《纽约三部曲》中犹太主人公们身份探寻的第一步：寻根。

在自传中，奥斯特把"房间""坟墓"和"子宫"三个词联系在一起，揭示了房间的空间意义：埋葬过去，实现重生。奥斯特笔下的房间具有了某种"生产性"，这种"生产性"在《玻璃城》中封闭的房间里代表了一种身份的生产。小说主人公奎恩在这一空间里实现了作家与犹太身份的双重回归。封闭的房间成为一个救赎之地，表现出其真正的、潜在的价值，体现了犹太人的寻

① Charles Bremner. "A Brooklyn Identity." *The Times*. March 16，1991：19. http://www.stuartpilkington.co.uk/paulauster/interviewtimes1.htm Dec. 24，2010.

② Mark Brown. *Paul Auster*，p. 2.

③ Bonnie Lyons. "American-Jewish Fiction Since 1945，" In *Handbook of American-Jewish Literature：An Analytical Guide to Topics，Themes，and Sources*. Lewis Fried，ed. Westport，Connecticut：Greenwood，1988，p. 63.

根意识。这也延续了奥斯特在自传中把房间定义为救赎之所的思想。在自传中，奥斯特把《约拿书》故事里的鱼腹当作封闭的房间的原型。奥斯特认为，在这个故事中，耶和华安排一条大鱼吞了约拿并不是要惩罚他，而是保护约拿以防他在海中遇难。"尽管存在关于鲸鱼的流行神话，那条把约拿吞下去的鲸鱼却绝不是毁灭的代理人。这条鱼拯救了他，使他免于在海里淹死。"①最终，约拿在鱼腹中向耶和华祈祷，获得了救赎。因此，鱼腹不是惩罚之地，而是救赎之所。同样，作为鱼腹化身的房间也具有救赎的意义。在自传中，奥斯特借助房间的空间意象追忆犹太人的历史，描写那些萦绕在他心头的事件。他描述了巴黎的一间女佣房，一个犹太人为了逃避纳粹的追捕而在这里躲几个月，最终成功地逃过一劫，返回美国开始了新的生活；走进阿姆斯特丹的安妮之家，奥斯特无声地大哭起来，因为"她在这间房间里写下了她的日记"②；在第二次世界大战期间保管犹太人档案资料的秘密之地，奥斯特见证了一位犹太教师为了搜集档案材料的工作而牺牲了自己及家人生命的英勇行为；1925年，在布拉格郊外的一座小茅屋里，诗人玛琳娜·茨维塔耶娃（Marina Tsvetaeva）生下儿子，后者成长为一名英勇无畏的斗士，最终在西部前线战役中去世，死时年仅二十岁……在房间里，犹太人得到了拯救，犹太人的历史资料保存了下来，犹太人的生命获得了延续……房间成为救赎之地。在自传中，奥斯特从犹太历史、宗教和文化的角度出发，塑造了房间的空间意象，指出房间的意义在于救赎。在小说中，奥斯特延续了这一指涉，揭示了房间蕴含的深刻犹太历史、文化情感意义。

《玻璃城》中封闭的房间具有救赎的意义。在《幽灵》中，主人公布鲁在房间内同样实现了救赎，获得了审视自我心理的能力。一个叫怀特的人找到侦探布鲁，让他去跟踪一个叫布莱克的人。为了监视的方便，怀特在布莱克家的对面给布鲁租了一套小户型的公寓房。走进怀特为其准备的房间，布鲁

　　在房子里转了一圈察看家具设施，很高兴这儿设施齐全，他这儿每样东西都是新的：床、桌子、椅子、地毯、亚麻布窗帘、厨房用具……每样东西……这不能说是我所见过的最大的住所，他对自己说，从房间这头

---

① 保罗·奥斯特：《孤独及其所创造的》，第140页。
② 保罗·奥斯特：《孤独及其所创造的》，第89页。

到那头几步就跨过来了……①

　　像《玻璃城》中的奎恩一样,布鲁也走进了一个狭小的空间,一个封闭的房间。在小说开始时,布鲁生活在大众文化符码泛滥的纽约社会,热衷于阅读通俗作品,内心焦躁不安。当他刚步入这个封闭的空间时,无法静下心来阅读《瓦尔登湖》和观察布莱克。但慢慢地,布鲁的生活节奏放慢了,他开始注意以前忽略的一些事情。"比如说,日光的轨迹每天在室内移动的情形,某时某刻太阳必定会将积雪反射到房间天花板的一处远角。比方说,他的心跳,他的呼吸声,他眼睛的眨动……"②布鲁逐渐沉静下来,开始对周围和自身的细微小事产生意识。在读书方面,布鲁明白了读书的诀窍在于细嚼慢咽。这一理解帮助了布鲁,《瓦尔登湖》中的某些章节开始变得清晰起来:"开头一章关于服装的事儿,后来又是红蚂蚁和黑蚂蚁之间的战争,还有工作的辩论。"③布鲁逐渐学会耐下心来读书,细心斟酌。在封闭的房间里,从敏锐观察自身与周边的小事到潜心阅读,布鲁的内心世界变得越来越丰富和敏感。这也预示着布鲁的整个生活即将发生某些改变。"他的整个生活可能都要开始改变了,他得一点一点地去对自己的境况作出完整的理解。"④封闭的房间帮助布鲁实现了人生的蜕变。在封闭的房间里,布鲁不再是过去那个焦躁不安的侦探,他获得了内心的平静并具有了审视自我心理的能力,转向对自己内心世界的探索。

　　然而,私人空间可以是天堂,也可以是"监狱,一个孤独流亡的场所"⑤。《幽灵》并没有像《玻璃城》那样,以主人公在封闭的房间中对自身异化的超越而结束,相反,这仅仅是小说的开端。在封闭的房间里,当布鲁获得了一种审视自我心理的能力后,他的受迫害意识逐渐显露出来。作为私人空间的房间从一个救赎之地变成了一个受迫害的场所。在布鲁监视布莱克的最初几天里,奥斯特就设计了布鲁阅读《侦探纪实》上的文章,把自己想象成受害人的情节。布鲁是《侦探纪实》杂志的忠实读者,其中一篇关于一个小男

---

　　① 保罗·奥斯特:《纽约三部曲》,第 145 页。
　　② 保罗·奥斯特:《纽约三部曲》,第 152 页。
　　③ 保罗·奥斯特:《纽约三部曲》,第 171 页。
　　④ 保罗·奥斯特:《纽约三部曲》,第 171 页。
　　⑤ Wesley A. Kort. *Place and Space in Modern Fiction*, p. 197.

孩被杀的文章吸引了他。这篇文章讲述了二十五年前一个小男孩被谋杀的故事,现在二十五年过去了,这桩案子还没有侦破。看完文章,布鲁"意识到二十五年前他也是个小男孩,倘若那男孩还活着的话也该有布鲁这年纪了,这有可能就是我,布鲁想。我可能就是那个小男孩"①。布鲁与文章中死去的小男孩达成了身份认同,他觉得自己就是那个受害者。这一情节的设置独具匠心,它既预示了布鲁在布莱克一案中扮演的受害人的角色,又促使布鲁萌生了受迫害意识。有时候,布鲁"突然从镇定转为苦恼,觉得自己像是正往某个黑暗的洞穴似的地方坠落下去,不知如何能脱身而出"②。在监视布莱克一年后,布鲁的受迫害意识进一步加强。他感觉自己像一个失去自由的囚徒。他们"把布鲁推进一个空房间,然后关上灯,锁上门。自那以后,布鲁就一直在黑暗中摸索着,那电灯开关在哪儿始终摸索不到,他便成了这案子本身的囚徒"③。布鲁陷入了什么也不能做的困局,他的个人生活降低至几乎没有生活。数月之后,布鲁喊道:"我喘不上气了。这就玩完了,我要死了。"④布鲁渐渐进入一种溺毙的状态。最终,当布鲁坐在房间里查看自己从布莱克那里偷来的文稿时,他受到了致命的打击。布鲁"拿起这玩意儿一看,他发现原来那不是什么别的东西,就是他自己写的那些监视报告。它们全在这儿,一份挨着一份,每周的记述一份不差,白纸黑字一目了然……"⑤。

> [他]痛苦地嚷叫起来,仿佛自己全身坠入深深的黑暗之中,接着面对自己发现的这些东西,发出了笑声,开始是轻微的(地)笑,后来一声比一声响,直笑得喘不过气来,差不多就哽住了,好像要把自己整个儿给抹掉似的。他把那些稿纸紧紧攥在手里,抛向天花板,看着飞散的纸页落下来撒满一地,那些令人伤心伤肺的纸页。⑥

此刻,布鲁终于明白怀特就是布莱克,自己成了对方利用的工具。但他始终不明白布莱克为什么要这么做。当他来到布莱克的住处寻找答案时,等待

---

① 保罗·奥斯特:《纽约三部曲》,第 150 页。
② 保罗·奥斯特:《纽约三部曲》,第 153 页。
③ 保罗·奥斯特:《纽约三部曲》,第 177 页。
④ 保罗·奥斯特:《纽约三部曲》,第 179 页。
⑤ 保罗·奥斯特:《纽约三部曲》,第 197 页。
⑥ 保罗·奥斯特:《纽约三部曲》,第 198 页。

布鲁的却是一把"点三八的左轮手枪"①。布莱克告诉他:"你是一个恒定的参照物,给内在的一切赋予了外部形态。"②怀特把布鲁找来监视、跟踪自己,是为了证明自己的存在,布鲁一直被对方当作一个证明自己存在的参照物。当布莱克完成自杀日记想要离开人世时,布鲁的使命也就完成了,等待布鲁的是布莱克的子弹。此时,布鲁的受迫害意识达到了顶点。他不但成了别人利用的工具,而且对方在达到目的后还要杀人灭口。在封闭的房间里,布鲁完成了身份的转变,他从一名帮人破解案子的侦探变成了一个彻头彻尾的受害人。奥斯特通过描写布鲁在房间内不断升级的受迫害意识渲染了空间中一种浓重的受迫害气氛。

这种受迫害气氛与公寓所属的时空关系有着密切的联系。特定的空间在不同的历史背景下具有不同的意义,含有不同的"情感结构"③。当我们探讨空间的意义时,需要将其置于特定的历史时期内进行考察。在小说中,奥斯特提到这套房子的空间位置时说道:"地址并不重要。"但他转而又说:"为了叙说方便,我们还是提示一下吧,是在布鲁克林高地。"④奥斯特在小说中将故事发生的空间设置在了纽约犹太人的聚居区布鲁克林,尽管作者没有明确其人物的民族身份,但这在无意中披露了他的犹太情结。对于事件发生的时间,奥斯特特意强调这是"一九四七年二月三日"⑤。对于身为犹太人的奥斯特来说,他深谙在20世纪40年代,犹太人经历了历史上最为黑暗的时期,希特勒屠杀犹太人的举动成为全世界所有犹太人的梦魇。对于美国犹太人来说,在这一时期,他们既为欧洲的同胞们担惊受怕,又要防范本土反犹势力的威胁。即使是在第二次世界大战后,美国的反犹势力仍然阴魂不散,"直到20世纪50年代才开始收敛"⑥。但是,反犹主义浪潮的低落并没有让犹太人放松警惕,他们始终害怕反犹势力卷土重来。甚至"到了20世纪90年代,美国犹太人还坚持认为跟与异族通婚相比,反犹主义对

---

① 保罗·奥斯特:《纽约三部曲》,第 200 页。
② 保罗·奥斯特:《纽约三部曲》,第 203 页。
③ 迈克·克朗:《文化地理学》,杨淑华、宋慧敏译,南京大学出版社,2005 年,第 42 页。
④ 保罗·奥斯特:《纽约三部曲》,第 145 页。
⑤ 保罗·奥斯特:《纽约三部曲》,第 144 页。
⑥ Edward S. Shapiro. *We Are Many*: *Reflections on American Jewish History and Identity*. New York: Syracuse University Press,2005,p. 37.

犹太民族的持续发展威胁更大"①。美国犹太人对反犹主义的恐惧可见一斑,同时这也说明反犹主义给犹太人造成了巨大的心理阴影,使他们逐渐产生了一种受迫害意识。这种受迫害意识发展成为犹太人心理机制的一部分,世代相传。②《大屠杀小说》("Fiction of the Holocaust",1988)一文的作者多萝西·塞德曼·比利克(Dorothy Seidman Bilik)认为:"在 20 世纪 40年代,犹太人历史上最具悲剧色彩的十年里,犹太人被普遍化、神秘化为……这个冷漠世界的受害者。"③比利克强调了在 20 世纪 40 年代,犹太人扮演了受害者和替罪羊的角色。在小说中,当奥斯特把布鲁所在的房间设计在 1947 年的布鲁克林高地时,这一时空关系自然而然地让读者把房间的空间意义与第二次世界大战期间犹太人的悲惨遭遇和战后他们内心的受迫害意识联系在一起。布鲁在房间中萌生的受迫害意识属于犹太人心理机制的一部分,是反犹势力迫害犹太人的结果。

    房间的"情感结构"不仅暗含了反犹势力对犹太人的迫害,还有上帝对犹太人的抛弃。在小说中,当布鲁被布莱克一案搞得精疲力尽、进退两难时,他想到了他的师父布朗——"像父亲一样的人"④,希望能从他那里得到指点。布朗退休后去了佛罗里达,因此布鲁给布朗写了一封长信,请求他的指教。布鲁相信布朗的回信"举足轻重,那些充满睿智而石破天惊的言词(辞)准能把自己带入曾生活过的那片天地"⑤。但是,当他收到布朗的回信后,他的希望转化成了失望。布朗在信中根本没有提及布鲁信中所说的案件,写的全是他在佛罗里达的生活,"一句也没有提及布鲁的困惑和焦虑"⑥。布鲁对布朗的坚定信念和布朗对布鲁的辜负形成了巨大的反差,奥

---

① Edward S. Shapiro. *We Are Many*：*Reflections on American Jewish History and Identity*，p. 94.

② 欧文·豪(Irving Howe)认为:"一种见解已深入犹太人的心灵,即在西方世界,一直存在着反犹主义,不管这种反犹主义是剧烈的还是温和的。尽管许多犹太人都不能或不敢付诸言行,但大多数人似乎都认为,只要基督教存在,反犹现象便不可避免。基督教徒对那些拒绝跟随耶稣的犹太人'进行诅咒的传统',已成为我们文化神学的一个组成部分,一代一代地流传下来。"详见欧文·豪:《父辈的世界》,王海良、赵立行译,上海三联书店,1995,第 578 - 579 页。

③ Dorothy Seidman Bilik. "Fiction of the Holocaust," In *Handbook of American-Jewish Literature*：*An Analytical Guide to Topics*，*Themes*，*and Sources*. Lewis Fried，ed. Westport，Connecticut：Greenwood，1988，p. 418.

④ 保罗·奥斯特:《纽约三部曲》,第 165 页。

⑤ 保罗·奥斯特:《纽约三部曲》,第 164 页。

⑥ 保罗·奥斯特:《纽约三部曲》,第 165 页。

斯特以此来突显布鲁内心的失落。此时,"布鲁感到自己被这位曾像父亲一样的人抛弃了"①。布鲁把布朗当成了父亲一样的人,这隐喻了犹太人与上帝之间子民与天父的关系。对犹太人来说,父与子的关系是一种"具有原型意义的关系"②。他们将上帝奉为父亲,也把父亲奉为上帝。③ 皮科克认为,"奥斯特作品中的父与子关系经常喻指上帝与犹太人的关系"④。在小说中,布鲁对师父的感情隐喻了犹太人对上帝的敬爱。但在关键时刻,布朗却抛弃了布鲁。布朗对布鲁的抛弃指涉了犹太民族作为上帝"失落了的儿子"这一历史命运,隐喻了天父对子民的抛弃。当犹太人蒙受苦难、祈求天父的救助时,上帝却不见了踪影,任由反犹势力迫害犹太人。上帝选择犹太人作为自己的子民,但在犹太人遭受苦难时,上帝不仅没有庇护犹太人,反而抛弃了他们。布鲁所在房间的空间意义不仅暗含了反犹势力对犹太人的迫害,还有上帝对犹太人的抛弃。

房间铭刻了犹太人的身份悖论。在封闭的房间里,布鲁不仅被布莱克欺骗、利用,成了证明其存在的参照物,还被亲如父亲的师父抛弃。在经历了这场变故后,布鲁说道:

> 我只有靠自己了,他想,再也没有能让我求助的人了……其间有一两次布鲁还萌生了弃世轻生的念头。但他最终还是从忧伤中挣扎出来了……他不再是一个学徒了。在他之上不会再有一个师傅了。我是我自己的人,他对自己说。我是我自己的人,除了自己,再没有别人能替我负责了。⑤

在经历了内心痛苦的挣扎后,布鲁逐渐成熟起来,恢复了独立性和自主性。事实上,这也是布鲁犹太身份意识萌发和身份探索的过程。布鲁的经历隐喻了历史上犹太人的遭遇。他们不仅遭受了反犹势力的迫害,还被作为天

---

① 保罗·奥斯特:《纽约三部曲》,第 165 页。
② Irving Malin and Irwin Stark. "Introduction," In *Breakthrough*:*A Treasure of Contemporary American-Jewish Literature*. Irving Malin and Irwin Stark,eds. New York,Toronto and London:Mcgraw-Hill Book Company,1964,p. 10.
③ 哈依姆·贝尔蒙特:《犹太人》,冯玮译,上海三联书店,1991,第 16 页。
④ James Peacock. *Understanding Paul Auster*,p. 87.
⑤ 保罗·奥斯特:《纽约三部曲》,第 165 页。

父的上帝抛弃,使他们沦落成历史的替罪羊。犹太人由此对自己的选民身份提出了疑问,特别是在经历了第二次世界大战中的大屠杀事件后,犹太人更是对选民论深表怀疑。他们不禁要问:犹太人是上帝的选民还是现实中的受害者? 选民与受害人的身份悖论发展成为犹太人心理现实的一部分,伴随着这一身份悖论的则是犹太人深深的受迫害意识。因此,在小说中,布鲁受迫害意识的背后隐藏了犹太人对自己选民身份的质疑,他的受迫害经历也变成了其犹太身份意识萌发和身份探索的过程——探讨犹太人的身份悖论。奥斯特笔下的房间又有了新的空间意义,它铭刻了犹太人作为上帝的选民和现实中的受害者的身份悖论。

在《幽灵》中,房间的空间意义与奥斯特自传中房间的原型——鱼腹的空间意义产生了共鸣。在自传里,奥斯特在把约拿所在的鱼腹塑造成一个救赎之地后,进一步说明作为救赎之所的鱼腹蒙上了一层受迫害色彩,体现了犹太人对选民身份的质疑。在《约拿书》里,耶和华让约拿到尼尼微大城去,向其中的居民呼喊,但约拿却上了一条开往他施的船以躲避耶和华。正因为约拿违背了耶和华的差遣,才遭遇了海难,被投入海中。这才有了耶和华安排一条大鱼吞下约拿,约拿在鱼腹中祈祷了三天三夜的故事。从表面上看,约拿在鱼腹中祈祷、赎罪,是因为违背了耶和华的命令,是他自己犯了错。

实际上,奥斯特认为约拿的故事和所有其他先知书里的故事不同,因为尼尼微人不是犹太人。约拿与其他神的使者不同,他并非被要求去向他自己的人民发言,而是向外人。更糟的是,他们还是敌对关系。在奥斯特看来,这是极不合情理的。因此,约拿违背了耶和华的指令,尼尼微在东面,约拿马上决定去西面,去他施。他不仅要逃跑,还要去已知世界的极限。正是在去他施的海上,约拿葬身鱼腹。在鱼腹中,约拿向耶和华祈祷,但这并不代表他认为自己做错了。因为后来,即使约拿最终答应了去尼尼微大城,并且尼尼微人在其传达信息后忏悔、改变了他们的行为,得到了神的宽恕,约拿却仍然不高兴,甚至是大怒。正如奥斯特所说:"这是爱国之怒。为什么要宽恕以色列的敌人呢?"[①]约拿不去尼尼微,因为他料到了在他传达信息后,上帝会宽恕犹太人的敌人。事实上也确实如此。所以他拒绝接受这一

---

① 保罗·奥斯特:《孤独及其所创造的》,第 179 页。

任务。身为犹太人，他却要向自己民族的敌人传递获得救赎的希望。这对约拿来说，无疑是一种内心的折磨。后来，耶和华用一棵蓖麻的生与灭告诉约拿，尼尼微城里的罪人、异教徒，甚至是那些属于他们的牲畜，与希伯来人一样都是神的创造物。但是，约拿却回敬上帝说："我发怒以至于死，都合乎理。"①上帝把异教徒和犹太人放在同等位置上。但对约拿来说，犹太人才是上帝唯一的选民，上帝怎么能去救赎犹太人的敌人并把他们与犹太人相提并论呢？他的做法等于否认了犹太人的选民身份。因此，约拿在鱼腹中向耶和华祈祷的同时，也有对自己选民身份的质疑。

同样，奥斯特在自传中所描写的无论是第二次世界大战期间拯救了一位犹太人的巴黎女佣房，保管犹太人档案资料的秘密之地，还是诗人玛琳娜·茨维塔耶娃生下儿子的小茅屋，以及阿姆斯特丹的安妮之家……这些房间在成为犹太人的救赎之地的同时，也都记载了犹太人的苦难，蒙上了一层受迫害色彩。因此，奥斯特小说中的房间意象虽然是一个具有救赎意义的空间，但它也铭刻了犹太人作为上帝的选民和现实中的受害人的身份悖论。

《玻璃城》中的房间是一个具有救赎意义的空间，《幽灵》中的房间铭刻了犹太人作为选民与受害人的身份悖论。在《纽约三部曲》的第三部《锁闭的房间》中，封闭房间的意象再次出现。但这一次，锁闭的房间存在于主人公"我"的脑壳中。房间不再是一个具象的空间，而是一种抽象的存在。在《锁闭的房间》中，"我"的童年好友范肖失踪，留下妻儿和一堆手稿。按照范肖的遗愿，"我"被要求来处理手稿。后来，范肖的作品出版，大获成功。"我"也娶了范肖的妻子苏菲，做了范肖儿子的父亲。但此时"我"发现范肖没有死，还活着。于是"我"开始了追踪范肖的历程。

在小说中，范肖的一封来信唤起了"我"追踪他的念头。恰在此时，出版商找到"我"，让"我"撰写关于范肖的传记。于是，"我"来到了范肖的妈妈家，走进了范肖的房间。"范肖的棒球手套搁在书架上，里面塞了一个棒球；书架上下几层全是他孩童时期读过的书；我背后是床，床上还是我记忆中的蓝白相间的被子。"②在范肖的房间里，看着范肖的出生证明、成绩单、高中

---

① 保罗·奥斯特：《孤独及其所创造的》，第 179 页。
② 保罗·奥斯特：《纽约三部曲》，第 267 页。

文凭、照片等物品,过去的与现在的、不在场的与在场的、消失的与存在的、记忆中的与眼前的,这一切都交汇在了一起,形成一种域限空间。①凭借"我"从范肖的妈妈家取回来的信,"我关在房间里花了几个星期列出了路线图,人名与地名、地名与时间、时间与人名,都逐一对应起来,按范肖活动路线画出地图和日程表,按字母顺序检索一个个地址"②。从美国的贝敦、科珀斯·克里斯蒂、查尔斯顿、巴吞鲁日、坦帕,到巴黎周边的一些地方,再到法国南部的一个小村庄,"我"采集了关于范肖的各种信息,把他的生活经历拼凑起来,制作了一份反映其生平事略的年表。"我"正在让范肖"起死回生"③,在生与死之间架起域限空间。

随着域限空间的产生,"我"进入一种混沌的状态。在巴黎,"我"约见了范肖的前女友安妮。"我"一进咖啡馆,安妮就露出了吃惊的表情,"因为觉得我俩有点像",所以"一开始她误以为我是范肖"。④ 安妮的话引起了"我"内心的激荡:

> 我发现自己坐立不安,一举一动都变得困难了。从一个瞬息进入另一个瞬息,我似乎只想置身于另一个空间,忘却自己身处何地。思维停止在太初之时,我不断这样告诉自己。然而,自我偏是与生俱来,我回答自己,这世界同样也是思维的起点。问题是我已不能够给出正确的甄别了。"这"永远不可能是"那"。苹果不会成为橘子,桃子不是李子。你从语言上就能做出分辨,这你就知道了,就像由你自己的本能感觉到的一样。但是,我对每一件事情都有了同样的体验。⑤

安妮的话把"我"带进了一种模棱两可的中间地带。这里既瞬息万变又好似

---

① 域限(liminality)是指"人或物处于一种临界状态,这或者是一个永久的据点,或者只是一种暂时的现象"。由此引申出的域限空间(liminal space)是指两个空间之间的临界状态,这是一个敞开的空间,允许两个空间的交流。它不像是一条分界线,把两个空间隔绝开来。因此,域限空间是一种中介空间。详见 Lucy Kay, Zoë Kinsley, Terry Phillips and Alan Roughley. "Introduction," In *Mapping Liminalities：Thresholds in Cultural and Literary Texts*. Lucy Kay, Zoë Kinsley, Terry Phillips and Alan Roughley, eds. Bern：Peter Lang, 2007, p. 8.

② 保罗·奥斯特:《纽约三部曲》,第 280 页。

③ 保罗·奥斯特:《纽约三部曲》,第 296 页。

④ 保罗·奥斯特:《纽约三部曲》,第 300 页。

⑤ 保罗·奥斯特:《纽约三部曲》,第 301 页。

一切都已经凝固静止了。人与物既不在这儿,也不在那儿。

　　"在他们明确自己的地位和身份之前,他们一直处于法律、习俗、传统和仪式所规定位置的中间地带。"[①]小说中的"我"就陷入这种混沌状态。当"我"在巴黎的一家酒吧里遇到一位年轻人时,"我"明知道对方不是范肖,"斯蒂尔曼不是范肖——我知道。他是一个随意选中的目标,他绝对无辜而茫然无措"[②]。但是,我仍然认定对方是范肖并与之扭打起来。奥斯特以"我"荒唐、乖戾的行为暗示了"我"紊乱无序的精神世界。在模棱两可的中间地带里,"我"的思想失去了地理家园,精神成了游荡的孤魂,"我"正在经历一场意识危机。正如施普林格在谈到小说中的这一场景时所说:"奥斯特以叙述者自控能力的丧失预示了危机高潮的到来。"[③]

　　最终,当"我"追寻着范肖的足迹来到他曾经住过的巴黎乡间别墅时,"我"发现原来范肖独居在一间锁闭的房间里,而这个房间就在"我"的头脑中。在别墅里待了几天之后,"我"发觉"我永远不可能单独待在这地方……范肖恰恰就在我这儿,他一开始就在……一间锁闭的屋子……范肖独居一室,处于神秘的幽禁中……这屋子,我现在发现,就在我自己的脑壳之中"[④]。范肖自始至终都存在于"我"的头脑中,他是"我"自身的一部分。为了把范肖从"我"的脑海中删除,"我"连续一个月都过得浑浑噩噩。"我把自己的脑髓操出了颅壳,把自己灌醉在另一个世界里。"[⑤]最后,范肖从"我"的脑海中消失了,但是,"他走了——我也随之而去"[⑥]。"我"与范肖处于相互呼应而又对立的范畴中,就像是矛盾的双方。这一点从奥斯特描写的两个人从小的关系中也可以看出。"我"与范肖就像爱伦·坡小说《威廉姆·威尔逊》中的两个同名者,不仅相貌相似,还亲密无间、如影相随,同时也存在

---

　　① Christina Ljungberg. "Triangular Strategies: Cross-Mapping the Curious Spaces of Siri Hustvedt, Paul Auster and Sophie Calle," In *Mapping Liminalities: Thresholds in Cultural and Literary Texts*. Lucy Kay, Zoë Kinsley, Terry Phillips and Alan Roughley, eds. Bern: Peter Lang, 2007, p. 116.

　　② 保罗·奥斯特:《纽约三部曲》,第 309 页。

　　③ Carsten Springer. *Crises: The Works of Paul Auster*, p. 127.

　　④ 保罗·奥斯特:《纽约三部曲》,第 303-304 页。

　　⑤ 保罗·奥斯特:《纽约三部曲》,第 305 页。

　　⑥ 保罗·奥斯特:《纽约三部曲》,第 305 页。

着矛盾。①至此,作者的真实目的浮出水面。从描写"我"对范肖的追寻,到刻画"我"的意识危机,奥斯特的用意都是为了说明"我"的异己性。正如夏洛所说,"整部《锁闭的房间》……都是围绕一个年轻男子与他的另一个自我之间的关系展开"②。因此,在小说中,除了"我"自己外,范肖代表了另一个"我",一个"隐藏的神秘中心"③。奥斯特借助房间的空间意象说明了"我"的两面性。

在小说中,主人公"我"表现出典型的美国身份。"我"是一个评论家,以诗评和小说评论起家,现在,几乎哪方面的评论都写,"电影、戏剧、艺展、音乐会、图书,甚至评论橄榄球比赛"④。"我"的名字不断地出现在杂志上,"我还不到三十岁,算是有了一点名气……天底下把我视为一个风华正茂的年轻才俊,一个正处上升阶段的新锐评论家"⑤。奥斯特笔下的"我"迅速融入美国的社会生活中,无论是对高雅文化还是通俗文化都了如指掌。"我"凭借撰写评论文章,社会地位明显上升。这说明"我"与美国文化环境相处融洽,这种融合彰显了"我"的美国身份。

---

① 在小说中,奥斯特把"我"和范肖塑造成爱伦·坡小说《威廉姆·威尔逊》中的两个同名者,容貌相似,又有对立的一面。首先,"我"和范肖的长相十分相似。范肖的妈妈在回忆过去的时光时说道:"你甚至看起来长得都像他。你们两个一直都很像——像一对兄弟,几乎像是双胞胎。我记得你们小时候,我有时远远地看过去都会把你们搞混了。简直分不清哪个是我自己的儿子。"(详见保罗·奥斯特:《纽约三部曲》,第271页。)范肖的妈妈会把"我"和范肖弄混,"我"和范肖的相似度可见一斑。即使成年后,当"我"约见范肖的前女友安妮时,她也一度把"我"当作了范肖,"因为觉得我俩有点像"。(详见保罗·奥斯特:《纽约三部曲》,第301页。)其次,"我"与范肖亲密无间。从婴幼儿时期就一同玩耍,在草地里爬来爬去,又是在同一天学会了用脚走路。后来又一起玩棒球和橄榄球,一起做各种游戏,骑车、聊天。正如"我"在小说中所说:"对我来说,不可能像了解范肖那样去了解任何人了。我母亲还记得我们彼此曾是那么依恋对方,大概是六岁那年,我们还问她男人跟男人是不是也可以结婚。我们想长大以后也生活在一起,除了结婚是不是就没有别的办法了?"(详见保罗·奥斯特:《纽约三部曲》,第223页。)"我"与范肖之间的相互依恋已经超出了朋友间的友情,这是一个人对自己的了解和痴迷,就像"我"所说,"无论什么时候看见他(范肖)就像看见了我自己。"(详见保罗·奥斯特:《纽约三部曲》,第209页。)最后,"我"与范肖也有较劲的时候。"如果范肖把他的皮带扣扣在裤子侧面,那么我也会把自己的皮带扣移到同样的位置。如果范肖在运动场上穿黑色运动鞋,那么下回母亲带我到鞋店时我也要去买一双黑色运动鞋。如果范肖带一本《鲁滨逊漂流记》到学校来,当晚我也就在家里读起《鲁滨逊漂流记》了。"(详见保罗·奥斯特:《纽约三部曲》,第219页。)"我"对范肖的效仿是一种较劲的表现,或者说是一种异己性的表现。由此可见,小说中的"我"和范肖实际上是同一个人,处于既对应又对立的范畴中。在小说中,作者还设计了"我"娶范肖的妻子苏菲,并做了范肖儿子父亲的情节,这更加说明了"我"与范肖的同一性。

② Ilana Shiloh. *Paul Auster and Postmodern Quest*:*on the Road to Nowhere*,p. 70.
③ James Peacock. *Understanding Paul Auster*,p. 74.
④ 保罗·奥斯特:《纽约三部曲》,第217页。
⑤ 保罗·奥斯特:《纽约三部曲》,第217页。

美国身份只代表了"我"的一面,范肖代表了"我"的另一面,而这另一面就是犹太身份。当"我"积极融入美国社会中时,范肖却逐渐远离了各种社交活动,躲在家里专事写作,靠妻子养活。在和苏菲一起生活后,"范肖根本就没有工作"①,他们靠苏菲的薪水支撑过活。奥斯特特意描写了范肖赋闲在家、专事写作,靠妻子赚钱养活的细节。妻子养活丈夫,这在美国文化传统里或许是不可思议的,但在犹太文化传统里却是再正常不过的事情了。奥斯特的这一描写彰显了范肖的犹太身份。不仅如此,范肖还默默地忍受生活的苦难。父亲的去世、与妈妈关系的紧张,以及妹妹的精神问题都让"范肖承受了最大的压力"②,但他从来都不表现出来。他以坚忍的毅力承担所遭遇的一切苦难,这充分体现了犹太文化对他的影响。犹太文化底蕴最显著的特点就是忍受苦难。惨痛的历史境遇已经教会了犹太人忍受苦难的意义,忍受苦难已经变成了犹太人的生存策略。除此之外,犹太人"走出去"、膜拜远方的精神同样体现了犹太文化传统。自大流散时期开始,犹太人长期处于飘摇不定的境遇中,长此以往形成"走出去"、流浪、历险的生活方式。在小说中,范肖继承了这种生活方式。他在大学二年级时选择了辍学,先在一艘油轮上工作了一阵子,跟着油轮游历了许多地方,而后在法国待了几年,最后才回到美国结婚定居。由此可见,奥斯特已经给范肖以明确的身份定位,即他的行为活动体现了犹太人的特质。因此,"我"头脑中锁闭的房间是一个具有犹太意义的空间,是犹太身份的象征。"我"的另一面是犹太身份。

奥斯特以"我"和范肖长大后的不同境遇说明了这两种身份的不同状态。当"我"成为一名评论家,在社会上功成名就时,范肖脱离了与社会的联系,躲在家里专事写作,却从不出版自己的作品。"我"在美国社会中取得的成就和范肖与社会的隔绝形成了鲜明的对比,这暗喻了美国身份的凸显和犹太身份的隐没。在小说中,范肖的隐居生活和他日后的失踪,以及在整部小说中范肖从来没有正面出现这一点也都象征了犹太身份的隐没。③这与

---

① 保罗·奥斯特:《纽约三部曲》,第 214 页。
② 保罗·奥斯特:《纽约三部曲》,第 228 页。
③ 范肖这个人物完全是依靠"我"、苏菲和他妈妈的回忆拼凑起来的,他没有在作品中正面出现过。即使在小说结尾处,"我"与范肖面对面,也是隔了一道门。因此,到小说结束,读者也没有见到范肖的"庐山真面目"。

第二次世界大战后犹太人在美国的状况相似。在第二次世界大战后的美国,反犹势力逐渐转入地下,犹太人的生存环境好转。他们在政治、经济、文化等各个领域都取得了令人瞩目的成绩,社会地位明显提高。与此同时,他们也付出了相应的代价,就是犹太身份感的不断弱化。在当代美国社会,大部分犹太人已经不再遵守犹太饮食规定,不穿民族服装,也不守安息日了。在这种情况下,美国犹太人身上的犹太色彩逐渐失去了往日的光芒,美国性得到了凸显。

> 美国犹太移民在融入美国社会生活时,其悠久的历史传统不会消失,这不仅是其文化传统强大的生命惯力使然,也是由诸多外部条件所决定的,特别是那些虽已逝去但令犹太人不能忘怀的历史,更促使犹太人在汇入美国生活时,决不会抛却传统,抛却其民族文化。①

在小说中,"我"对范肖的追寻,即对范肖代表的犹太身份的追寻体现了犹太人的身份意识。

在这种身份意识的指引下,"我"展开了身份探索。范肖独居在"我"头脑中一间锁闭的房间中,这一空间意味着一个秘密之地、神秘之所。"不存在的锁能够抵制赤裸裸的暴力,但是,所有的锁都像是对贼的一种邀请。"②锁对人有一种无法抗拒的吸引力,范肖所在的锁闭的房间同样对"我"充满了诱惑。它就像是对"我"的一种邀请,当我回到纽约再次收到范肖的来信后,"我"义无反顾地来到了范肖的藏身处。这暗示了两种身份即将展开正面交锋。但是,在范肖的住所,"我"并没有见到他,我们之间隔了一道门。当范肖隔着门对"我"说话时,"我"感到"那些话好像就直灌入我脑袋里了"③。范肖独居的屋子存在于"我"的头脑中,这是一种隐性的存在,锁闭的房门成了"心理的门槛"。在"我"的头脑中,门槛那边独居一室的范肖与门槛这边的"我",即犹太身份与美国身份展开了对话。奥斯特通过"我"与范肖的对话探讨了美国身份与犹太身份的关系,这也是"我"探索自我身份

---

① 刘洪一:《走向文化诗学:美国犹太小说研究》,北京大学出版社,2002,第96-97页。
② Gaston Bachelard. *The Poetics of Space*. Maria Jolas, trans. Boston: Beacon Press, 1969, p. 81.
③ 保罗·奥斯特:《纽约三部曲》,第316页。

的过程。在小说中，范肖把自己的经历都告诉了"我"，并留下一本红色笔记本，上面记载了一切。最后，在范肖的要求下，"我"带着红色笔记本离开了他。当"我"来到车站，打开红色笔记本时，"我"发现

> 所有那些词句我都非常熟悉，然而，它们凑到一起却又显得非常怪异，好像它们最终是在互相消解。……每一句话都抹去了前面那一句，每一段文字都使下面的文字段落失去了存在的可能。然而，奇怪的是，这本笔记本留给我的感觉又极为清晰明了。……从读到第一个字开始我就迷失在里面了，随后我只是摸索着往下读，在黑暗中跟跄而行，这本来是为我写的东西却让我两眼（一）抹黑。然而，在迷惑的深处，我却又感触到某种太固执的意志和过于追求完美之念，似乎到头来他唯一想要的就是失败——及至到了丢弃自我的地步。可是，也有可能是我错了。①

熟悉的词句失去了原来的含义，为"我"写的东西"我"却无法理解……似乎到头来这一切都陷入了虚无之中，都充满了不确定性。最后，"一张接一张，我从笔记本上撕下纸页，握在手里揉成团，丢进站台上的垃圾桶里"②。在小说结尾，奥斯特并没有给出一个两种身份冲突的结果。正如阿利基·瓦尔沃廖所说："《锁闭的房间》最终没有解决任何问题。"但是，她话锋一转说道："在探讨这些问题的过程中，叙述者变得清晰起来，作者的定位也变得越来越明晰。"③这种"明晰"就体现在奥斯特接受采访时所说的，在小说最后，主人公解决了自己的问题，他接受了现实，正视了内在的矛盾与冲突。④ 这表明对"我"——美国犹太人来说，"我"内心的挣扎即美国身份与犹太身份的斗争本身就是证明"我"身份探索的最有力证据，至于是美国身份占上风还是犹太身份占上风并不重要。

三部小说的三个房间代表了作者对犹太身份意义探索的三个阶段：从第一阶段的寻根，到第二阶段的追溯历史，再到第三阶段探求两种身份的关系。奥斯特借房间的意象指出，犹太身份的意义体现在追寻与探索的过程

---

① 保罗·奥斯特：《纽约三部曲》，第 326 – 327 页。
② 保罗·奥斯特：《纽约三部曲》，第 327 页。
③ Aliki Varvogli. *The World That Is the Book*：*Paul Auster's Fiction*，p. 51.
④ Joseph Mallia. "Interview with Paul Auster," In *Conversations with Paul Auster*. James M. Hutchisson，ed. Jackson：University Press of Mississippi，2013，p. 10.

保罗·奥斯特小说中的空间书写

中，而不是表面的界定上。夏皮罗指出，现代美国犹太人面临的一个问题是"在犹太人经济、社会地位迅速提高的同时，他们也必须付出相应的代价——犹太身份感的不断弱化"①。在现代美国社会中，大部分犹太人已经不再遵守犹太饮食规定，不穿民族服装，也不守安息日了。在这种情况下，如何对犹太身份进行界定，犹太身份的意义何在等问题都值得深入探讨。奥斯特借《纽约三部曲》表达了对当代美国犹太人身份的理解：第一阶段是对犹太身份的认同；第二阶段是对犹太人独特的受难体验和身份悖论的认知与感悟；第三阶段是正视两种身份的矛盾与冲突。在这三个阶段中，追寻与探索的精神是串联它们的主线，也是犹太身份的意义所在。正如哈钦森在谈到奥斯特小说中的人物时所说，"他作品中的所有人物都有同一种经历，他们面对失去的痛苦和被判永久流亡的命运，直到重新找回自己的'犹太性'"②。从哈钦森的话中可以看出，虽然经历苦难是犹太人的宿命，但是不断追寻与探索的精神才是犹太品质的精髓。这一点也可以从犹太人的历史中得到验证。由于犹太民族长期没有自己的家园，过着流浪漂泊的生活，他们被称作"流浪的犹太人"，处于一种"永恒的追寻"中。他们追寻自己的家园，追寻自己的身份，追寻失去的一切。这种不断追寻的模式逐渐演变成犹太人的心理范式，成为他们"犹太性"的最根本表现。正是在此基础上，奥斯特建构了以承认犹太身份为前提，共享犹太民族的独特历史与记忆，正视当代犹太人身份矛盾的身份观，解构了虽然拥有犹太血统、内心却早已远离犹太历史与现实的身份观；建构了以追寻和探索的精神为核心的"犹太性"认知，解构了对"犹太性"的形式主义界定。

奥斯特对犹太身份意义的诠释与其在自传中的描述颇为一致，他在自传中对犹太身份的认知也是遵循从承认犹太身份到追溯历史，再到探讨犹太与美国身份关系的模式。第一，奥斯特在自传中说自己从不试图掩盖犹太身份，也不为此担忧。当有人故意用反犹的侮辱性话语激怒他时，他会威胁对方甚至使用暴力。奥斯特对犹太身份的态度是敏感而坚决的，这与其小说中对犹太身份的认可保持了一致。第二，面对第二次世界大战中的大屠杀事件，奥斯特不仅在自传里追忆了集中营中犹太人的惨痛经历，还在小

① Edward S. Shapiro. *We Are Many*：*Reflections on American Jewish History and Identity*，p. 27.

② Martine Chard Hutchinson. "Paul Auster." p. 15.

说创作中频繁再现这段历史,如《末世之城》中的怪诞世界等。奥斯特在采访中不止一次表明自己对犹太民族的历史经验和犹太人共同的文化记忆的重视,这与其在小说中表现的犹太身份认知的第二阶段"追溯历史"遥相呼应。在美国身份与犹太身份的关系方面,奥斯特从小就生活在两种身份的冲突与矛盾中。在自传中,他一方面描述了犹太家庭背景和犹太作家作品对他的影响,另一方面也毫不避讳自己从小被当成美国男孩养大的事实,因此他称自己是"纽约犹太人":既是犹太人,也是美国人,两种身份不可分割。① 这与《锁闭的房间》最后所谓"挣扎的记录"异曲同工。不管是对奥斯特还是小说中的主人公来说,他们都在犹太历史和美国文化交织成的道路上寻找着自己的定位与归属,追寻与探索的精神是他们的指路明灯。奥斯特从自身经历出发,诠释了犹太身份的意义,表达了对后大屠杀时代犹太人的身份观、"犹太性"等核心问题的关注,为现实中的犹太人建构自我身份和塑造"犹太性"提供了思路。

奥斯特在谈及《纽约三部曲》时说道:"纽约是这三部小说唯一可能发生的地点。对于住在里面的人来说,它广阔,像个迷宫,却又毫无特色。与我去过的其他地方相比,它有一种赤裸的狂野,可以迅速而有效地毁灭住在里面的人。"②在这几句话中,奥斯特不仅指出纽约空间广阔、布局复杂的外部特征,还说明了它的本质——消解人的个性和主体性。换句话说,《纽约三部曲》呈现了纽约社会的"生存、无名和异化问题"③,以及在此城市背景下,三位主人公奎恩、布鲁和"我"的个体危机。但与其他生活在纽约的美国人不同的是,三位主人公还是犹太人,具有犹太人的特质。也许是犹太民族自发轫之初就生活在异族之中的缘故,犹太人自古就有一种强烈的身份意识。再加上后来大大小小的种族迫害,特别是第二次世界大战中大屠杀的种族灾难,犹太人对自己的身份尤其敏感。伴随着这一强烈的身份意识产生的是犹太人追寻的精神。由于犹太民族长期没有自己的家园,过着漂泊的生活,他们被称作"流浪的犹太人",处于一种"永恒的追寻"中——追寻自己的家园,追寻自己的身份,追寻失去的一切。在《纽约三部曲》中,三位主人公

① Paul Auster. *Hand to Mouth*, p. 54.
② Carsten Springer. *Crises : The Works of Paul Auster*, p. 24.
③ Mark Brown. *Paul Auster*, p. 1.

正是在犹太人强烈的身份意识的指引下，展开了对犹太身份的追寻与探索。奥斯特在《锁闭的房间》的最后说道："这三个故事（《玻璃城》《幽灵》《锁闭的房间》）说到底是一回事儿，但每一个故事都表达了我对每一阶段行将发生之事的感知。"[①]对于奥斯特所说的"一回事"，杜普雷一语中的："《纽约三部曲》中的三部小说归根结底都是关于身份的。"[②]显然，奥斯特借《纽约三部曲》诠释了犹太身份的意义：从寻根到揭示犹太人的身份悖论，再到探讨犹太身份与美国身份的关系，三部小说分别探讨了犹太人身份探寻的三个阶段。最终，主人公们在经历了屈辱、落魄和迷失之后，走上了自我发现之路，追寻与探索的精神是他们前进的动力。至此，奥斯特建构了以追寻与探索精神为核心的犹太身份认知，解构了对犹太人特征的表面理解，表达了对"犹太性"等围绕当代美国犹太人的核心问题的关注。

---

① 保罗·奥斯特：《纽约三部曲》，第 305 页。

② Joan Alcus Dupre. "Fighting Fathers/Saving Sons: The Struggle for Life and Art in Paul Auster's *New York Trilogy*." p. v.

第二章 末世之城与大屠杀历史记忆

在自传里，奥斯特为了寻找历史的记忆，从居住地纽约飞到欧洲，来到位于阿姆斯特丹的安妮之家。

> 当他站在安妮·弗兰克的房间里时，他突然发现自己在哭泣，日记就是在这间房间里写的，如今房间空荡荡的，她搜集来的好莱坞明星照片仍然在墙上，已然褪色。并非啜泣，作为对内心巨大伤痛的回应，而是无声地大哭，眼泪流过他的脸颊，仿佛纯粹在回应世界。①

阿姆斯特丹的安妮之家见证了第二次世界大战中犹太人的灾难，记录了那段创伤历史。在安妮之家里，奥斯特仿佛进入时光隧道，变成了灾难的承受者。第二次世界大战时的历史景观能够帮助奥斯特找回对民族身份的记忆，但城市已经在现代化的进程中渐渐失去了记忆的功能，甚至"成为对记忆的一种威胁"②。正如《城市记忆：现代城市的历史与遗忘》（*Urban Memory：History and Amnesia in the Modern City*，2005）一书的编者马克·克里森（Mark Crinson）在序言中所说，现代城市的迅速发展已经渐渐抹去了记忆的色彩，人们丧失了把记忆与传统转化为现代形式的能力，陷入身份危机的困境中。③ 为了在现代城市中找回历史的记忆，奥斯特求助于虚构的景观，在虚构的空间中重现历史，建构犹太民族的记忆之所。

---

① 保罗·奥斯特：《孤独及其所创造的》，第89页。

② Liam Kennedy. *Race and Urban Space in Contemporary American Culture*. Edinburgh：Edinburgh University Press，2000，p. 49.

③ Mark Crinson. "Urban Memory：An Introduction，" In *Urban Memory：History and Amnesia in the Modern City*. Mark Crinson，ed. London and New York：Routledge，2005，p. xiii.

在《纽约三部曲》之后，奥斯特发表了《末世之城》。在这部小说里，奥斯特虚构了末世之城的空间意象，再现了第二次世界大战中大屠杀的历史史实。彼得·诺维克（Peter Novick）在《美国生活中的大屠杀》（*The Holocaust in American Life*，1999）一书中说明记忆与身份的关系，认为记忆能够表达和加强身份，而大屠杀与美国犹太人的关系正是如此。"大屠杀是 20 世纪晚期衡量美国犹太人身份的唯一标准"，"是'犹太性'的核心象征"。[1] 在《末世之城》中，奥斯特借助虚实相间的权力空间书写了对第二次世界大战中大屠杀的记忆，表达了对犹太历史的深刻认知和感悟。

第一节 禁闭空间：反犹势力对犹太人的屠杀

在《末世之城》里，奥斯特塑造了一种大禁闭的空间。大禁闭的原型来自中世纪对麻风病人的驱逐、隔离，这是一种"排斥—封闭"的实践。[2] 麻风病人被排斥在禁闭空间里，他们不能越过界限，处于被隔离的状态，与此同时，又不断有新的麻风病人被送进来。奥斯特笔下的末世之城也正在成为这样一种空间。

> 人们接连死去，婴儿拒绝出生。在我住在这儿的几年的时间里，我没有见到一个新生儿。但是，总是有新面孔代替那些消失了的人。他们

---

① Peter Novick. *The Holocaust in American Life*. Boston and New York：Houghton Mifflin Company，1999，p. 7.
② 福柯通过考察中世纪对麻风病人的驱逐、隔离，提出大禁闭说，认为对麻风病人的驱逐、隔离提供了大禁闭的原型，形成一种"排斥—封闭"的实践。"对麻风病的排斥是一种社会行为，它首先是在个人（或一群个人）和另一个之间严格的区分、拉开的距离和不接触的规则。另一方面，是将这些个人扔到外边混杂的世界中去，在城墙之外，在社区的界限之外。因此，建构了两个相互隔膜的群体。那被扔出去的群体，在严格意义上被扔到外面的黑暗之中。最后，第三点，对麻风病人的排斥意味着这些被排斥和驱逐的人丧失了资格（也许不完全是道德上的，但无论如何是法律和政治上的）。"详见米歇尔·福柯：《不正常的人》，钱翰译，上海人民出版社，2003，第 44 页。

从农村和周边的小镇上涌进来，或是拉着马车，上面堆放着他们的全部家当；或是开着破车，一路骂骂咧咧地进城。这些人都是些饥饿、无家可归的人。①

人们不断涌进末世之城，但末世之城里的人却走不出这座城市。边界水域上全副武装的警察正在站岗放哨，工人们忙着卸载瓦砾、搬运砖石，他们要在海里建一道防护墙，名为"海墙工程"。随着海墙的建立，末世之城正在成为一个封闭的空间。城中居民被严格控制在这一特定的空间范围内，失去了与外面世界的联系。小说主人公安娜正是因为失去哥哥威廉姆的消息才走进了末世之城。安娜的哥哥是名记者，他来到末世之城报道这里发生的一切，却在九个月之前与总部失去了联系。安娜的哥哥无法与末世之城外面的世界取得联系，更别提跨出末世之城的边界。威廉姆所在报社的编辑告诉安娜，"他不会回来了"②。在末世之城的禁闭空间里，人们像被排斥的麻风病人一样，处于被隔离的状态。正如梅耶·默洛布（Maya Merlob）所说，末世之城中的"封闭变成了一种埋葬，它没有给人带来一种安全感，反而是一种监禁"③。

奥斯特借主人公安娜之口，指出末世之城中的居民是犹太人。在小说中，当安娜跑进城里的图书馆，看见一位犹太拉比时，她告诉拉比自己也是犹太人，而且她认为"所有的犹太人都死了"④。安娜对拉比的一席话既点明了城中居民的身份——犹太人，并且道明了他们的处境——徘徊在死亡的边缘。小说中陆续登场的各类人物都表现出了犹太人的民族身份。安娜的哥哥威廉姆，与安娜来自同一个地方、到末世之城顶替威廉姆工作的萨姆，安娜救起的伊莎贝尔和她那"长着一个巨大的鹰钩鼻子"⑤的丈夫费迪南德，图书馆里的犹太拉比，收留安娜的沃伯恩公寓的继承人维多利亚以及"出于宗教信仰而佩戴帽子"⑥的供给商鲍里斯……奥斯特或明或暗地指出

---

① Paul Auster. *In the Country of Last Things*. London：Faber and Faber，1987，p. 7.
② Paul Auster. *In the Country of Last Things*，p. 40.
③ Maya Merlob. "Textuality，Self，and World：The Postmodern Narrative in Paul Auster's *In the Country of Last Things*." *Critique*，49.1（2007）：31.
④ Paul Auster. *In the Country of Last Things*，p. 95.
⑤ Paul Auster. *In the Country of Last Things*，p. 52.
⑥ Paul Auster. *In the Country of Last Things*，p. 153.

了这些人物的民族身份,而这些身份都指向了犹太人。奥斯特塑造了一个满是犹太人的末世之城,他们在这一空间中的状态是面临死亡的威胁。

奥斯特在谈到《末世之城》中的空间时曾经说过:"关于对这个未知地方的思考……就潜藏在我的皮肤里,我无法排挤掉它……"①在接受采访时他又说道,他在创作这部小说时,脑子里所想的是 20 世纪的重大历史事件,小说中的许多情节都是源自"华沙隔离区内和列宁格勒围困"时的真实场景。② 以此推想,潜藏在奥斯特皮肤里的末世之城是作者以华沙隔离区为原型塑造的禁闭空间。1939 年,希特勒发动了侵略波兰的战争,在德国纳粹占领波兰后,1940 年 10 月,华沙隔离区正式成立。在隔离区里,犹太人不许走出这一区域,同时大批的犹太人不断被送进来。一位目睹了德国纳粹把犹太人陆续转移进隔离区的见证人说道:"你可以想象这样一幅画面,这座城市中三分之一的人口都在街上流动,他们汇成一股一望无际的溪流,或推、或载、或拉着他们所有的家当……"③越来越多的犹太人被赶进隔离区,在这个"只占华沙整个地区百分之二点四大的地方,却挤进了华沙三分之一的人口"④,隔离区成了一座压缩的城市。末世之城里被禁闭的犹太人与华沙隔离区内被围困的犹太人遭受了同一种经历:被驱逐,被隔离。末世之城成了当代犹太人的隔离区。

借助末世之城的空间意象,奥斯特再现了第二次世界大战华沙隔离区内犹太人的真实生存状况。在末世之城里,食物短缺是最大的问题。公立市场上的食物种类极少,价格昂贵。私人商贩既要贿赂警察又要谨防盗贼的攻击,顾客也要防止被商贩欺骗和小偷光顾。在这种情况下,越来越多的人来到街头寻找食物。"人们为了少量的食物彻日在街上搜寻,甚至为了一点面包屑甘愿冒极大的危险,而不管他们能找到多少东西,都是不够的。"⑤因此,食物短缺使这里的人瘦弱无比。"在街头,骨瘦如柴的人随处可见。他们往往两三个人一起行动,有时是整个家庭。他们用绳子或者锁链把彼此捆在一起,一个挤一个来防止强风的突袭。"⑥在末世之城的虚拟空间里,

---

① Paul Auster. *The Art of Hunger*. New York: Penguin Books,1993,p. 274.
② Larry McCaffery and Sinda Gregory. "An Interview with Paul Auster." p. 19.
③ Aliki Varvogli. *The World That Is the Book : Paul Auster's Fiction*,p. 89.
④ Aliki Varvogli. *The World That Is the Book : Paul Auster's Fiction*,p. 90.
⑤ Paul Auster. *In the Country of Last Things*,pp. 3-4.
⑥ Paul Auster. *In the Country of Last Things*,p. 3.

饥饿和营养不良成了永恒的主题，这也是对华沙隔离区内真实空间的写照。在第二次世界大战期间的波兰，犹太人被禁闭在隔离区内，被迫接受了德国纳粹的"挨饿"政策。[①] "食物定量配给，人们一天仅能得到184卡路里热量的食物。这不仅导致了食物走私，还造成了在短短十六个月的时间里，超过六万五千名犹太人因为营养不良而丧生。"[②]齐格蒙特·鲍曼（Zygmunt Bauman）在谈到隔离区内的饥饿问题时说道："食物短缺日渐严峻，从拥挤的房间到大街上全是饥饿的人，他们的身体肿胀起来，溃烂和化脓的四肢包裹在脏兮兮的衣服里，裸露在外面的皮肤也因为冻伤和营养不良变得伤痕累累……街道上躺满了死于饥荒的人。"[③]华沙隔离区内的真实场景与末世之城中的虚拟景观遥相呼应，亦真亦幻。与此同时，过去与现在、历史与当下也交融在了一起，意蕴迭生。奥斯特借助末世之城这座虚构的城市，把目光投向了第二次世界大战的历史，并重构了历史。华沙隔离区内真实的历史得以再现，犹太人的悲惨遭遇历历在目。

末世之城的禁闭空间是一个绝对真实又绝对虚幻的空间，这是一个超现实的世界，这一空间中最诡异的景观就是人体屠宰场。小说主人公安娜在图书馆遇到了一个叫杜伽丁的人种论研究者，后者在得知安娜需要购买一双鞋时，以此为诱饵，把安娜骗到了人体屠宰场。在屠宰场，杜伽丁撕下人种论研究者的假面具，暴露出反犹主义者的丑恶嘴脸。安娜看到"三四具尸体一丝不挂地吊在肉钩上，旁边有个人拿着一把斧头，正站在桌边肢解着另外一具尸体"[④]。在意象与现实奇妙地混杂在一起的末世之城里，真与假、事实与虚幻之间的区别已经消失不见了。奥斯特借人体屠宰场这个超现实的景观重现了纳粹对犹太人的屠杀，揭露了反犹主义者的暴行。正如奥斯特在接受采访时所说："安娜被引诱到人体屠宰场的情节基于列宁格勒围困时的史实。这是真实发生的事情。在大多数情况下，现实远远比我们所能够想象的更加残酷。"[⑤]在隔离区内，德国纳粹犯下的最不可饶恕的罪

① Lucy S. Dawidowicz. *On Equal Terms*：*Jews in America 1881 - 1981*. New York：Holt，Rinehart and Winston，1982，p. 109.

② Aliki Varvogli. *The World That Is the Book*：*Paul Auster's Fiction*，p. 90.

③ Zygmunt Bauman. *Modernity and the Holocaust*. Ithaca，New York：Cornell University Press，1989，p. 145.

④ Paul Auster. *In the Country of Last Things*，p. 125.

⑤ Paul Auster. *The Art of Hunger*，p. 275.

行是对未出生的犹太孩子的谋杀。"犹太人被禁止结婚、生育,女人怀孕到三个月的时候被强行进行流产",甚至在某些隔离区里,"怀孕的女人是要被处死的"。[1] 德国纳粹的目的是要阻止犹太民族的繁衍,彻底毁灭这个民族。在小说中,安娜为了挣脱反犹势力的魔爪,选择了跳楼。虽然她获救了,但肚子里的孩子却没了。奥斯特以反犹势力对未出生的犹太孩子的谋杀控诉了他们的滔天罪行。

　　隔离区内犹太人的苦难是由反犹势力造成的,同样,末世之城中犹太人的不幸也是由当权者造成的。小说主人公安娜希望能够坐船离开末世之城,却在海边看到了正在兴建的"海墙工程"。当她来到城市的另一端时,同样有一道壁垒竖立在边界线上。她得知即使自己坐了私船进入离开末世之城的隧道,等待她的仍然是持枪的警察。他们就如同第二次世界大战时犹太人隔离区门口的德国士兵,"随时都会开枪打死那些敢于靠近出口的犹太人"[2]。政府的主要工作就是封锁整座城市,不让任何人走出末世之城。在城内,每天早上,城里的公务员都会开着卡车来收尸。他们全副武装,随时准备向周围不服从命令的群众开枪。收来的尸体则会被送到城市周围的焚尸炉中火化。在末世之城里,政府不管居民的生计,只负责封锁城市和处理尸体。当权者对人生命的淡漠犹如德国纳粹对待犹太人,他们任由城中居民自生自灭就等同于纳粹对犹太人的大屠杀。暴力作为当权者权力运作的方式,体现在小说中无处不在的"持枪的警察"的意象上,比如边界线上持枪的警察、公立市场里拿警棍的守卫、携枪收尸的公务员等。在末世之城里,政府通过这些平庸、肤浅、无能的警察、守卫和公务员来运转整个行政机器,而这些人为了"从中获得好处"[3],或者是社会地位,或者是住房,已经丧失了道德标准。正如第二次世界大战时的一名德国士兵所言:"我不认为自己需要判断这些措施是否道德,我的道德意识臣服于这样一个事实:我只是一名士兵,这个庞大机器上最微不足道的一个齿轮。"[4]德国士兵把道德问题抛给了自己的上一级,用服从命令的借口充当了杀人机器。同样,在末世之

---

[1]　Zoë Vania Waxman. *Writing the Holocaust*:*Identity*,*Testimony*,*Representation*. Oxford:Oxford University Press,2006,p. 140.

[2]　阿巴·埃班:《犹太史》,阎瑞松译,中国社会科学出版社,1986,第386页。

[3]　Paul Auster. *In the Country of Last Things*,p. 30.

[4]　Zygmunt Bauman. *Modernity and the Holocaust*,p. 22.

城里,当权者利用对这些麻木不仁的公务员的调遣使其统治权发挥作用。从主要职能到权力运作的方式,末世之城的当权者已经丧失了运用权力的资格,但是,当它掌握在这个确实不够格的政府的手里时,它也完全能够在其暴力的基础上发挥作用。①在这一悖论下,当权者的权力表现为卑鄙的、无耻的、可笑的,即一种怪诞的统治权。

在怪诞的统治权操控下的末世之城里,城中居民和被驱逐进隔离区里的犹太人一样,不仅连最基本的温饱问题都无法解决,还要时时刻刻面临来自当权者的死亡威胁,这意味着他们已经被剥夺了生存的权利,更别提政治和法律上的权利了。死亡成了司空见惯的事情。在末世之城中,人们不再像过去那样在家里或者医院里去世,"他们在任何可能的地方死去,而大多数是在街上"②。城中有一半的人无家可归、无处可去,因此,"不管走到哪里,都能看到尸体——人行道上,门口边上,街头上"③。伴随着严冬的到来,"城中有近四分之一到三分之一的人口死去"④。这是奥斯特对第二次世界大战时犹太人真实生存状态的再现。奥斯特在谈到《末世之城》这部小说时曾说道:"这是在第二次世界大战时的列宁格勒真实发生的事情。这座城市被德军包围了两年半的时间,在这段时间里,有 50 万人丧生,一座城市里的 50 万人。"⑤末世之城中的死亡景象反映了列宁格勒犹太人的死亡状态,而这不仅仅代表了列宁格勒一座城市中的场景。"从 1939 年德国攻占波兰开始,到 1942 年夏天,德国纳粹共屠杀了 200 万犹太人。"⑥到 1945 年第二次世界大战结束为止,总共有 600 万的欧洲犹太人在这场旷日持久的大屠杀中丧生。犹太人横尸街头的景象触目惊心。小说中那些被抓进"劳工营"做苦力的人也像纳粹劳动营中的犹太人一样,"没有人再看到他

①　福柯在提到怪诞的统治权时,认为"怪诞的统治权,或者用其它更严肃的字眼说就是,权力效果的最大化是从生产它的人丧失资格开始的……政治权力……在某个被丑陋、无耻或可笑使其明显、清楚、自愿地丧失资格的角落里传递其效力,甚至找到这些效力的根源"。(详见米歇尔·福柯:《不正常的人》,第 11 页。)这种权力"不可绕过、不可回避,甚至当它掌握在某个确实不够格的人手中的时候,它也可以完全在他的暴力合理性的极限上以全部的严厉性发挥作用"。(详见米歇尔·福柯:《不正常的人》,第 13 页。)

②　Paul Auster. *In the Country of Last Things*, p. 16.

③　Paul Auster. *In the Country of Last Things*, p. 16.

④　Paul Auster. *In the Country of Last Things*, p. 92.

⑤　Larry McCaffery and Sinda Gregory. "An Interview with Paul Auster." p. 19.

⑥　Lucy S. Dawidowicz. *On Equal Terms*: *Jews in America 1881 - 1981*, p. 113.

们"①。在纳粹集中营里，德军用毒气、扫射等方式屠杀犹太人，为了处理犹太人的尸体，他们建起了焚尸炉。在小说中，"在城市的四周都有焚尸炉——被称为'火化中心'，从早到晚你都能看到从里面冒出来的烟灰冲向天空"②。德国纳粹的焚尸炉在奥斯特的末世之城中死灰复燃，整座城市进入死亡的状态，成为"屠杀之地或者是死亡集中营"③。德国纳粹用犹太人的头发制作布料和床垫，把他们的骨灰当作肥料，用他们的脂肪制造肥皂。④ 这时，我们很难不设想在资源极度匮乏的末世之城里，政府是否会把犹太人的尸体和垃圾，以及人们的日常排泄物一起，当作能量的来源。小说中的犹太人被剥夺了最基本的生存权，他们"被国家法律秩序排除"，是"没有公民权利的生命"，"没有政治价值的生命"，因此，他们是"赤裸的生命"，"不值得保护的生命"，"可以随意处死的牺牲人"。⑤ 换句话说，末世之城中的犹太人处于被排斥、被抛弃和边缘化的地位，他们已经被宣告了死亡。正如齐格蒙特·鲍曼所说："纳粹的目的绝不是奴役犹太人……纳粹想要做的是彻底地清除——对犹太人的一种有效的消除……"⑥在末世之城里，反犹势力代表的怪诞的统治权不可绕过、不可回避，当它作用于犹太人时，权力的效果和机制是消灭和抹除。它肆无忌惮，让犹太人的生命毫不隐讳、毫无顾忌地消失。因此，从本质上讲，活跃在末世之城里的权力形态是反犹势力代表的暴君权力。⑦

畸形的当权者造就了畸形的人民大众，反犹势力对犹太人的疯狂迫害造成了犹太人的人格扭曲。在末世之城里，犹太人的精神备受折磨。安娜说道："当你看到一个死去的孩子，一个小女孩，她躺在大街上一丝不挂，头颅已经被碾碎，满脸鲜血，你会怎样？"⑧一般人看到这种场景很难置身事

① Paul Auster. *In the Country of Last Things*，p. 32.
② Paul Auster. *In the Country of Last Things*，p. 17.
③ Ihab Hassan. *The Postmodern Turn：Essays in Postmodern Theory and Culture*. Ohio：Ohio State University Press，1987，p. 40.
④ Max Dimont. *Jews，God and History*. New York：The New American Library，Inc.，1962，p. 382.
⑤ 汪民安：《身体、空间与后现代性》，江苏人民出版社，2005，第 26-27 页。
⑥ Zygmunt Bauman. *Modernity and the Holocaust*，p. 120.
⑦ 福柯在谈到作用于那些被大禁闭的麻风病人的权力时说道，作用于那些人的"权力的效果和机制是排斥的、使丧失资格的、流放的、抛弃的、剥夺的、拒绝的、视而不见的机制和效果；也就是说有关排斥的消极概念或机制的整个武器库"，即一种暴君的权力。详见米歇尔·福柯：《不正常的人》，第 45 页。
⑧ Paul Auster. *In the Country of Last Things*，p. 19.

外，人们不可能仅仅对自己说"死了一个孩子"就若无其事地走开而心灵不产生丝毫的震动。他们像死者一样也经历了"痛苦、折磨和死亡"①，这些都深埋在他们的内心里。在末世之城里，人们看到的一切都会伤害自己，"你一点一点地不是你自己了，就好像看到自身的一部分离开了自己"。但是，"如果你能坚强到不让任何事情影响你，那是最好了"。② 然而，一旦有人能够做到这一点，这也就意味着他已经切断了自己与他人的联系，他的内心世界已经塌陷了。在末世之城，"有人成功地做到了这一点，他们有勇气把自己变成魔鬼"③。奥斯特展示了末世之城里的一个悖论：一方面，人们想要生存下去，让生活变得美好起来；另一方面，要实现这一切就必须泯灭人性。"为了生存，你必须让自己死去。"④于是，安娜看到了人们抢夺死人身上的物品：鞋子、衣服，甚至是死人嘴里的金牙。大多数情况是在尸体暴露街头之前，他的家人已经把他剥得精光。"如果你丈夫嘴里的金牙可以让你支撑一个月，谁又会认为你拔出金牙是做错了呢？"⑤在末世之城里，人们的种种行为有违伦理道德，但在生存面前，人们又必须放弃这些做人的原则。正如佐薇·瓦尼娅·韦克斯曼（Zoë Vania Waxman）所言："集中营里的暴行和匮乏使集体和个人层面上的团结、友谊，以及家庭情感都蒙上了一层阴影。"⑥为了生存下去，人们"会故意伤害、抢劫，或者是殴打他们的朋友"，高尚的行为变成了一种幻觉，"自我意识的沦丧最终成为一种不可逆转的结果"。⑦ 生存的压力使犹太人成了畸形的人，他们的本性反过来反对他们自身，消灭了他们的自然理性，使他们成为恐怖的畸形，这是本性的自我毁灭。造成这一切的罪魁祸首正是畸形的当权者，即反犹势力。他们以一种犯罪的方式维护自己的利益，使他们的暴力、专横上升到与普遍法律和国家理性一样的高度，他们是滥用权力的畸形。在他们的逼迫下，犹太人违背自己的本性，成为恐怖的畸形。正如福柯在谈到这种"狂暴的畸形中的自我毁灭"

---

① Elana Gomel. *Bloodscripts*：*Writing the Violent Subject*. Columbus：The Ohio State University，2003，p. xxi.

② Paul Auster. *In the Country of Last Things*，p. 19.

③ Paul Auster. *In the Country of Last Things*，p. 19.

④ Paul Auster. *In the Country of Last Things*，p. 20.

⑤ Paul Auster. *In the Country of Last Things*，p. 17.

⑥ Zoë Vania Waxman. *Writing the Holocaust*：*Identity*，*Testimony*，*Representation*，p. 147.

⑦ Zoë Vania Waxman. *Writing the Holocaust*：*Identity*，*Testimony*，*Representation*，p. 148.

时所说:"从来都仅仅是由于某些掌握大权的人物的出现才会出现。"①由此可见,奥斯特在小说中刻画犹太人的残忍、冷漠、自私等畸形表现正是为了控诉德国纳粹的暴行。他们握有超出一切社会权力之上的不受法律控制的强权,操控了犹太人的"身体与精神,生与死"②。在死亡的威逼下,这些善良的犹太人的人格发生了扭曲。奥斯特用犹太人在灵魂上受到的折磨来凸显德国纳粹所犯下的滔天罪行。

在末世之城里,畸形的当权者与畸形的人民大众一起构成了一个畸形的空间。在末世之城的禁闭空间里,到处都是偷食物的人,平均每两个购买食物的顾客中就有一个会被抢走食物,"这一现象的普遍已经使食物偷窃不再被认为是一种犯罪"③。还有那些设障收税的人。哪里房子倒了或者垃圾堆成了小山,就会有人爬上小土堆,拿着枪、棍子,或者是砖头等着人们从这里经过。"他们控制了街道,如果人们想要通过,就必须给他们想要的一切。有时是钱,有时是食物,有时是性。挨打是常有的事,有时还会杀人。"④那些待在家里不出来的人也未必安全。城里的房子不属于任何个人,常常有人拿着枪棍破门而入,把房子里的居民赶到大街上。"如果你想待在自己的公寓里,那你就要交保护费"⑤,因为你的房子不是你的,而是他们的。末世之城陷入一种混沌的状态,代表秩序的法律、政治和道德都已经失效,混乱成了支配空间的权威。作为一种禁闭空间,末世之城是一个被排斥、被边缘化的空间,那些受到拘禁的犹太人被从代表秩序的空间扔到代表黑暗、混杂的末世之城。因此,作为禁闭空间的末世之城象征了一种混沌、杂乱的畸形空间。在这里,法律受到嘲笑,权威遭到怀疑,没有什么是永恒的,除了混乱。末世之城里的犹太人与被排斥在禁闭空间里的麻风病人一样,"被遗弃在一片无须加以分解的混沌之中,等待毁灭"⑥。

---

① 米歇尔·福柯:《不正常的人》,第108页。
② Elana Gomel. *Bloodscripts:Writing the Violent Subject*,p. xxv.
③ Paul Auster. *In the Country of Last Things*,p. 4.
④ Paul Auster. *In the Country of Last Things*,p. 6.
⑤ Paul Auster. *In the Country of Last Things*,p. 8.
⑥ 米歇尔·福柯:《规训与惩罚:监狱的诞生》,第222页。

第二节　三类空间：犹太人的希望成为虚妄

　　面对混乱的社会现实，小说主人公安娜试图借助不同类型的空间恢复生活的秩序。但是不管是代表普通人空间的伊莎贝尔家，还是象征知识分子空间的城市图书馆，以及喻示完美空间的沃伯恩公寓，都无法帮助安娜在混乱的社会现实中建立起生活的秩序，奥斯特借此暗示反犹势力的暴力统治和犹太人的无望反抗。

　　安娜走进了伊莎贝尔家代表的普通人的空间。在末世之城的街道上，安娜救了一名叫伊莎贝尔的犹太妇女。为了报答安娜的救命之恩，伊莎贝尔决定把她带回自己的家。伊莎贝尔的家位于"城中最古老的街区"，这里到处都是小巷与弄堂。

> 　　这些建筑都奄奄一息，就像一位失去力气的老人在关节炎的折磨下已经无法站立。许多房子的屋顶已经塌陷，房顶上的瓦片也破烂不堪。到处都能看到整片整片的房子向两个不同的方向倾斜，歪歪扭扭地就像是一个巨大的四边形。①

　　奥斯特以城中最古老街区的没落展示了整个末世之城的衰败景象。

> 　　伊莎贝尔住的房子是砖房，一共六层，每一层有四套小的公寓。昏暗的走廊里楼梯破损不堪、摇摇欲坠，墙上粉饰的涂料也正在脱落。蚂蚁和蟑螂来去自由，如入无人之境。发霉的食物、没洗的衣服和遍地的灰尘让整个地方发出阵阵恶臭。②

　　伊莎贝尔住的房子代表了末世之城中普通人的生活空间，恶劣的生存环境证明他们的生活已经陷入混乱之中，但毕竟他们有一个安身之地，能够在周围混乱的世界中拥有一个属于自己的空间。

---

① Paul Auster. *In the Country of Last Things*，p. 50.
② Paul Auster. *In the Country of Last Things*，p. 50.

在小说中,保障安娜过上稳定生活的伊莎贝尔公寓,实际上只是一个中等大的房间。

> 有一个洗涤槽,一个小的营火炉,一张桌子,两把椅子,后来又添了一把,在房间的一角还有一个便盆,一张薄板把它与房间的其余部分分离开来。费迪南德和伊莎贝尔分开睡,一人占据房间的一角,我睡在第三个角落里。这里没有床,但是有一张毯子叠着垫在我的身下,十分舒服。①

伊莎贝尔的住所设施简陋、条件恶劣,但对于在末世之城流浪了有三四个月之久的安娜来说,这里却是天堂。在伊莎贝尔的住所里,安娜终于有了一个栖身之地。伊莎贝尔的丈夫费迪南德不管家中任何事情,安娜与伊莎贝尔齐心协力,试图建立起生活的秩序。她们一起在街上寻找有价值的东西,到回收站兑换货币,去市场买食物,回家做饭。随着伊莎贝尔身体状况的恶化,安娜担负起了照顾三个人起居的责任。安娜努力维持生活的运转,不让外部世界的混乱侵袭到内部的空间。在这个过程中,安娜与伊莎贝尔建立了深厚的友谊。当费迪南德强奸安娜未遂后,伊莎贝尔杀死了自己的丈夫,消除了来自内部空间的威胁。在伊莎贝尔的公寓里,安娜不仅有了容身之所,更重要的是她得到了保护和关爱。费迪南德死后,伊莎贝尔与安娜相依为命。伊莎贝尔需要安娜身体上的照顾,安娜则需要伊莎贝尔精神上的支撑,她们谁也离不开谁。正如安娜所说:"我需要她就像她需要我一样。"②安娜与伊莎贝尔之间的情感纽带赋予她们活下去的勇气,她们用人与人之间的真情战胜了外部世界的混乱,维持了生活的正常运转。这暗示了"末世之城中希望的源泉——关怀他人"③。在伊莎贝尔的家里,伊莎贝尔对安娜的关心、爱护赋予公寓以同样的品质。正如加斯顿·巴什拉(Gaston Bachelard)所说:"房子紧紧依附于它的居住者,构成它的一块块砖瓦就是组成人体的一个个细胞……因此,房子保护、反抗的品质也是人的美德。"④

---

① Paul Auster. *In the Country of Last Things*,p. 55.
② Paul Auster. *In the Country of Last Things*,p. 80.
③ James Peacock. *Understanding Paul Auster*,p. 95.
④ Gaston Bachelard. *The Poetics of Space*,p. 46.

言下之意,空间不是一种毫无感情的物质存在,它可以获得居住者的精神能量,具有人的品质。因此,伊莎贝尔的公寓对安娜而言,代表了一种保护和关爱。同时,它也象征了末世之城中普通犹太人之间的相互关怀和他们迎接困难的勇气。

然而,随着伊莎贝尔的离世,公寓的保护作用也随之消失了。在伊莎贝尔死后的第三天,一群暴徒闯入她的住所,把安娜赶出了家门。在冰冷的冬日,安娜又成了一个无家可归的人。伊莎贝尔的家代表了末世之城中普通人的空间,这一空间脆弱而缺少保护,因此在这个空间中建立起的秩序也最容易受到攻击。

离开伊莎贝尔家后,安娜逃进了城市图书馆。图书馆是一个巨大的石头建筑,"高高的穹顶配上大理石地面显露出威严、庄重的样子……墙壁上挂满了州议长和将军的照片,意大利风格的圆柱竖立在馆内,大理石上镶嵌了美丽的花样"①。作为城市的标志性建筑,图书馆代表了这座城市的历史,时间在这里沉淀,秩序得到了完美的体现。但随着混乱时代的到来,图书馆也铭刻了无序的痕迹。"二楼的屋顶开始塌陷,馆内的柱子出现了裂缝、倾斜的现象,书本和纸张撒得到处都是。"②原本整齐、安排有序的图书馆显露出了混乱、无序的样子。图书馆里也住满了人,这些人包括学者、作家、宗教人士和外国记者。他们虽然职业不同,但都代表了一种身份——知识分子。因此,城市图书馆象征了知识分子的空间。

在图书馆的一间密室里,安娜见到了拉比。安娜看到五六个人围坐在桌子旁,他们都留着胡子,穿着黑色的衣服,头上戴着帽子。奥斯特通过对人物衣着帽装的描写暗示了他们犹太人的民族身份。安娜看到他们的第一反应是"惊讶""倒吸了一口气"。衣着成为一种身体的边界,能够分离个体与周边的环境。正如约翰·科里根(John Corrigan)所说:"衣着,作为身体的边界,通过分离个体与其周边社会环境来规划空间。"③在小说中,密室里的犹太人通过统一的服饰建立起一个紧密的空间,实现了与周边环境的隔离。当安娜以局外人的身份闯入时,她感到一种排外的气氛,由此产生惊慌

① Paul Auster. *In the Country of Last Things*, p. 94.
② Paul Auster. *In the Country of Last Things*, p. 94.
③ John Corrigan. "Spatiality and Religion," In *The Spatial Turn*: *Interdisciplinary Perspectives*. Barney Warf and Santa Arias, eds. London and New York: Routledge, 2009, p. 169.

保罗·奥斯特小说中的空间书写

失措的情绪。但是,对那些具有相同宗教信仰的人来说,这种由衣着规划出的空间代表了一种信任和理解。正如科里根所说,由衣着规划出的空间"也代表了一种信任,他们的身体并没有与那些和其具有相同信仰人的身体分割开来,尽管他们之间存在物理距离"①。在小说中,当其中的一位长者报以安娜一个温暖而友善的微笑,并问她是否需要帮助时,安娜从长者的眼神中得到了认可与赞许,也了解了其拉比的身份。相同的犹太信仰把他们紧紧地联系在一起,消除了之前的隔阂。拉比们的衣着既是象征隔离的边界,又是代表消除隔离的中间地带。它隔离的是那些反犹势力,团结的是具有相同宗教信仰的犹太人。

在消除隔离的中间地带,安娜和拉比表达了对犹太民族的深厚感情。安娜告诉拉比所有的犹太人都死了,但拉比笑着对安娜说:"还有我们呢,你知道,想要把我们除掉不是一件那么容易的事。"②拉比对犹太民族的坚定信念鼓舞并激励了安娜,让她在混乱的社会状态下重拾生活的信心。在这个人面前,安娜有一种不一样的感觉,她认为:"我对他说得越多,看起来越像个孩子……我觉得和他在一起非常安全,并且我知道他是一个值得我信任的人。"③住在图书馆的这段时间里,安娜一有机会就找拉比交流,从拉比那里汲取生存的希望。但是,拉比对犹太民族的信心和希望并不是盲目的。当安娜告诉拉比她认为自己的哥哥已经死了时,拉比对她说:"你知道,这里已经死了很多人,你最好不要相信有奇迹会发生。"④显然,拉比是在告诫安娜不要相信弥撒亚的降临,这是一种虚妄。当安娜对拉比说自己不再相信上帝时,拉比说道:"人们很难不这样做。当你考虑到现实中发生的一切时,那就很好理解为什么那么多人都和你有同样的想法了。"⑤拉比理解人们对上帝态度的变化。在苦难面前,上帝没有救助他的子民,人们有理由放弃对上帝的信仰。但拉比又说道:"我们仍然与他说话……"⑥拉比虽然理解普通犹太人对上帝的绝望,但他自己没有放弃对上帝的祈祷。接着,他又说

---

① John Corrigan. "Spatiality and Religion." p. 169.
② Paul Auster. *In the Country of Last Things*, p. 95.
③ Paul Auster. *In the Country of Last Things*, p. 96.
④ Paul Auster. *In the Country of Last Things*, p. 95.
⑤ Paul Auster. *In the Country of Last Things*, p. 96.
⑥ Paul Auster. *In the Country of Last Things*, p. 96.

道:"但他是否能听到就是另外一回事了。"①拉比的这句话中包含了无限的困惑与无奈。一方面,面对犹太人被大批屠杀的残酷现实,拉比开始怀疑上帝,质疑自己为之坚持的犹太宗教信仰;另一方面,他又不能完全推翻上帝,因为这是他信仰的全部基础所在,是团结所有犹太人的一种感召力。"上帝对于他们的历史如此重要,以致如果说上帝从不存在,那首先将使他们对自己存在的目的产生疑问。"②在这种情况下,拉比只能继续向上帝祈祷,至于上帝能否听到那就是上帝的事了。身为拉比,他既无法无视犹太人的苦难,盲信上帝,也不能断绝与上帝的关系,不信上帝。他的内心世界是极为矛盾和纠结的。最后,拉比对安娜说:"每一个犹太人都相信他属于最后一代犹太人中的一员。我们总是面对最后的时刻,站在毁灭的边缘。既然如此,我们现在又为何希望事情会发生转机呢?"③拉比把犹太人所遭受的一切归于命运,而犹太人的命运就是蒙受苦难,成为人类的替罪羊。至此,"小说深层蕴藏的犹太情感得以彰显"④。

在拉比的帮助下,安娜找到了顶替哥哥威廉姆来末世之城工作的萨姆。虽然萨姆没有带给安娜关于威廉姆的消息,但他们之间的爱情改变了安娜的生活观。安娜住到了萨姆的房间里。"这是一个小房间,但没有小到容不下两个人。地上放了一个床垫,靠窗的地方有一张桌子和一把椅子,一个烧木炭的火炉,成堆的书和纸摞在墙的一侧,衣服放在纸箱子里。"⑤萨姆的房间让安娜想到了学生宿舍:虽然狭小,却更容易拉近两个人的距离。安娜与萨姆相爱了。对于安娜来说,"这个狭小的房间就是世界的中心"⑥。他们相互扶持、共渡难关。在安娜看来,"与萨姆住在一起使一切都变得不同了……现在我又有了希望,而且我相信我们的苦难迟早会结束"⑦。房间孕育了爱情,爱情使安娜重新焕发了乐观向上的精神。在房间里,萨姆的主要工作就是记录末世之城里发生的事情。他相信,"我会带着手稿回到家乡,

---

① Paul Auster. *In the Country of Last Things*, p. 96.
② 哈依姆·贝尔蒙特:《犹太人》,第8页。
③ Paul Auster. *In the Country of Last Things*, p. 112.
④ James Peacock. *Understanding Paul Auster*, p. 95.
⑤ Paul Auster. *In the Country of Last Things*, p. 101.
⑥ Paul Auster. *In the Country of Last Things*, p. 107.
⑦ Paul Auster. *In the Country of Last Things*, p. 107.

出版手稿,到时每个人都会知道这里发生的一切"①。随着安娜与萨姆的相爱,萨姆的书也变成了安娜生命中最重要的东西。她认为,"只要一起努力(写书),我们就有未来可言"②。奥斯特通过描写萨姆记录末世之城里发生的一切,再现了第二次世界大战期间犹太人冒着生命危险创建秘密档案和撰写日记的英勇行为。这种书写既记录了德国纳粹的暴行,又成为犹太人活下去的力量源泉。在小说中,安娜与萨姆正是因为这种书写对未来充满了憧憬。安娜怀孕表明她与萨姆的"生活又翻开了新的一页"③。在图书馆里,安娜不仅找到了自己的精神导师——拉比,还与萨姆相爱并有了他们爱情的结晶。安娜的生活再次走上正轨,进入了有序的状态。

然而,就像原本整齐、有序的图书馆终究显露出混乱、无序的样子一样,安娜想要在图书馆里建立起生活新秩序的希望最终化为了泡影。当安娜再次来到拉比的房间找他时,她发现拉比的房间已经被一个自称为人种论研究者的人霸占了,里面放了"许多类似于人的骨头和头骨的东西"④。房间主人的变更预示了房间性质的变化。此人名叫杜伽丁,他不仅向安娜投以充满敌意的目光,当安娜询问他拉比的去向时,杜伽丁更是不耐烦地说道:"拉比已经不在这儿了……两天之前所有犹太人都被清除出去了。"⑤在安娜的一再追问下,他讥讽地说道:"他在去往应许之地的路上。"⑥奥斯特通过描写杜伽丁对犹太人愤恨的眼光和话语,暗示了其反犹主义者的真实身份,撕下了其人种论研究者的假面具。反犹分子占据了原本属于犹太人的空间,房间具有了反犹色彩。这暗示了图书馆内反犹势力的强大力量,犹太人的生活秩序和生命都岌岌可危。当杜伽丁企图诱骗、谋害安娜时,他突然像变了一个人似的,表现得就像是安娜的"旧相识"。在图书馆的走廊里,他拦下安娜与她聊天,"满脸堆笑,言语间充满关切的问候"⑦。面对杜伽丁的转变,安娜竟然认为"他是真的愿意来帮我"⑧。最终,杜伽丁利用安娜的单

①　Paul Auster. *In the Country of Last Things*, p. 104.
②　Paul Auster. *In the Country of Last Things*, p. 114.
③　Paul Auster. *In the Country of Last Things*, p. 117.
④　Paul Auster. *In the Country of Last Things*, p. 112.
⑤　Paul Auster. *In the Country of Last Things*, p. 112.
⑥　Paul Auster. *In the Country of Last Things*, p. 113.
⑦　Paul Auster. *In the Country of Last Things*, p. 120.
⑧　Paul Auster. *In the Country of Last Things*, p. 123.

纯、善良一步步地把她骗到了人体屠宰场。奥斯特通过描写杜伽丁阴险、狡诈的行为突出了反犹主义者的丑恶嘴脸,也反衬出犹太人单纯、善良的本性。在人体屠宰场,杜伽丁撕下伪善的假面具,露出了反犹主义者的真面目,企图杀害安娜。为了挣脱魔爪,安娜选择了跳楼。虽然她获救了,但肚子里的孩子却没了。

伴随着拉比的消失、孩子的死亡,反犹主义者摧毁了安娜的生活,他们用混乱代替了秩序。最终,整幢图书馆在大火中付之一炬,一百多人丧生,萨姆生死未卜。曾经象征了安娜生活新秩序的图书馆没能抵挡住混乱的侵袭,在与混乱的斗争中败下阵来。图书馆代表了知识分子的空间,这一空间的特点是单纯而不切实际、耽于幻想而缺少行之有效的行动的(拉比们只会聚在一起讨论,萨姆则把全部精力都放在写书上)。他们"不能在现实中向敌人复仇,只能沉湎于想象的世界里和借助文学作品了"①。因此,在混乱的攻击下,原本有序的空间也七零八碎了。

在小说中,安娜从人体屠宰场跳下后,被司机弗里克救起,带到了沃伯恩公寓。沃伯恩公寓是一座五层楼高的私家宅院,有二十多个房间,其拥有者是沃伯恩医生。随着灾难的降临,城里无家可归的人越来越多。为了照顾难民,沃伯恩医生决定开放自己的府邸,把公寓的一楼和二楼改成医院和避难所。在他逝世后,他的女儿维多利亚继承了他的遗志。住在沃伯恩公寓的难民"有食宿的保障,有新衣服穿,还可以每天洗澡,公寓里的任何设施都随便他们使用"②,像沙发、图书馆、花园等。对于难民来说,"沃伯恩公寓就是天堂"。③ 为了维持沃伯恩公寓的正常运转,工作人员分工明确。司机弗里克负责每周三下午的城中巡视,他的孙子威利做他的助手,维多利亚负责照顾难民,安娜负责给难民登记,供给商鲍里斯负责采购。在他们的努力下,沃伯恩公寓成了混乱世界中秩序的代表,一个井井有条的空间。沃伯恩公寓与伊莎贝尔家代表的普通人的空间不同,它有人力、财力和物力来营造有序的空间,不会在灾难面前不堪一击;也与图书馆代表的知识分子的空间不同,它的工作人员投身实践,用具体的行动来抵抗混乱。在末世之城里,

---

① Zoë Vania Waxman. *Writing the Holocaust:Identity,Testimony,Representation*, p. 35.
② Paul Auster. *In the Country of Last Things*, p. 139.
③ Paul Auster. *In the Country of Last Things*, p. 139.

沃伯恩公寓象征了希望,在这儿"人们不仅得到了食物,也拥有了希望"①。

在沃伯恩公寓里,安娜得到了维多利亚、鲍里斯等人的关心和爱护。在安娜康复期间,维多利亚悉心照顾她,还在她病好后收留了她。当维多利亚注意到安娜情绪低落时,她就让安娜到城里散心。随着时间的推移,安娜和维多利亚"互相变成了对方的庇护者,从彼此那儿寻找慰藉……性别已经无关紧要,身体仅仅是身体而已,那只触摸你的手是一只男人的手还是女人的手没有任何关系"②。安娜与维多利亚保持同性恋的关系达数月之久。在这种关系里,安娜感到很快乐,而且又有了活下去的勇气。当安娜再次见到萨姆时,她把萨姆留在了沃伯恩公寓,并放下手头所有工作照顾他。维多利亚不仅没有反对,还极力赞成这件事。她的反应就是开心,"为我感到开心,为萨姆还活着的事实感到开心"③。正是维多利亚的大度和善解人意救了萨姆,也解了安娜的后顾之忧。不仅是维多利亚,就连沃伯恩公寓的供给商鲍里斯也对安娜关爱有加。鲍里斯把安娜的悲伤难过看在眼里、记在心上,他请安娜喝茶、吃蛋糕,舒缓心情,努力地想让她"起死回生"④。在沃伯恩公寓里,善良仁慈的维多利亚、富有同情心的鲍里斯,还有回归的萨姆,在他们的共同努力下,安娜恢复了对生活的信心。正如小说中所说:"我发现自己很开心能够活着,很高兴生活能够这样继续下去。"⑤这预示着安娜的生活再次走上正轨。

但是,沃伯恩公寓井井有条的外表下隐藏了混乱的因素。安娜发现"大多数住在这里的人都心怀感激……但是,仍然有许多人寻衅闹事。难民之间的争吵是常有的事……而这些争吵全都是为了些鸡毛蒜皮的小事"⑥。为了能留在沃伯恩公寓,有的难民甚至采取了过激的行为:有时是伤害自己的身体,有时是自杀。沃伯恩公寓象征了一个规整的空间,它的本意是帮助难民,却在无意中引起混乱,伤害了难民。井然有序的空间中铭刻了无序的痕迹。随着生存条件的恶化,沃伯恩公寓面临了严重的财政危机:先是取消了每周三下午的巡视,再是缩减衣服、书、食物的开支,接着是厨师失踪及司

①　Paul Auster. *In the Country of Last Things*，p. 165.
②　Paul Auster. *In the Country of Last Things*，pp. 156-157.
③　Paul Auster. *In the Country of Last Things*，p. 163.
④　Paul Auster. *In the Country of Last Things*，p. 152.
⑤　Paul Auster. *In the Country of Last Things*，p. 169.
⑥　Paul Auster. *In the Country of Last Things*，p. 139.

机弗里克去世,最后威利因为警察把他爷爷的尸体从坟墓里挖走的暴行而深受打击,导致精神出现异常——他在沃伯恩公寓里随便开枪射击,加速了沃伯恩公寓的倒闭。为了抵挡严寒,"我们拆除了房子里的装饰,把它们扔进火炉里……大多数的房间已经被拆得精光,就好像我们是住在一座废弃的车站里,一幢等待拆迁的旧楼里"①。原本完美、规整的沃伯恩公寓现在一片狼藉。在恶劣的现实环境中,沃伯恩公寓这艘海船终究沉没了。究其原因,沃伯恩公寓是一种"空间形态的乌托邦"②,即其内部的稳定、规整是由一种固定的空间形态来保证的,它排除了外部社会的混乱与变化,拒绝承认控制它的时间形式。换句话说,沃伯恩公寓的管理者倾注一切建立和维持这一空中楼阁,想要以此来对抗社会和历史的变迁,用空间来控制时间。这种违背历史发展规律的做法产生的结果可想而知。因此,沃伯恩公寓这个已经实现的空间形态的乌托邦之所以失败,也合理地归因于实现它的那些过程。沃伯恩公寓代表了一种谴责性的评论,不仅是对墙外末世之城的混乱景象,也是对那些缺乏正确斗争方式的人们。最终,随着沃伯恩公寓的分裂和碎片化,混乱战胜了秩序。

皮科克在《理解保罗·奥斯特》中说道:"小说中的主要关系发生在三个空间里:伊莎贝尔和费迪南德的公寓、安娜遇到萨姆的城市图书馆和沃伯恩公寓。"③奥斯特以安娜的空间运动代替了时间叙事,借这三个空间推进了小说情节的发展。其中,伊莎贝尔家指代了普通人的空间,图书馆象征了知识分子的空间,沃伯恩公寓代表了完美空间,奥斯特借这三类空间表达了安娜想要通过空间建立秩序、抵抗混乱的希望。但是,随着这三类空间的瓦解、倒掉,安娜的希望转化为失望。奥斯特以此说明在末世之城的禁闭空间里,混乱掌控了一切,摧毁了一切。然而,造成这一切的罪魁祸首正是当权者,即代表了暴君权力的反犹势力,是他们把犹太人当成麻风病人一样排斥在禁闭空间里,宣告他们的死亡,造成了混乱的无序状态。奥斯特以末世之城中混沌、杂乱的空间状态揭露了反犹主义者对犹太人的暴力统治。但奥

① Paul Auster. *In the Country of Last Things*,p. 185.

② 戴维·哈维(David Harvey)在解释"空间形态的乌托邦"时说道,这是"一个人工制造的孤岛,它是一个孤立的、有条理地组织的且主要是封闭空间的系统,这个孤岛的内部空间的秩序安排严格调节着一个稳定的、不变的社会过程。大概说来,空间形态控制着时间,一个想象的地理控制着社会变革和历史的可能性"。(详见戴维·哈维:《希望的空间》,胡大平译,南京大学出版社,2005,第155页。)

③ James Peacock. *Understanding Paul Auster*,p. 93.

斯特没有把批评的矛头只对准反犹势力,他还进行了文化内的反思,表达了对本民族人民的不满。在末世之城里,面对强大的暴君权力,普通犹太人束手无策,犹太知识分子只会空谈,具有斗争能力的犹太人又缺乏正确的斗争方式。在这种情况下,犹太人想要恢复秩序的希望只是一种虚妄。这就如同在第二次世界大战期间的华沙隔离区内,犹太组织的反抗几乎都以失败告终,而且还"加速了他们被屠杀的命运"①。正是外部、内部两个方面的原因才导致了末世之城混乱、无序的空间状态。

在小说中,每当安娜进入有序的生活状态时,奥斯特就会让混乱的社会现实击碎安娜的梦想,但这并不能说明奥斯特是一个悲观、绝望的作家。他只是用混乱对秩序的胜利来凸显末世之城里反犹势力的强大力量和暴行,表现犹太人恶劣的生存环境。正如奥斯特自己所说:"这是我写的最有希望的一本书。"②小说中的安娜、伊莎贝尔、拉比、萨姆、维多利亚、鲍里斯等人没有在残酷的现实面前丧失人性,而是相互帮助、共渡难关,他们努力保持了人性的完整。小说的最后,在爱人与朋友的陪伴下,安娜怀着"或许我们离开城后能找到威廉姆"③的希望踏上了走出末世之城的道路。奥斯特没有让现实的阴霾遮掩住未来的希望,末世之城混乱的禁闭空间中仍然迸发出人性的火花、闪耀着希望的光芒。正如韦克斯曼在谈到大屠杀事件时所说,这既是犹太人的一部血泪史,也是"一部爱与勇气的史诗"④。

小说中奥斯特的叙事策略也表明了这一点。《末世之城》的叙述者是安娜,小说以安娜写给友人的信件的形式展开。安娜的信不仅记录了末世之城里发生的一切,还成了她活着的证明。安娜在信中写道:"这些都是末世之物。它们一个个地消失,不再回来。我可以把我看到的一些东西以及不再出现的东西告诉你,但我怀疑是否有时间这样做。因为一切都发生得太快,我记不下来。"⑤安娜就像《一千零一夜》的叙述者山鲁佐德。山鲁佐德为了生存必须不停地讲故事,因为叙述的结束意味着生命的结束。安娜也

① Abraham Malamat. *A History of the Jewish People*. London: Weidenfeld and Nicolson, 1976, p. 1030.

② Larry McCaffery and Sinda Gregory. "An Interview with Paul Auster." p. 19.

③ Paul Auster. *In the Country of Last Things*, p. 188.

④ Zoë Vania Waxman. *Writing the Holocaust*: Identity, Testimony, Representation, p. 151.

⑤ Paul Auster. *In the Country of Last Things*, p. 1.

必须"在一切都太迟之前"①迅速记下发生的事情,一旦信件结束也就意味着她的生命结束了。但是,正如奥斯特在自传中所说:"一个讲故事的声音,一个讲故事的女人的声音,一个讲述生死故事的声音,有着赋予生命的力量。"②《一千零一夜》的叙述者山鲁佐德在讲故事的过程中保住了性命,而《末世之城》中安娜的信代表了一种叙述的可能,也就是生的希望。

> 现在,整个笔记本都要写满了……我的书写变得越来越小……越到结束的时候,越有更多的话要说。结束只是一种想象……是你永远都无法企及的一点。你也许不得不停下,但那只是因为你没有时间了。你停下,但这并不意味着结束。③

安娜不承认叙述的结束,她认为这只是一种暂停。正如安娜所说:"我保证,我会再给你写信的。"④安娜的信没有结束,她的叙述也没有结束,因此,生存的希望仍在。安娜的叙述如同安妮·弗兰克的书写。从 13 岁开始写日记到 15 岁罹难,安妮·弗兰克的日记只持续了短短两年的时间,但是透过日记,人们却感受到了生的希望。"即使在大屠杀的灾难前,人们也不愿放弃这种希望。"⑤安妮没有放弃对生命的渴望,安娜也是如此。在小说中,末世之城的物理空间与安娜的文本空间和精神空间交织在一起,通过叙述,安娜保存了生的希望,同时,这也是一种抗争的手段。奥斯特的这一叙事策略表明他对犹太民族的未来怀有坚定的信心。

奥斯特借助末世之城的禁闭空间再现了第二次世界大战中犹太人隔离区内的真实景象,表达了他对大屠杀的认知与感悟:在反犹势力代表的暴君权力的作用下,犹太人想要通过空间建立秩序的希望只是一种虚妄。奥斯特笔下的末世之城是一座记忆之城,承载了犹太人对大屠杀的历史记忆。这一空间又与时间相结合,既代表了死亡,时间中断,铭刻了历史上犹太人

---

① Paul Auster. *In the Country of Last Things*, p. 183.
② 保罗·奥斯特:《孤独及其所创造的》,第 173 页。
③ Paul Auster. *In the Country of Last Things*, p. 183.
④ Paul Auster. *In the Country of Last Things*, p. 188.
⑤ Zoë Vania Waxman. *Writing the Holocaust:Identity,Testimony,Representation*, p. 130.

的苦难；又表示永生，时间重返，记录了奥斯特及所有犹太人的身份记忆。正如《城市中的创伤与记忆：从奥斯特到奥斯特里兹》（"Trauma and Memory in the City：From Auster to Austerlitz"，2005）一文的作者所说："我们害怕自己身处末世之城，但我们也必须记住，只有这'最后的一瞥'才最具有说服力。"①奥斯特用他在末世之城的最后一瞥见证了一段历史。

---

① Graeme Gilloch and Jane Kilby. "Trauma and Memory in the City：From Auster to Austerlitz," In *Urban Memory*：*History and Amnesia in the Modern City*. Mark Crinson，ed. London and New York：Routledge，2005，p. 18.

第三章 庄园与自由幻想

在《末世之城》之后，奥斯特出版了《偶然之音》这部作品。《偶然之音》脱胎于作者在 1977 年完成的独幕剧《劳雷尔和哈代上天堂》(*Laurel and Hardy Go to Heaven*)。在该剧中，劳雷尔和哈代被一种无形的权力控制，不知疲倦地砌着墙。最终，伴随着墙面升高，他们消失在观众的视线之外，整部剧也在"沉寂彻底的黑暗"之声中结束。① 从这部独幕剧中可以看出，墙作为舞台上最重要的意象，象征了权力的控制和自由的消失。正如奥斯特在采访时所说，《偶然之音》是一部关于权力的寓言小说。② 由此引申开来，伍兹将《偶然之音》中的墙解释为 20 世纪晚期美国资本主义意识形态中控制与自由的斗争；③李琼认为这是资本主义社会权力机制下规训与自由的博弈。④ 从以上分析中不难看出，学者们注意到小说中蕴含的美国社会资本对个体的管控，但是这种理解往往局限在社会功能层面上，忽视了文化精神层面上的解读。正如皮科克在分析《偶然之音》时所说，这部小说体现了犹太作家所特有的对流亡

---

① Aliki Varvogli. *The World That Is the Book*：*Paul Auster's Fiction*，p. 108.

② Morris，Mary. "A Conversation with Paul Auster," In *Conversations with Paul Auster*. James M. Hutchisson，ed. Jackson：University Press of Mississippi，2013，p. 166.

③ Tim Woods. "*The Music of Chance*：Aleatorical（Dis）harmonies within 'The City of the World'," In *Beyond the Red Notebook*：*Essays on Paul Auster*. Dennis Barone，ed. Philadelphia：University of Pennsylvania Press，1995，p. 150.

④ 李琼：《〈机缘乐章〉中的自由四重奏——论美国作家保罗·奥斯特的自由观》，《解放军外国语学院学报》，2014 年第 2 期，第 142 页。

与空间的思考。① 他进一步补充道，流亡不是自由的象征而是身份的桎梏。② 言下之意，小说开头主人公纳什在公路上无拘无束地旅行不是源于对自由的追求，而是昭示了犹太人的一种无根的状态，表明其犹太身份。这也从一个侧面说明，奥斯特背后的犹太文化资源，或者说是当代美国社会中的犹太元素是我们在讨论这部小说时必须考虑的重要因素。

鉴于此，本章分别从社会功能和文化精神两个层面考察庄园中墙的意象，阐述当代美国犹太人的自由不仅受美国社会资本的管控，还有犹太文化中上帝的规训。在两种权力的共同作用下，他们的自由只能是虚妄。

第一节　庄园中砌墙的工作：美国社会资本的控制

《偶然之音》大体分为两部分，以纳什、波兹和弗劳尔、斯通的赌博为分界线。第一部分讲述纳什在公路上的漫游和与波兹的相识。第二部分讲述他们输掉赌局后，听从弗劳尔和斯通的建议，砌墙还债的故事。

在第一部分里，奥斯特介绍主人公纳什是一名消防员。在继承了父亲一笔近二十万美元的遗产后，他辞去工作，买了辆新车，开始了流浪的生活。在驾车旅行的过程中，纳什享有了充分的自由。不过，随着手里的钱越来越少，他的自由受到了威胁。当"他已经在路上过了一年零两天，手里只剩一万四千美元"③的时候，他遇到了一名叫波兹的扑克牌高手。为了保障自由自在的私人空间，纳什决定与波兹合作。他出本金，波兹参与赌局，赢来的钱两人平分。他们的对手是弗劳尔和斯通二人，赌局就设在他们的庄园里。

在小说中，庄园是故事发生的主要场所，也是人物自由幻想破灭的地方。在奥斯特笔下，弗劳尔和斯通的庄园亦真亦幻，虚实难辨。在路上，纳什和波兹"穿过林肯隧道，驶过新泽西州的几条高速公路，向特拉华河方向行驶"④。在新伯伦瑞克和普林斯顿的交界处，他们遇到了暴风雪。到达富雷明顿后，暴风雪已经过去。从新泽新洲到富雷明顿，奥斯特不厌其烦地描

---

① James Peacock. *Understanding Paul Auster*，p. 100.
② James Peacock. *Understanding Paul Auster*，p. 99.
③ Paul Auster. *The Music of Chance*. New York：Viking Penguin，1990，p. 19.
④ Paul Auster. *The Music of Chance*，p. 58.

写纳什和波兹的空间位置的变化，以表现一种地理上的确定性，这与他们迫近庄园时对地理环境的陌生和犹豫不决形成了鲜明的对比。纳什和波兹一路畅通无阻，但跨过特拉华州进入宾夕法尼亚州后，路线变得模糊起来。弗劳尔和斯通的庄园位于奥卡姆小镇，而奥卡姆小镇离河不过十五英里，但他们到那儿却颇费周折。"他们感到自己就像是行驶在一座迷宫里……"①从开始时详细的地理环境描写到现在用迷宫来形容纳什和波兹所在的地域，奥斯特营造了一种虚实交叠的意境。事实上，纳什和波兹的目的地奥卡姆小镇本身就是一个在地图上根本不存在的小镇。当他们一步步地逼近目的地时，这也意味着他们两个人"正在从地图上消失"②。借助这种亦真亦幻的空间景观描写，奥斯特突出了庄园的神秘性。当纳什和波兹看到一扇高大的铁门时，他们走向前去，突然发现整个庄园呈现在了他们眼前。"一座巨大的砖砌建筑隐约显现出来，四座烟囱直插云霄，阳光洒在倾斜的石板瓦屋顶上，熠熠生辉。"③弗劳尔和斯通住的庄园拥有一座有二十个房间的府邸和周围三百多英亩的土地。巨大的庄园象征了财富、权力与秩序。然而，"行驶在路上，你一点都不会想到树障后面隐藏着这么大的一笔财富"④。庄园的四周是树林和灌木组成的屏障，把庄园与周围的世界隔离开来。弗劳尔和斯通所住的庄园处于一种隔离、封闭的状态，这种状态意味着排他和对抗，而在排他和对抗的背后则是某种专权的象征。

从代表流动性空间的车里到封闭的空间——庄园，空间位置的转换预示了纳什和波兹的空间状态也将随之发生变化。早在来庄园的路上，纳什就感到"不管晚上赌局的输赢，他在路上流浪的日子都要结束了"⑤。纳什预言了其将失去自由的可悲命运。正如夏洛所说："《偶然之音》中从公路到城堡的场景转换，预示了小说从流浪汉故事到悲剧的转变。"⑥在庄园府邸的门口，门铃声是贝多芬的第五交响曲。进入府邸，大厅里"堆放了几座残缺不全的雕塑（一个没有右臂的赤裸女神、一个无头的猎人、一匹没有腿的

---

① Paul Auster. *The Music of Chance*, p. 64.
② Carsten Springer. *Crises: The Works of Paul Auster*, p. 157.
③ Paul Auster. *The Music of Chance*, pp. 64-65.
④ Paul Auster. *The Music of Chance*, p. 64.
⑤ Paul Auster. *The Music of Chance*, pp. 58-59.
⑥ Ilana Shiloh. *Paul Auster and Postmodern Quest: on the Road to Nowhere*, p. 169.

马悬在石头底座上，一根铁杆插在它的肚子上）"①。从门铃声到大厅的布置，奥斯特渲染了府邸空间里一种不祥的气氛，这也给纳什的未来蒙上了一层阴影。最终，纳什和波兹不仅输掉了所有的钱，连象征流动性空间的车也拿来当了赌资。但是，纳什不甘心输掉赌局，他又向弗劳尔和斯通借了一万美元，亲自与他们比赛，结果还是输了。随着纳什和波兹的失败，他们不得不接受弗劳尔和斯通的安排，在庄园里砌墙还债。

对纳什和波兹来说，砌墙是一份工作，他们受雇于弗劳尔和斯通。但在奥斯特看来，支付工资的弗劳尔和斯通代表资本家，付出劳动的纳什和波兹代表劳工阶层，他们之间是剥削与被剥削的关系。马克思在分析资本家与工人的关系时，认为资本家通过无偿占有劳动者创造的剩余价值获取高额利润，从而实现对他们的剥削。小说中的弗劳尔和斯通正是如此。他们规定纳什和波兹每天工作十个小时，这一时间长度远远超过了现行法律规定的八个小时。不仅如此，纳什和波兹要砌的墙共有十排，每排高六米，长六百米，斜跨整个草坪。砌墙所需要的石头每块重二三十公斤，一共有一万块。这一连串数字预示了劳动强度的较高等级。正如作者所说，这份工作远"没有他们想象的那么容易"②。除此之外，砌墙的前期准备工作包括测量、画线、打桩、挖沟等；砌墙的过程中还有烈日的炙烤和风暴的袭击。所有这些叠加在一起，极大地增加了工作的难度。可见，弗劳尔和斯通通过延长纳什和波兹的工作时间，提高他们的劳动强度与难度，加深对他们的剥削，从而榨取更多的剩余价值。奥斯特借砌墙的工作指涉资本家对劳工阶层的剥削，暗喻了美国资本主义社会资本原始积累的过程。

对于弗劳尔、斯通和纳什、波兹来说，因为阶级立场不同，工作的含义也截然不同。一方面，以弗劳尔和斯通为代表的资本家深谙劳动是价值的源泉，他们需要的是源源不断的、低廉的劳动力，这样才能为资本主义经济的发展提供无穷的动力并占据劳动带来的附加值。因此，在小说中，他们以续约的方式欺骗纳什和波兹继续工作、出卖劳动力。另一方面，对以纳什和波兹为代表的劳工阶层来讲，工作意味着金钱与自由。他们很清楚还清欠款后他们仍然身无分文，而"如果没有钱，自由能带他们走多远？"③奥斯特借

---

① Paul Auster. *The Music of Chance*，p. 68.
② Paul Auster. *The Music of Chance*，p. 123.
③ Paul Auster. *The Music of Chance*，p. 149.

此说明劳工阶层的自由建立在金钱的基础之上,而获取金钱的最主要手段就是工作,即出卖劳动力。由是观之,工作是联结资本家与劳工的纽带,但是围绕工作产生的资本与自由之间的矛盾却造成了双方的冲突与摩擦。正如伍兹在分析这部小说时所说,纳什和波兹"被监管、恐吓、威胁和剥削,他们是美国资本构建的意识形态的受害人"①。对于被剥夺了所有财产、一无所有的纳什和波兹来说,他们心心念念的自由不过是弗劳尔和斯通为获得劳动力、追逐利益给他们制造的幻觉,这和资本家欺骗无产者,依靠他们提供的廉价劳动力发展经济、创造财富的道理一样。奥斯特借此表明,在美国资本主义制度的运作下,个体自由受资本管控。

为了保证资本的稳定积累,资本家往往利用理性权力设计出有效秩序,再通过日常的监视和管理来维持。在小说中,以砌墙为代表的工作正是资本对个体实施权力规训的表征。弗劳尔和斯通代表的当权者规训纳什和波兹的手段包括限制活动区域、规定工作时间、层级监视和身体惩罚等。

弗劳尔和斯通对纳什和波兹的规训直观地体现在时空划分上。他们的工作区域在庄园的草地上,而整片草地已经被栅栏隔离,成为一个封闭的场所。正如纳什所说:"我不知道我们进了监狱。"②作为"监狱"的犯人,纳什和波兹失去了行动自由。伴随着工作空间的形成,新的时间管理办法也开始施行。

> 每天早上,纳什的闹钟六点就会把他们叫醒。洗漱完毕后,他们就去厨房做早餐(波兹准备果酱、烤面包和咖啡,纳什准备炒蛋和香肠)。莫克斯七点的时候会准时出现在他们的门口,敲拖车的门,他们就从拖车里走出来到草地上开始一天的工作。结束上午五个小时的轮班工作后,他们就回到拖车里吃午饭(午休的一个小时没有工资)。下午他们再干五个小时的活,六点结束工作。这是一天里最美好的时候,他们可以淋浴并在房间里享受啤酒。纳什稍后会到厨房里准备晚餐……③

---

① Tim Woods. "*The Music of Chance*:Aleatorical(Dis)harmonies within 'The City of the World'," p. 150.

② Paul Auster. *The Music of Chance*,p. 119.

③ Paul Auster. *The Music of Chance*,p. 124.

从早上几点起床到晚上何时停止工作,再到上下午各工作多长时间,时间的划分越来越精细,体现了当权者改造个体的主观意志。与此同时,弗劳尔和斯通的管家莫克斯扮演了监督者的角色,确保这一时间安排的有效性,以及纳什和波兹使用时间的质量,这进一步强化了改造的意图和效果。

为了更有效地规训纳什和波兹,弗劳尔和斯通还使用了层级监视的手段。他们亲自监视纳什和波兹的工作。自从纳什和波兹来到空旷的草地上后,"纳什环顾四周寻找弗劳尔和斯通的府邸,却发现它消失不见了"①,同时他又认为,"弗劳尔和斯通或许正站在窗口用望远镜监视着他们"②。弗劳尔和斯通所在府邸就像是一只洞察一切的眼睛,纳什和波兹的一举一动都暴露在监督者的面前,但他们却在任何时候都不知道自己是否被窥视。这就使得弗劳尔和斯通在纳什和波兹身上造成一种有意识的和持续的可见状态,即使监视实际上断断续续,从而确保权力自动发挥作用。为了使监视具体化并切实可行,弗劳尔和斯通还派了他们的管家莫克斯从早到晚跟着纳什和波兹,对他们实行强化的、连续的监视。即使下雨,莫克斯也"打着伞不离左右,虽然脚踩在泥里越陷越深"③。但莫克斯的监视是一项专门职能,换句话说,他只负责监督纳什和波兹,至于具体工作他从不插手。"他总是保持与他们的距离,从来不会搭一把手或者帮他们干任何体力活。他的工作就是监督他们砌墙。"④从亲自监视到派管家进行连续的监视,弗劳尔和斯通通过这种分层的、持续的、切实的监督,建立了一个自上而下的关系网络,构成"一座永久的监视金字塔"⑤。这就使得他们的权力运作既是毫不掩饰的,因为它无处不在,无时不发挥作用;又是绝对"小心翼翼"的,因为它基本上是在沉默中发挥作用。在这种强制性的监视体系里,个体成为被约束和管控的对象。

① Paul Auster. *The Music of Chance*,p. 116.

② Paul Auster. *The Music of Chance*,p. 116.

③ Paul Auster. *The Music of Chance*,p. 142.

④ Paul Auster. *The Music of Chance*,p. 128.

⑤ Michel Foucault. "The Incorporation of the Hospital into Modern Technology," In *Space*,*Knowledge and Power*:*Foucault and Geography*. J. W. Crampton and S. Elden, eds. E. Knowlton Jr.,W. J. King, and S. Elden, trans. Aldershot and Burlington,VT:Ashgate,2007,p. 147.

从时空管制到层级监视，弗劳尔和斯通对纳什和波兹的控制遵循着时间、空间等物理法则进行运作，即运用一种物理性的权力，但这并不代表他们不会诉诸暴力。莫克斯在监督纳什和波兹工作时携带的手枪暗示了他们一直处于暴力的威胁之下。特别是当波兹试图逃离庄园时，弗劳尔和斯通借莫克斯之手对其进行了内部处罚。

> 起初他只看到模模糊糊的一堆东西、一团血衣铺摊在地上。即使后来他看到有个人躺在那儿，他也没有认出那是波兹，他以为那是幻觉，什么也没有。他注意到地上的衣服与波兹前一天晚上穿的衣服很像，那个男人穿着与波兹一模一样的风衣、戴帽子的运动衫、蓝色牛仔裤和褐黄色的靴子。即使这样，纳什还是不能把这一切拼凑在一起、得出结论：我正在注视着波兹。因为这个男人的四肢奇怪地缠结在一起，一动不动，他的头歪向一边（他的头扭转的角度不可思议，就好像要与他的身体分家），纳什确信他已经死了。①

弗劳尔和斯通把惩罚的目标对准了波兹的身体，相应地，他的身体印刻了惩罚的痕迹，反射了权力的威严。但值得注意的是，这种惩罚分割了法律所不涉及的领域，而且手段极其残忍，代表了一种非规范化的裁决。正如伍兹所说，这是极权统治下社会和政治控制的结果，而不是和谐社会合作共事的产物。② 言下之意，草地中央的墙映射了当权者对个体身体的惩罚和自由的限制，而这种惩罚和限制超出了公平、正义的社会规范。因此，纳什认为，在这里，"自由根本就不重要。合同、握手、友善都没有任何意义"③。唯一正确的就是努力工作，工作成了权力规训个体的手段。奥斯特借此说明，在美国社会中，个体的自由受制于掌握资本的当权者。

在小说中，纳什和波兹以为可以通过砌墙的工作还清赌债、获得自由，却不幸沦为资本管控的对象。他们如同斯通修建的"世界之城"中监狱里的犯人，"兴高采烈地工作"，"相信能够通过辛苦的工作恢复善良的本性"。④

---

① Paul Auster. *The Music of Chance*，p. 171.
② Tim Woods. "*The Music of Chance*：Aleatorical（Dis）harmonies within 'The City of the World'"，p. 153.
③ Paul Auster. *The Music of Chance*，p. 144.
④ Paul Auster. *The Music of Chance*，p. 80.

他们却不知这是资本家打着清教主义鼓励人们勤奋工作的旗号剥削、规训劳工阶层的惯用伎俩。正如弗劳尔所说,统治世界之城的权力知道如何把邪恶变成善良。[1] 言下之意,只有当个体的行为符合资本的要求时才能获得所谓的自由,否则就要接受惩罚。当纳什看到一名犯人被枪决后,他意识到在表面温情、和谐的氛围背后弥漫着一种恐怖的情绪,惩罚的威胁充斥在空气中。[2] 作者借此暗示了在美国资本主义社会中,任何不符合资本规范的行为都会受到惩罚,所谓民主与自由只是空中楼阁。

第二节　庄园中的墙形契约:上帝的规训

在小说中,砌墙的工作由弗劳尔和斯通主动向纳什和波兹提出,最终双方以契约的形式达成一致。契约的内容包括一万美元的欠款总额、以砌墙的方式偿还和每人一小时十美元的工资等。[3] 另外,他们承诺纳什和波兹可以住在草地上的拖车里,他们负责满足其日常所需,等到一万美元的赌债还清后,纳什和波兹就自由了。在契约的约束下,砌墙的工作附加了一层伦理道德色彩,墙成为契约的物化象征。面对这份契约,纳什的态度是:"这面墙不是惩罚,而是治愈的手段,是回到现实的单行道。"[4]纳什认为,这份契约不是砌墙还债的处罚,而是帮助他结束无根的流亡状态、实现居有定所的拯救之法。纳什对契约的独特认知指涉了上帝与犹太人签订的契约中上帝赐给犹太人土地,使他们安居乐业的内容。由此可见,契约中蕴含的伦理道德关系与犹太文化紧密相关。

契约论是犹太教的核心思想,犹太教的其他教义往往都建立在契约思想之上或与之保持了紧密的联系。《圣经》旧约中首次真正的契约是上帝与亚伯拉罕及其后裔的立约。

---

① Paul Auster. *The Music of Chance*, p. 80.
② Paul Auster. *The Music of Chance*, p. 96.
③ Paul Auster. *The Music of Chance*, p. 112.
④ Paul Auster. *The Music of Chance*, p. 110.

亚伯兰年九十九岁的时候,耶和华向他显现,对他说:"我是全能的神,你当在我面前做完全人,我就与你立约,使你的后裔极其繁多。"亚伯兰俯伏在地,神又对他说:"我与你立约,你要做多国的父。从此以后,你的名不再叫亚伯兰,要叫亚伯拉罕,因为我已立你作多国的父。我必使你的后裔极其繁多,国度从你而立,君王从你而出。我要与你并你世世代代的后裔树立我的约,作永远的约,是要作你和你后裔的神。我要将你现在寄居的地,就是迦南全地,赐给你和你的后裔,永远为业。我也必作他们的神。"①

从这段经文中可以看出,在上帝和亚伯拉罕及世世代代犹太人签订的契约中,上帝和犹太人既享有一定的权利,也要承担责任和义务。上帝赐给犹太人土地,使其种族繁衍兴旺,同时保护他们免受苦难。反过来,犹太人作为上帝的选民,应服从上帝、遵守律法、行善远恶。上帝与犹太人之间是一种道德约束的关系。正如 J. 威尔豪森(J. Wellhausen)所说:"与上帝结合的思想不是指一种自然关系或巫术的仪式,而是一种道德关系。以色列人是上帝的特殊的朋友,与上帝签订契约的伙伴,是因为,而且只有在以色列人遵守律法的情况下(才能确立这种关系)。"②威尔豪森的话说明契约是一种道德标准,检验并规范犹太人的行为。在小说中,奥斯特以弗劳尔和斯通③

---

① 《圣经》,第 21 页。

② 转引自乔国强:《美国犹太文学》,第 287 页。

③ 庄园主人弗劳尔和斯通代表了一个人的两面。弗劳尔和斯通分别是二人的姓氏,他们的名相同,都叫威廉姆,与爱伦·坡小说《威廉姆·威尔逊》中的主人公威廉姆同名。在爱伦·坡的小说里,威廉姆·威尔逊因为内心的异己性杀死了自己的另一面。奥斯特以一个具有内心异己性的人物的姓氏来分别指代弗劳尔和斯通,这暗示了他们代表一个人的两面。他们的姓氏弗劳尔(Flower)和斯通(Stone)也说明了这一点。两人的外表也是相互协调、补充。斯通瘦弱、憔悴,弗劳尔健壮、肥胖。在性格上,弗劳尔善于说辞,表现出粗鲁的一面;斯通沉默、害羞,表现得更为温和。正如施普林格所说:"弗劳尔和斯通可以看作一个人的二重身。"(详见 Carsten Springer. *Crises:The Works of Paul Auster*, p. 38.) 弗劳尔和斯通无所不能的潜力,建造世界之城与搜世界之物的兴趣,以及让人琢磨不透的个性都暗喻了上帝的属性。他们把自己的能力"与上帝的相提并论"。(详见 Carsten Springer. *Crises:The Works of Paul Auster*, p. 159.) 勒纳·夏洛认为,"在《偶然之音》的小说世界里,这两位百万富翁隐喻了神灵。"(详见 Ilana Shiloh. *Paul Auster and Postmodern Quest:on the Road to Nowhere*, p. 183.) 以此推想,弥漫在庄园中的权力形态是上帝代表的权力。

与纳什①和波兹签订的契约隐喻上帝与犹太人之间的契约,探讨以契约为代表的犹太伦理道德对犹太人的规范作用。

在小说中,奥斯特通过对比纳什和波兹对待契约的不同态度,说明契约对犹太人的道德约束力。在签订契约之前,波兹就主张逃离,他不相信弗劳尔和斯通会遵守契约。但是纳什却说:"这是契约啊……债是我的责任。"②纳什把履约还债上升到道德的高度,并将其看成自己的责任,这与犹太人在和上帝的契约关系中坚持承担自己的义务——遵守律法、行善远恶一样,体现了犹太契约传统与观念对他的影响。虽然出于"对朋友的支持"③,波兹留下来和纳什一起砌墙,但是他始终处于一种对抗的状态,通过打碎玻璃、辱骂、挑衅、殴打莫克斯来挑战契约。波兹的反叛源于他认为自己被骗输了赌局,又被迫签约砌墙,"权利被践踏"④。可见,波兹的愤怒更多的是与公平正义和个人利益有关的。与波兹形成鲜明对比的是纳什签订契约后的态度。他主动承担更多的工作,"在波兹休息的时候一个人搬运石头"⑤,践行契约的规定。纳什的行为体现了犹太人隐忍、守信的品质,更重要的是一种契约精神。正如他自己所说,"三十天后这一切就结束了,如果他不能坚持到底,他到底是个什么样的人呢?"⑥纳什最关心的是能不能遵守契约以及个人的道德表现,而不是利益得失。他与波兹对待契约的不同态度代表了两种不同的价值体系。波兹的背后是追求个体权利与自由的美国个人主义理念,纳什的背后则是主张按照律法行事、"因行成义"⑦的犹太契约精神。在犹太人看来,契约是上帝与犹太人之间的道德协议,他们遵守契约就是按

---

① 在《偶然之音》里,奥斯特通过描写纳什焦虑不安的精神特征和渴望"走出去"的心态暗示了其犹太人的民族身份。正如皮科克所说,奥斯特作品中那些无家可归的主人公们处于一种"永久运动的状态中,似乎他们只有在流动中才能获得一种家的感觉,而归根结底,这源于犹太人的流散史"。(详见 James Peacock. *Understanding Paul Auster*, p. 14.) 皮科克认为,奥斯特在作品中刻画的那些无家可归的主人公们体现了犹太人的特质:流亡、逃散。奥斯特自己也在采访中说道,他在作品中塑造这些无家可归、流浪的主人公们是与他自身的"犹太性"密切相关的。"无家可归,这种被排除在外的状态,是犹太人生活中最基本的一部分。"(详见 Carsten Springer. *Crises:The Works of Paul Auster*, p. 38.) 因此,奥斯特虽然在作品中没有点明主人公纳什的民族身份,事实上已经默认其为犹太人。

② Paul Auster. *The Music of Chance*, p. 111.

③ Paul Auster. *The Music of Chance*, p. 127.

④ Paul Auster. *The Music of Chance*, p. 132.

⑤ Paul Auster. *The Music of Chance*, p. 135.

⑥ Paul Auster. *The Music of Chance*, p. 135.

⑦ 傅有德:《犹太哲学与宗教研究》,中国社会科学出版社,2007,第150页。

照律法行事、执行上帝的意志，这是尚德之行，必将得到上帝的救赎。因此，即使后来纳什得知弗劳尔和斯通利用口头承诺欺骗了他和波兹，他仍然坚持"留下完成工作"①。在小说中，当纳什和波兹完成契约上规定的工作量，准备离开时，莫克斯交给纳什一个信封。纳什打开信封，看到了一张账单，上面写着"纳什和波兹：收支情况一览表"②。账单上不仅写了他们这些日子赚的钱数：一万美元，还列了他们在过去五十天里的消费情况：从食物、啤酒、香烟等吃的东西到书刊、收音机等娱乐用品，以及一些五花八门的支出，总共三千多美元。纳什和波兹必须留下来继续工作，偿还欠款。当纳什被告知这一决定时，他认为这只是一个恶作剧，因为在他们与弗劳尔和斯通签订契约前，弗劳尔和斯通答应向他们提供这些物品。

> 你们可以在这里做饭，吃任何想吃的东西。卡尔文负责供给，不管你们问他要什么，他都会满足你们的要求。每天给他一张购货清单，他会到城里给你们买……我们给你们工作服，如果你们还需要别的东西，你们就向我们要。书、报纸、杂志、收音机、额外的毯子和毛巾、娱乐消遣等，不管是什么。毕竟我们不想让你们感到不舒服。③

签约前，弗劳尔和斯通巧言令色，纳什想当然地认为他们已经把承诺写进了契约。但现在，他们却声色俱厉，要求纳什和波兹为这一切来买单。弗劳尔和斯通欺骗了纳什和波兹，违背了自己的诺言。"我们以为契约里面包含了那些东西（食物、杂志、娱乐等），实际上一个字都没提。"④即便如此，纳什仍然决定留下来继续履行契约、偿还欠款。虽然波兹再三央求纳什和他一起逃走，但他的反应是"我承诺会坚持到底。你可能不理解，但我不会跟你一起走……如果我没有还清欠款就逃走，那我一文不值"⑤。纳什在此暗示了波兹不理解的原因以及他与波兹的不同。对于身为犹太人的纳什来说，违约就是违背与上帝的道德协议、违反律法，他将因此成为不义之人，万劫不复。所以无论如何他也会信守承诺，做一个尚行之人。以契约为代表的犹

---

① Paul Auster. *The Music of Chance*，p. 166.
② Paul Auster. *The Music of Chance*，p. 162.
③ Paul Auster. *The Music of Chance*，p. 108.
④ Paul Auster. *The Music of Chance*，p. 165.
⑤ Paul Auster. *The Music of Chance*，p. 166.

太伦理道德对犹太人的约束与控制可见一斑。

对犹太人来说,契约是道德规范,也是精神枷锁。在小说中,因为契约的规训,纳什放弃了与波兹一起逃走、重获自由的机会。正如他孤身一人置身草地时所说:"草地上的这面墙就是枷锁。"[①]纳什深知,以契约为代表的犹太道德规范控制了他的思想、限制了他的自由。在其感召下,他必须遵守契约,履行犹太人的道德义务。虽然后来他在目睹了弗劳尔和斯通对波兹的内部处罚后终于下定决心逃跑,却发现前天晚上挖好的洞消失不见了。"洞已经被填平,铁锹也不见了……就好像这里从来都没有洞一样。"[②]奥斯特借此说明,对于犹太人来说,契约的道德约束作用不随个人的意志转移,它无处不在,无时不在。正如纳什告诉波兹的那样,"你的名字在契约上"[③],就要遵守契约。对犹太人来说,犹太身份本身就是签约的证明,在这种情况下,他们的一切言行都受契约以及契约代表的犹太伦理道德的约束,包括自由。

对纳什来说,墙除了代表犹太人与上帝签订的契约,还代表了犹太文化中的哭墙。当斯通提出要用从英国运回来的石头建一面墙时,纳什的第一反应是,这是一面"哭墙(a wailing wall)"——"它能阻挡时间的脚步","它是过去的挽歌"。[④] 纳什提到的哭墙被认为是犹太教的第一圣地,它是古代犹太国第二圣殿护墙目前仅存的遗址,长约五十米,高约十八米,由大石块筑成。经历了流亡之苦的犹太人回到圣城耶路撒冷时,便会来到这面石墙前低声祷告,表示对犹太人多灾多难历史的哀悼。而且犹太人相信哭墙的上方就是上帝,他们在哭墙前的祷告会被上帝听到。因此,哭墙成了犹太人苦难和信仰的象征。纳什通过把草地中央的墙指代为哭墙,建立了个体创伤与犹太民族创伤历史的关联。

在小说中,纳什的精神创伤最先体现在他目睹波兹死亡的惨状后,出现了创伤后应激障碍的症状。死亡的噩梦和射杀的幻想纠缠着他,如同影像一般不断在他的头脑中上演。他想象着自己冲向莫克斯,"跳到他的身上,

---

① Paul Auster. *The Music of Chance*,p. 181.
② Paul Auster. *The Music of Chance*,p. 174.
③ Paul Auster. *The Music of Chance*,p. 167.
④ Paul Auster. *The Music of Chance*,p. 86.

把他打倒在地,然后掏出他的枪,指向他的眉心"①。甚至当纳什看到莫克斯的孙子出现在草地上时,他"感到他想要杀死他","他要在他眼皮底下掐死他","他愿意不停地想象杀死这个孩子"。② 纳什以超现实的想象复现创伤情境、体验创伤事件,表达内心隐形的、难以表征的痛苦。在创伤记忆的侵扰下,复仇的愿望成了纳什活下去的最大动力。他计划获得自由后报警,让警察把杀害波兹的凶手抓进监狱,迫使其承认自己的罪行。纳什的复仇计划是一种精神宣泄的方式,他想象自己通过报复莫克斯摆脱精神创伤的恐怖和痛苦,殊不知"复仇的幻想经常是创伤记忆的翻版,只是加害者和受害者的角色对调罢了"③。言下之意,复仇的幻想并不能帮助纳什恢复正常的心理,反而证明他无法摆脱创伤后综合征。

伴随着创伤记忆的反复侵扰,纳什表现出了创伤后应激障碍中最凸显的部分——逃避与禁闭畏缩。赫尔曼认为,这种窄化的形式出现在生活的每一个层面上——"人际关系、活动、思想、记忆、情绪,甚至是感官"④。在思想上,纳什所有的情绪与记忆都退化到对波兹的思念中,"甚至没有力气做一顿像样的饭"⑤;在行为上,面对莫克斯的示好,纳什拒绝与对方交流,"认为这是他的烟幕弹,为了掩盖其犯下的罪行"⑥。心理上的禁闭畏缩逐渐成了纳什的生存方式,最终导致其内在的生命走向隔绝孤立,正如小说中所说,"孤独逼得他发了疯"⑦。在极端孤独绝望的状态下,纳什把自己的主观情感转移到砌墙的工作上。他"不停地搬运石头……一个人一天干的活儿甚至超过了过去他和波兹两个人的总和,在不到一周的时间里就建好了第二排墙"⑧。纳什把精神创伤转化为砌墙的动力,以此来抒发内心难以言说又不得不说的痛苦,墙成了纳什精神创伤的物化象征。在此基础上,纳什逐渐对墙产生一种强烈甚至理想化的情感,"他禁不住赞叹起这面墙。每次他停下来看着它,就心生敬畏"⑨。纳什对墙的崇拜之情源于一种渴望受保

---

① Paul Auster. *The Music of Chance*, p. 178.
② Paul Auster. *The Music of Chance*, p. 184.
③ 朱迪思·赫尔曼:《创伤与复原》,施宏达等译,机械工业出版社,2015,第178页。
④ 朱迪思·赫尔曼:《创伤与复原》,第81页。
⑤ Paul Auster. *The Music of Chance*, p. 179.
⑥ Paul Auster. *The Music of Chance*, p. 182.
⑦ Paul Auster. *The Music of Chance*, p. 197.
⑧ Paul Auster. *The Music of Chance*, p. 178.
⑨ Paul Auster. *The Music of Chance*, p. 202.

保罗·奥斯特小说中的空间书写

护和被拯救的幻想，以对抗精神创伤的痛苦。正如他自己所说："这面墙是获得救赎的机会。"①如同在哭墙前哀悼苦难、渴望被上帝聆听的犹太人一样，纳什也希望借助草地中央的墙诉说创伤、实现救赎。

在纳什的精神创伤中，更深一层的是信仰危机。纳什渴望被保护和拯救，但是哭墙上方代表上帝的弗劳尔和斯通却消失不见了。奥斯特通过描写他们的隐身来展现上帝在面对犹太人的苦难时表现出来的冷漠和回避态度。自从签订契约后，"两位百万富翁就再也没有出现过。他们的消失无从解释，就像时间的流逝"②。几周后，"仍然不见他们的身影"③。甚至在波兹敲门、呼喊，以及打碎玻璃的情况下，也没有人应答。后来，纳什和波兹主动提出约见弗劳尔和斯通，却被告知"他们大约三个小时前去了法国巴黎，要过完圣诞节才能回来"④。奥斯特以弗劳尔和斯通的隐身引出了上帝隐蔽说。马丁·布伯（Martin Buber）提到犹太人对自己遭受苦难的一种解释，即救世主"是隐身的上帝"，"是将自己隐藏起来又显示出来的上帝"，它"似乎想彻底地从尘世隐退，不再参与其存在。于是历史的空间充满了噪音（声），没有神的气息"⑤。这就导致邪恶势力运用不受限制的力量统治了世界。犹太人认为，自己遭受苦难是因为上帝隐身了，但他并没有消失。⑥ 在小说中，自从签订契约后，弗劳尔和斯通就躲到了幕后；当他们对纳什和波兹实行了非规范化裁决后，更是不见了踪影。但是，他们的隐蔽只是表面上的消失，事实上他们一直在暗处策划、指挥着这一切，走向前台的莫克斯只是他们的傀儡而已。奥斯特以弗劳尔和斯通的表面隐身、暗地指挥来讽刺上帝隐蔽说。不仅如此，奥斯特还以弗劳尔和斯通在实行了非规范化裁决后的持续隐匿来质疑上帝惩罚犹太人的公正性。在犹太人看来，上帝是无所不在、无所不知和无所不能的，但现在他却在惩罚了自己的子民后躲藏了起来，犹太人由此产生了对上帝公正性的怀疑。

---

① Paul Auster. *The Music of Chance*，p. 127.

② Paul Auster. *The Music of Chance*，p. 132.

③ Paul Auster. *The Music of Chance*，p. 132.

④ Paul Auster. *The Music of Chance*，p. 164.

⑤ 马丁·布伯：《论犹太教》，刘杰等译，山东大学出版社，2002，第 194 页。

⑥ 早在犹太人的第二圣殿被毁坏后，就有拉比对此解释说："上帝并没有从历史中消失，只是他的存在变得越来越隐蔽、让人难以捉摸。"（详见 Alan L. Berger. *Crisis and Covenant：The Holocaust in American Jewish Fiction*. New York：State University of New York Press，1985，p. 4.）

如果上帝对他的选民——犹太人的惩罚是正当、合理的，那么他就没有必要躲藏起来。他奇怪地躲起来，理由可能只有一个，他在对犹太人实施了惩罚后不愿现身，即不愿意正面面对犹太人。上帝这种不光明磊落的做法，极易让人对上帝惩罚的正当性产生怀疑。惩罚既然是缺乏正当性的，那么也就是无效的。[①]

弗劳尔和斯通的行为撕裂了纳什与他们之间的联结感。纳什从开始时的坚定不移，到产生困惑，再到警惕怀疑，最后到帮助波兹违约逃走，这一系列态度和行为的变化说明他对弗劳尔和斯通产生了信任危机。特别是在莫克斯代表弗劳尔和斯通对波兹进行了身体惩罚后，纳什对他们的幻想完全破灭了。"纳什觉得自己像是在一个模型里，弗劳尔和斯通正在俯视着他……他就像笼子里的小老鼠跑来跑去。"[②]本来是签订契约、具有道德约束关系的双方，现在却变成了奴役与被奴役的关系。纳什内心强烈的背叛感和敌对情绪显露无遗。奥斯特借此暗示在上帝与犹太人的关系中，上帝并没有消失，而是一直在哭墙上方注视着犹太人，但他无视他们的苦难，更无视与犹太人签订的契约，任凭他们自生自灭。正如他在《内心的报告》中所说，"那无处不在、主宰一切的上帝并非某种善良或爱的力量"，而是"与罪惩相关"，他"一直在看着你，监听你"。[③]奥斯特在暗示上帝隐身的同时，质疑了上帝公平、正义、仁慈的品质及其与犹太人签订的契约，信仰危机就此产生。

在小说的最后，纳什利用驾车的机会冲向对面的车辆，自杀身亡。在奥斯特看来，虽然这意味着纳什"脱离了上帝"，但也表示他"失去了救赎的希望"。[④]言下之意，死亡可以帮助犹太个体获得身体上的自由，却无法摆脱精神上的规训。这是犹太民族文化精神中的一个核心悖论，即犹太人"不得不信仰一个伤害其民族利益的上帝，不得不维护自己痴迷、孱弱且又善良的民族情感"[⑤]，因为上帝和契约思想是犹太文化传统的根基，是犹太人团结一致的感召力，也是他们获得救赎的唯一手段。正如布伯在解释犹太人对

---

① 乔国强：《美国犹太文学》，第 293 页。

② Paul Auster. *The Music of Chance*, pp. 178.

③ 保罗·奥斯特：《内心的报告》，第 11 页。

④ William G. Little. *The Waste Fix*：*Seizures of the Sacred from Upton Sinclair to the Sopranos*. New York and London：Routledge, 2002, p. 75.

⑤ 乔国强：《美国犹太文学》，第 296 页。

上帝的复杂感情时所说：

> 我们忍受不了尘世的存在，我们为它的赎救而斗争，而在这场斗争
> 中，我们求助于我主的帮助，但他再一次并且仍然是隐身的主。在这种
> 情况下，我们等候他的声音，无论这声音是来自风暴或来自紧随其后的
> 宁静。尽管他出现的样子不像早先的那样，但我们仍会再次认出我们的
> 残酷而仁慈的上帝。①

布伯描绘出了犹太人既怀疑上帝又不得不相信上帝的矛盾心情。在这种情
况下，不论犹太人作何种选择，都无法获得真正的自由。

在小说中，当代美国犹太人的自由既受美国社会资本的控制，也受犹太
历史文化中上帝的规训。这间接说明他们自由幻想的美国犹太属性。在奥
斯特看来，在美国社会与犹太文化的双向交流与互动中，美国犹太共同体逐
步形塑。当代美国犹太个体在享受共同体确定性的同时，也面临这一新秩
序的控制与约束，即来自资本与上帝的双重规训。在这种情况下，作为个体
核心价值目标的自由只能是一种虚妄。奥斯特通过探讨美国犹太共同体意
志下权力的管控与自由的缺失，表达了对当代美国犹太人精神困境和现实
生活的关注，展现了当代美国犹太作家的生命关怀与人文情感。

---

① 马丁·布伯：《论犹太教》，第 196 页。

第四章　自由女神像与政治主张

　　空间不仅指代具体的地点和场所，还包括如山脉、河流、宫殿、陵墓、里程碑、雕像、纪念品等空间性存在物。这些历史实物或者遗迹承载着各类历史事件、集体记忆和民族认同，成为特殊的景观。[①] 奥斯特于 1992 年出版的小说《海怪》[②]就聚焦于自由女神像这一纪念性的历史景观。评论家们也敏锐地捕捉到这一点，纷纷撰文探讨小说主人公萨克斯与自由女神像之间的互动关系。约瑟夫·沃克（Joseph Walker）从大众文化的视角切入，认为大众媒体控制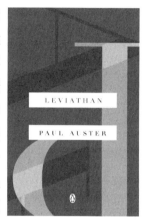了萨克斯的个体形象，其毁灭自由女神像复制品的行为为大众文化消费提供了素材，而非叙事。[③] 斯科特·戴莫维茨从心理学角度出发，认为萨克斯从自由女神像上的跌落代表他无法获得心灵的自由，其毁灭自由女神像复制品的行为是为了实现主体性的统一，得到灵魂的自由。[④] 马克·欧斯丁（Mark Osteen）则在此基础上把这种自由解释为原初的意义和本能的

---

　　① 龙迪勇：《空间叙事学》，生活·读书·新知三联书店，2015 年，第 384 页。

　　② 《海怪》这部小说在 1992 年荣获了法国梅迪西斯外国小说奖（Prix Médicis étranger，又译作美第奇外国小说奖）——法国最著名的两大国际性小说奖项之一。历史上许多著名的作家都获得过该奖项，比如约瑟夫·海勒（Joseph Heller）、米兰·昆德拉（Milan Kundera）、多丽丝·莱辛（Doris Lessing）和菲利普·罗斯（Philip Roth）。

　　③ Joseph Walker. "A Kink in the System: Terrorism and the Comic Mystery Novel." *Studies in the Novel*，36.3（2004）：344-345.

　　④ Scott Dimovitz. "Portraits in Absentia: Repetition Compulsion and the Postmodern Uncanny in Paul Auster's 'Leviathan'." *Studies in the Novel*，40.4（2009）：461.

权利。① 评论家们从不同立场出发,分析了主人公与自由女神像之间的关系及其意义。但他们大多把这一关系固定在某一时间节点上进行阐释,而不是根据时间线索的变化纵向地考察这一关系的演变,也就忽略了从 1951 年到 1986 年,再到此后自由女神像所处的社会境况的变化。

奥斯特在接受采访时提到小说的名字取自托马斯·霍布斯(Thomas Hobbes)的政治学著作《利维坦》(*Leviathan*,1651),②这在无形中暗示了小说的政治意义。他还特意强调,他的作品基本上都是描写社会现实,这本身就是一种政治行为,③此话更是直接表明了其作品与政治现实的关系。本章以此为突破口,通过考察自由女神像所处时代背景的变化,探讨其在不同历史语境中的象征意义及其与主人公的互动关系,借此阐述当代美国犹太人的政治主张。

第一节　参观自由女神像:美国政治的想象性建构

小说中第一次提到自由女神像是在 1951 年,萨克斯的妈妈带着六岁的儿子"向她表示尊敬",认为"这是我们国家的象征"。④ 作为一名在美国出生的爱尔兰移民的后代,萨克斯的妈妈没有提及本民族文化,也没有表现出对本民族身份的认同,反而把纽约港自由女神像代表的美国当作自己的国家,用"我们"表明了对美国政治共同体的认同。究其原因,以萨克斯妈妈为代表的移民后代认为,正是自由女神像背后的美国保证了他们的民主、自由权利,而不是本民族国家,因此他们要向美国致敬。正如施普林格在分析这部小说时所说,《独立宣言》(The Declaration of Independence,1776)确保了自由女神像代表的自由精神。⑤ 不可否认,《独立宣言》中强调政府保证人民的生存权、自由权和追求幸福的权利这一点在战后美国政府的一系列举措上得到了体现。因此,作为在美国出生的移民后代,萨克斯的妈妈通过

① Mark Osteen. "Phantoms of Liberty:The Secret Lives of Leviathan." *Review of Contemporary Fiction*,14 (1994):90.

② Aliki Varvogli. *The World That Is the Book:Paul Auster's Fiction*,p. 144.

③ Aliki Varvogli. *The World That Is the Book:Paul Auster's Fiction*,p. 146.

④ Paul Auster. *Leviathan*. New York:Viking Penguin,1992,p. 37.

⑤ Carsten Springer. *Crises:The Works of Paul Auster*,p. 166.

带儿子参观自由女神像的行为表达了对美国化的渴望。但是施普林格进一步指出,它(自由女神像)象征了美国人对独立、自由和权利的想象。① 言下之意,美国人崇拜的自由女神像是他们在头脑中构建的理想政治的化身,而不是现实中的实体。正如奥斯特在小说中提到自由女神像的象征意义时所说,它代表的是希望而不是现实,是信仰而不是事实。② 奥斯特点明了自由女神像的虚幻属性,而这正是以萨克斯的妈妈为代表的移民后代没有认清的事实。

以萨克斯的妈妈为代表的移民后代通过参观自由女神像的形式表达了对美国作为一个政治共同体的认同,而以萨克斯为代表的年轻一代则直接实践了自由女神像代表的意韵精神,表现出更深一层的对美国政治文化的妥协。作为爱尔兰和犹太移民的后代,萨克斯并不认同妈妈要求他参观时穿"短裤和及膝的白色长袜"③的衣着打扮,反而想像一个平常的美国男孩一样,穿"短袖 T 恤衫、工装裤和球鞋"④。奥斯特借萨克斯的人物形象再现了自己童年时期的经历,传达出当时向美国主流文化靠拢的主观愿望。在小说中,他还将这一事件上升到政治斗争层面,认为自己要去向自由的象征致敬,却戴着镣铐、受到专制统治,个体权利被践踏。⑤ 因此,他奋力抵抗,并赢得了人生中第一场重大的胜利。萨克斯通过这次斗争直接实践了自由女神像代表的民主、自由和平等精神。虽然他当时仅仅是一个六岁的孩子,却表现出了对美国价值观的高度认同。这种认同不是表面的、形式上的认可,而是一种深刻的、对美国政治文化意识的认同,代表了年轻的移民后代以美国社会局内人自居的身份定位。正如奥斯特自幼就认为自己是一个美国男孩一样,即使跟着父亲进了犹太餐馆,他也不碰里面的食物。⑥ 奥斯特把自己小时候对犹太传统的疏离和对美国身份的认同投射到了萨克斯身上,借此暗示在美国文化的主导作用下,外国移民的后代放弃了自我表征的权利。

成年后的萨克斯通过在作品中再现自由女神像的意象,以一种内省和

---

① Carsten Springer. *Crises:The Works of Paul Auster*,p. 166.
② Paul Auster. *Leviathan*,p. 242.
③ Paul Auster. *Leviathan*,p. 36.
④ Paul Auster. *Leviathan*,p. 37.
⑤ Paul Auster. *Leviathan*,p. 37.
⑥ 保罗·奥斯特:《孤独及其所创造的》,第 30 页。

先验的方式强化自己美国化的政治立场。基于美国从 1876 年到 1890 年的史实,萨克斯融事实和虚构于一体,撰写了历史小说《新巨人》(*The New Colossus*)。小说的名字与美国犹太女作家爱玛·拉匝鲁斯(Emma Lazarus)的诗歌《新巨人》(The New Colossus,1883)同名,这首诗正是镌刻在纽约自由女神像的底座上。萨克斯借此在小说中再现了自由女神像的意象,宣扬了拉匝鲁斯在《新巨人》中歌颂的美国民主、自由精神。身为客民的犹太人认为"美国建立在公正、解放、独立的原则之上"①,代表了"自由、民主、平等和共和主义"②。基于这一认知,他们历尽千辛万苦来到"应许之地",希望通过美国化实现民主与自由的政治梦。萨克斯通过将小说命名为《新巨人》演绎了犹太人与美国社会的关系,暗示出其对美国政治的理想化建构。特别是小说围绕以拉匝鲁斯为代表的犹太作家和以拉尔夫·爱默生(Ralph Emerson)、威廉·钱宁(William Channing)为代表的美国作家之间的交往展开。萨克斯通过想象"白头发的新英格兰作家与年轻的犹太诗人"③之间的友谊,引申了犹太作家与美国作家之间的互动关系,表达了同化、融合的思想。由此可见,萨克斯对美国政治的认知是以主体想象的方式展开的,通过从构想的关系中获得观念,再将这些观念投射到经验世界去,最终使先验与经验交互在一起,加强其政治立场的内省与反思气质。在《内心的报告》中,奥斯特说自己从小"被教导说美国的一切都是好的……这是自由之国、财富之国,每个男孩都可以梦想长大以后成为总统"④,因此,他童年时期对美国政治的认知基于被灌输的梦想而非实践。但需注意的是,先验的假设存在于小说与头脑中,而不是现实的世界框架中,因此不管是长大后的萨克斯还是童年时代的奥斯特,他们对美国的政治经验始终指向理想主义,而非现实主义。

在小说中,奥斯特根据自己在哥伦比亚大学读书期间因参与 1968 年的

---

① Asher Milbauer. "Eastern Europe in American-Jewish Writing," In *Handbook of American-Jewish Literature*: *An Analytical Guide to Topics*, *Themes*, *and Sources*. Lewis Fried, ed. Westport, Connecticut: Greenwood, 1988, p. 366.

② Sam Girgus. *The New Covenant*: *Jewish Writers and the American Idea*. Chapel Hill: The University of North Carolina Press, 1984, p. 3.

③ Paul Auster. *Leviathan*, p. 43.

④ 保罗·奥斯特:《内心的报告》,第 50 页。

学生抗议活动被关进监狱一夜①的经历设计了萨克斯因拒绝服兵役被关进监狱的情节，通过描写萨克斯对梭罗的崇拜和效仿表现其对美国政治的极端想象。叙述者"我"在谈到萨克斯的行为时说道："如果我要总结一下他对自己信仰的态度的话，就不得不提 19 世纪的超验主义思想家们。梭罗是他的偶像，如果没有'公民不服从'的例子，我怀疑萨克斯会那样做。"②萨克斯对梭罗的崇拜和效仿甚至达到了他留胡子也是"因为亨利·戴维曾经留过"③的程度。萨克斯把梭罗奉为人生的指南针，认为其非暴力反抗政府、追求个体权利与自由的行为是美国民主、自由精神的象征。作为美国政治传统的一部分，梭罗的政治思想已经成为美国主流文化精神的表现形式之一，对美国民族文化建构产生了巨大影响，这一点从萨克斯和奥斯特的行为方式上可窥一二。他们对梭罗的崇拜与效仿说到底是对美国政治文化的想象与认同，他们以这种极端的方式不断地从经验世界中提取指向美国民主、自由幻想的意向结构。

自由女神像作为一种纪念性的地理景观，时刻提醒美国人他们是共同体中的一员，这就像是一面集体的镜子，具有加强认知与身份认同的效果。对于以萨克斯和他的妈妈为代表的移民后代来说，自由女神像承载了他们对美国民主、自由精神的想象性建构，是其政治理想的物化象征。因此，在美国镜子的映射下，他们表达了渴望被美国社会同化的主观意愿。但是，正如列斐伏尔所说：

> 空间的可读性是最具有欺骗性和蒙蔽性的想象……比如这种纪念性的空间，它表面上体现并传达了一种理智的含义，但在表层之下却隐藏了更多的意味：政治、军事，或者说是一种法西斯主义的特质。在纪念性空间表面符号所传达的集体意愿和思想的下面隐藏了权力意志和权力的任意性。④

言外之意，以自由女神像为代表的纪念性空间表面上传达了民主、自由

---

① 保罗·奥斯特：《穷途，墨路》，第 35 页。
② Paul Auster. *Leviathan*，p. 29.
③ Paul Auster. *Leviathan*，p. 29.
④ Henri Lefebvre. *The Production of Space*. Donald Nicholson-Smith，trans. Oxford & Cambridge，Massachusetts：Blackwell，1991，p. 143.

和平等的精神理念,实际上代表了美国霸权秩序的权力意志。正如卡夫卡把自由女神像手中代表光明与自由的火炬换成了代表强权的利剑一样,他以此来揭示"美国持剑而生"①,用强权维持社会秩序的事实。奥斯特通过在《布鲁克林的荒唐事》中重申卡夫卡的这一观点,②表明与之相同的态度。反映在小说中,这种强权表现在美国利用自由女神像民主、自由的原则框架"围堵"各国移民的文化差异,构建同质性的抽象空间,使移民后代屈服于美国的主导文化,丧失自我的主体性。可见,这一时期的自由女神像表面上披着理想主义政治的外衣,实质上是美国权力意志运作的工具。

第二节　跌落自由女神像:美国政治理想的幻灭

　　抽象空间的同质化并不意味着不包含差异的成分,在其波澜不惊的表面下也蕴含了否定和颠覆的力量。早在萨克斯的妈妈带着儿子参观自由女神像的时候,作者就暗示了美国民主、自由精神的危险。在小说中,当萨克斯的妈妈以攀爬自由女神像的方式表达对美国社会的认同时,却在离火炬还有三分之一远的地方停了下来,"无论如何也走不到终点"③。奥斯特通过在小说中重现小时候与妈妈攀爬自由女神像的经历,暗示外国移民的后代无法融入美国社会的结局。萨克斯妈妈在自由女神像上的"哀号"④与她开始计划参观自由女神像时的热情形成了鲜明的对比,作者借此比较了移民后代美国化的主观愿望与无法彻底同化的客观现实。对于妈妈的经历,萨克斯说道:"自由是危险的,如果你不小心,它会要你的命。"⑤奥斯特借萨克斯之口暗示了当权者消解外国移民文化差异,使其放弃本民族文化身份的危险。

　　伴随着萨克斯妈妈的哀号,美国用民主、自由的原则框架搭建起来的抽

---

　　① J.希利斯·米勒:《共同体的焚毁:奥斯维辛前后的小说》,陈旭译,南京大学出版社,2019,第86页。

　　② 在《布鲁克林的荒唐事》中,奥斯特重申了卡夫卡的论述:自由女神像手里高举的不是火炬,而是一支指向天空的利剑。

　　③ Paul Auster. *Leviathan*,p. 38.

　　④ Paul Auster. *Leviathan*,p. 39.

　　⑤ Paul Auster. *Leviathan*,p. 39.

象空间表面出现了裂痕。当萨克斯在小说《新巨人》中传达出同化、融合的思想和对美国民主、自由精神的追捧时,他同样表达了"对美国的愤怒,对其虚伪政治的愤怒"①。也就是说,萨克斯在认同美国政治理念的同时,也意识到了其隐含的问题。更具讽刺意味的是,当萨克斯因为追随梭罗的政治信仰,即美国主流的政治文化精神而被关进监狱时,他没有受到公平的待遇,反而遭到非人的虐待:"随意的鞭打,持续的骚扰和威胁,甚至还有同性恋的强奸。"②出于对美国民主、自由精神的执着追求被关进监狱,却被现实的不公正待遇击碎了所有政治幻想。奥斯特通过描写理想与现实的反差折射了萨克斯内心的痛苦和绝望,他成了"一个背负秘密的人"③。但汉松在分析身份认同与身份政治时,认为"寻求尊严与肯定,是身份政治的动力基础;谋求平等而不得,则是身份政治转向仇恨政治的原因"④。奥斯特通过描写萨克斯因个人价值没有得到美国社会认同而日益加剧的挫败感与疏离感,暗示了其将从身份政治转向仇恨政治的变化。这呼应了作者在《冬日笔记》(*Winter Journal*,2012)中对美国社会恶与蠢的怨念,"反对右翼之兴盛,经济之不公,对环保之轻忽,基础建设的崩塌,无意义的战争"⑤,表明对美国政治黑暗面的批判立场。

抽象空间中第一道真正意义上的裂缝出现在萨克斯跌落之后,这次跌落代表了萨克斯对美国理想主义政治信仰的崩塌。1986年7月4日,为了纪念自由女神像落成一百周年,萨克斯和朋友们一起举办了庆祝晚会。在这次聚会上,萨克斯从自由女神像对面公寓楼四楼的安全出口处跌落。作者安排萨克斯跌落的时间节点寓意深刻,叠加了自由女神像落成一百周年纪念日和美国独立日的双重含义,也就是说当大众借助这一特殊节日再次确认自己作为美国公民的身份认同,并沉浸在关于"民主、自由、平等"的共同记忆与"将来过上更好生活"的希望中时,⑥萨克斯却失足跌落高楼,打断了这一纪念性时间的先在性与延续性。奥斯特利用

---

① Paul Auster. *Leviathan*, p. 44.
② Paul Auster. *Leviathan*, p. 96.
③ Paul Auster. *Leviathan*, p. 96.
④ 但汉松:《跨越"归零地":21世纪美国小说研究》,北京大学出版社,2022,第229页。
⑤ 保罗·奥斯特:《冬日笔记》,第143页。
⑥ Paul Auster. *Leviathan*, p. 242.

时间的突然断裂暗示"美国违背了这些原则"①，并反讽公众关于自由女神像的集体记忆与情感共鸣。除此之外，奥斯特还特意强调了自由女神像的空间位置，"位于我们的左边"②，说明萨克斯是在自由女神像的注视下跌落下来的。这一空间关系的设置，与萨克斯六岁时参观自由女神像、实践美国民主与自由理念时的空间运动形成了鲜明的对比。当时自下而上的攀爬变成了现在自上而下的跌落，这一空间换位暗示出萨克斯倾注在自由女神像上的崇拜之情已经消散和溶解，其对美国的政治理想也幻灭了。萨克斯政治梦的破灭反映了奥斯特政治观的变化。奥斯特在成年后逐渐意识到"美国不是民主国家"③。之后，他开始发表抨击美国资产阶级哲学体系的言论，转而参加共产党聚会，并阅读马克思的著作。从被灌输美国是天堂的政治理念到认清美国社会的虚伪本质，奥斯特和小说中的萨克斯一样，也经历了政治思想上的顿悟，他以萨克斯跌落自由女神像的极端方式喻指自己政治梦的破灭。

奥斯特通过描写萨克斯政治理想的幻灭暗示美国社会环境的变化，这意味着随着时间的推移，自由女神像的象征意义发生了变化。1951 年，萨克斯参观自由女神像时，美国正处于战后的复苏期，其宽松的移民政策在一定程度上为移民及其后代的生存与发展提供了有利条件，提升了他们的生活水平。因此，这一时期的移民及其后代普遍视美国为自己的家园，把自由女神像当作美国民主、自由精神的化身。这也是小说中萨克斯的妈妈急切地带着儿子向以自由女神像为代表的美国政治共同体表示认同的原因。但是到了 1986 年，美国社会呈现出了另一番面貌。奥斯特在小说中描述了20 世纪 80 年代美国恶劣的政治环境，特别是这一时期美国的政治策略具有鲜明的基督教色彩和反犹特点，④这正是以奥斯特为代表的美国犹太人极度恐惧和警惕的事情。基于此，奥斯特在小说中说作为美国象征的自由

---

① Paul Auster. *Leviathan*，p. 242.
② Paul Auster. *Leviathan*，p. 121.
③ 保罗·奥斯特:《穷途，墨路》，第 24 页。
④ 在美国 20 世纪 70 年代中后期，社会上的新保守势力特别活跃，其中最强大的就是跨党派的新右派。他们反对自由主义运动，对共产主义深恶痛绝，其特点之一就是宗教色彩浓厚。"这些宗教右派组织抛弃美国政教分离传统，认为教士必须参与政治，向邪恶势力宣战，把美国变为一个基督教国家。"（详见刘绪贻等:《美国通史（第六卷）:战后美国史 1945—2000》，人民出版社，2008，第 496 页。）

女神像发生了扭曲和变形。① 言外之意,畸形的自由女神像不仅代表了美国价值体系的崩塌,②还具有了反犹意味,这正是萨克斯跌落的深层原因。正如他在发生意外之后所说:"我是故意这样做的……我不想活了……那天晚上我爬上栏杆就是为了自杀。"③从某种程度上说,是美国社会的堕落现实导致了他的自杀行为,也诱发了他与美国主导的政治文化范式的决裂,自此统治与服从的二元结构土崩瓦解。

第三节　毁灭自由女神像复制品:美国政治的犹太化

在小说中,奥斯特通过强调萨克斯与父亲之间的"强有力的联系"④,指出萨克斯挣脱美国霸权秩序束缚的根本原因在于其犹太人的身份属性。萨克斯的父亲是一名犹太社会主义分子,在 20 世纪 30 年代经常组织工会活动和参与工人运动。萨克斯对父亲的行为颇为认同并引以为荣。⑤ 当萨克斯因为拒绝服兵役被关进监狱时,父亲也对儿子的行为表示了支持与肯定。"我为他所做的事感到骄傲。如果在这个国家中有更多像我儿子一样的年轻人,这个国家一定会变得更好。"⑥萨克斯与父亲之间的相互认同表明,萨克斯的政治立场潜移默化地受到了父亲一方代表的犹太政治文化传统的影响,只是他早期一味地沉湎于对梭罗代表的美国民主、自由精神的追求中,而没有察觉到这一影响。正如奥斯特在提到自己的犹太身份时所说,不知道从什么时候开始意识到自己是个犹太人,可能从一开始它就是自己的一部分。⑦ 可以说,在美国用民主、自由的原则框架建立起来的抽象空间中,早已埋下了犹太文化的异质种子。

萨克斯犹太意识的觉醒体现在他放弃梭罗的政治理念转向犹太知识分子的政治斗争上来。自从在自由女神像的注视下跌落之后,萨克斯决定作

① Paul Auster. *Leviathan*, p. 255.
② Brendan Martin. *Paul Auster's Postmodernity*, p. 200.
③ Paul Auster. *Leviathan*, p. 135.
④ Paul Auster. *Leviathan*, p. 30.
⑤ Paul Auster. *Leviathan*, p. 30.
⑥ Paul Auster. *Leviathan*, p. 30.
⑦ 保罗·奥斯特:《内心的报告》,第 60 页。

出改变。他说:"我想要离开书桌,做点什么。影子的时代已经结束了。现在我要步入真实的世界做点什么了。"①萨克斯的这番话表明,他正在从一名政治上的理想主义者转变为现实主义者,开始掌握自我表征的主动权。正如贝尔·胡克斯(Bell Hooks)在呼吁黑人进行斗争时所说,不要站在阴影里保持沉默,选择边缘发出反抗之声,②只有这样才能发现自我,建构自我的主体性。萨克斯响应了这一号召,他抗争的第一步就是刮掉自己的胡子。"这是个显著的变化,让他看起来像变了一个人似的。"③萨克斯的这一举动喻意丰富。在小说开始时,叙述者说萨克斯留胡子是因为梭罗留胡子,象征他对梭罗代表的美国民主、自由精神的崇拜。现在,萨克斯刮掉胡子,这预示其政治立场发生变化。联系到后来他在犹太知识分子亚历山大·伯克曼(Alexander Berkman)④的影响下走上毁灭自由女神像复制品的道路,由此推断,萨克斯从对美国政治的幻想中醒悟过来,转向犹太现实主义运动上来,通过选择犹太人的斗争方式重构自己的政治立场。

奥斯特在表现萨克斯犹太政治自觉的基础上,利用他毁灭自由女神像复制品的行为进一步展现了其政治信仰的犹太化。这首先体现在他从非暴力不合作的斗争方式转向暴力斗争的方式。萨克斯之前推崇的梭罗代表美国政治理想中和平革命的理念以及消极抵抗的原则。这一理念的提出为摒弃变革中的杀戮和血腥创造了可能,标志着人类文明的进步。但在面对美国 20 世纪 80 年代右翼势力的强硬态度时,这种怀柔的策略就显得力不从心了。这也是小说中萨克斯越来越被边缘化、被排斥在社会主流之外的原因。但从犹太知识分子伯克曼的身上,萨克斯认识到:"特定形式的政治暴力斗争也有其道德合理性……如果运用得当,就能够启蒙大众看清制度权力的本质。"⑤萨克斯指出了伯克曼暴力斗争的合理性和有效性,而这种斗

---

① Paul Auster. *Leviathan*, p. 137.

② Bell Hooks. *Yearning*: *Race*, *Gender*, *and Cultural Politics*. New York and Abingdon, Oxon: Routledge, 2015, p. 152.

③ Paul Auster. *Leviathan*, p. 138.

④ 亚历山大·伯克曼是一名犹太知识分子、无政府主义者。他出生于俄国,十八岁时移民到美国。1892 年,宾夕法尼亚钢铁厂工人罢工,卡内基公司董事长亨利·弗里克(Henry Frick)出动该州国民警卫队予以镇压,向手无寸铁的工人开火。二十岁的伯克曼挺身而出。他长途跋涉,赶到卡内基公司,连开三枪射击弗里克,希望铲除资产阶级压迫的代表。弗里克死里逃生,伯克曼被判处了二十二年徒刑。服刑十四年后,伯克曼出狱并继续参与政治运动。(详见欧文·豪:《父辈的世界》,第 104 页。)

⑤ Paul Auster. *Leviathan*, p. 252.

争方式具有鲜明的犹太特色。正如哈依姆·贝尔蒙特（Chaim Bermant）所说："革命几乎是一种犹太现象。在当代，没有一个民族比犹太人为革命而耗费更多的精力……许多左翼思想家或政治家……被误认为是犹太人。"①贝尔蒙特的话说明犹太人有悠久的革命传统，支持主张公平正义的社会运动，如他们积极参加美国 20 世纪的社会主义运动和黑人民权运动等，为推动社会进步发挥了巨大作用。奥斯特也曾发表过关于政治与革命的论述，认为"美国的被压迫阶级没有起身反抗，是因为爱国主义的迷思让他们觉得自己并未身受压迫"②，从而间接表明了自己呼吁革命与抗争的态度。小说中萨克斯从消极抵抗到暴力斗争的转变正是继承了犹太人的斗争方式，他希望通过宣扬犹太人的斗争传统与精神来弥补美国政治中的和平主义思想，唤起人们对当前政治局势的认知。正如他在给媒体的留言中所说："……民主不是靠别人施舍的，是靠每天的斗争争取来的，否则我们会有失去它的危险。"③萨克斯明确指出了斗争在争取民主、自由权利中的重要性，希望以此来唤醒美国大众的政治意识，重建民主、自由的基本原则。但需要注意的一点是，萨克斯的暴力对象是自由女神像复制品，而不是无辜平民，这说明他的暴力斗争是基于美国教育洗礼后产生的犹太知识分子立场，而不是针对平民、以流血牺牲为目的的极端恐怖主义行为。因此，他的抗争既带有西方的人文主义色彩，又具有犹太人的斗争特色。

　　萨克斯政治信仰犹太化的另外一个显著标志是把犹太政治斗争中的社群内涵和共同体感注入偏重个人主义的美国精神当中。梭罗始终坚持以个体为中心，认为个人的生活高于社会和国家。他不相信任何组织和集体，甚至认为个体与社会是相互否定的关系。虽然梭罗的这一理念关注了个体的权利与自由，但却忽略了其作为社会共同体中一员的事实，而这正是强调集体主义精神的犹太政治文化特别重视的一点。在小说中，萨克斯既表现出美国主义中对人个性的关怀，又秉承犹太人的集体主义原则，认为："每个人都是独立的个体……但是我们相互依存。"④正是基于这种社群意识，萨克

① 哈依姆·贝尔蒙特：《犹太人》，第 202 页。
② 保罗·奥斯特：《内心的报告》，第 190 页。
③ Paul Auster. *Leviathan*，p. 243.
④ Paul Auster. *Leviathan*，p. 243.

保罗·奥斯特小说中的空间书写

斯制造的炸弹都是二十分钟之内爆炸的小炸弹,以"保证无人受伤"为前提。[1] 也就是说,萨克斯的暴力斗争始终把人的生命当作捍卫的界限、以对社会共同体中其他成员负责为前提,而不是一味地宣扬个人的权利与自由。他的反抗拒绝死亡与荒诞,体现了对人的尊严和价值的确认,延续了奥斯特对"被社会准则打压的、逐出家园的落魄失败者"[2]的良知与同情,是朝向共同福祉的个体行动,昭示了共同体精神。萨克斯通过在美国个人主义理念中增加犹太社群意识,建立起政治斗争中个体与社会集体之间的关联,为美国社会争取个体权利与自由的斗争树立典范,弥补美国政治思想中共同体精神不足的缺陷。

伴随着美国各州自由女神像复制品接二连三地发生爆炸,萨克斯把犹太人的政治智慧扩散到了美国各处,自由女神像的象征意义再度发生了变化。萨克斯爆炸的对象是自由女神像的复制品,而不是自由女神像本身,这说明萨克斯的目的不是要彻底摧毁美国的政治信仰,用犹太政治理念取而代之,毕竟他根植于美国的社会文化中,而犹太人的自由主义传统与美国的民主、自由制度在历史、政治、宗教等多个层面上相互契合和影响,这构成了犹太人在美国生存与发展的基础。他是想用毁灭自由女神像复制品的行为把犹太人暴力斗争的方式和其中蕴含的犹太人的社群意识注入美国的政治传统中,补充美国主义中消极抵抗和以个体为中心的思想,从而形成两种政治文化共通、互补的局面。正如萨克斯在留言中所说:"如果你不想让更多的自由女神像复制品被炸毁,那就向我证明你不是一个伪君子。"[3]萨克斯希望用犹太人的政治智慧解决美国社会现实中的问题,"帮助美国审视自我、改过自新"[4],他的落脚点是犹太文化与美国社会的关系。正是这一点为其赢得了美国大众的理解与认同。"一部分人公开宣称支持萨克斯的行为。他的炸弹没有伤到任何人,他们说,如果这些毫无杀伤力的炸弹能够让人们重新思考自己对待生活的态度,那么这也是个不错的主意。"[5]美国人认识到萨克斯与恐怖分子不同,他是在用犹太人的政治理念和斗争方式帮

---

① Paul Auster. *Leviathan*, p. 261.

② 保罗·奥斯特:《穷途、墨路》,第11页。

③ Paul Auster. *Leviathan*, p. 243.

④ Paul Auster. *Leviathan*, p. 244.

⑤ Paul Auster. *Leviathan*, p. 244.

助美国社会重新走上正轨。奥斯特认为，"美国幅员辽阔，持这一观点的人绝不会是少数"①。美国大众对萨克斯的接受和认同意味着他们对萨克斯代表的犹太政治观的接受和认同，这暗示了犹太政治信仰正逐步在美国社会范围内被接受、融汇进美国的现有观念中来。伴随着犹太政治从边缘走向中心，奥斯特说道："他引起了大地深层的震动，这股浪潮正在涌向表面，触动大地的各个角落……当我步行在这座城市里时，我甚至能感受到我脚下的人行道也在颤动。"②这句话表明，犹太政治信仰给美国社会带来新的思想文化资源，正在改造美国社会的精神和政治风貌。因此，这一时期的自由女神像代表了"犹太人群体的精神气质与美国主义"的结合，即"犹太人的美国主义"③预示了一种新的政治文化秩序的诞生。

伴随着美国社会犹太差异政治的出现，奥斯特描写了萨克斯犹太文化身份的再定位，以此来指涉一种新的身份政治选择模式。迈克尔·基斯（Michael Keith）和史蒂夫·派尔（Steve Pile）认为，身份与其存在的语境紧密相关，没有身份可以脱离语境独立存在。④ 言外之意，身份与空间及空间中发生的行为有关。这也就是为什么施普林格认为，萨克斯的政治斗争关系到他的身份问题。⑤ 在小说中，萨克斯通过炸毁自由女神像的复制品——美国霸权秩序的空间化表现，选择了作为反抗之所的边缘。这是萨克斯内在的、自主的行为，而不是依据美国霸权秩序的反应做出的决定。这是对中心与边缘、统治与服从的二元等级制的一个打击："边缘拒绝被摆布成他者。"⑥正如他在做出这一决定后所说："我的生活似乎又有意义了……就像一个人找到了自己的宗教信仰，听到了内心的呼唤。"⑦萨克斯通过选择犹太人暴力斗争的方式开启了建构犹太人政治文化身份的关键一步：颠覆美国霸权秩序的中心地位，主张犹太人自己的主体性权利。在短短几个

---

① Paul Auster. *Leviathan*，p. 243.

② Paul Auster. *Leviathan*，p. 245.

③ 孙晓玲：《自由主义与犹太复国主义之辩》，《宗教与美国社会》，2013 年第 2 期，第 30 页。

④ Michael Keith and Steve Pile. "Introduction Part 2：The Place of Politics," In *Place and the Politics of Identity*. Michael Keith and Steve Pile，eds. London and New York：Routledge，1993，p. 28.

⑤ Carsten Springer. *Crises：The Works of Paul Auster*，p. 166.

⑥ Edward Soja and Barbara Hooper. "The Space That Difference Makes：Some Notes on the Geographical Margins of the New Cultural Politics," In *Place and the Politics of Identity*. Michael Keith and Steve Pile，eds. London and New York：Routledge，1993，p. 190.

⑦ Paul Auster. *Leviathan*，p. 256.

月的时间里，"自由的精灵"成了各大社论和演讲的主题。"人们在收音机的脱口秀节目上讨论他，把他画成政治卡通人物，指责他威胁社会，颂扬他是民族英雄……"①萨克斯重新唤起人们对民主、自由的讨论和思考，逐渐从边缘走向中心，成为公众关注的焦点。作者说："自由的精灵正在成为这个国家秘密的民族英雄。"②这意味着萨克斯占据了一个同时既是边缘又是中心（同时又双方都不是）的位置，③一个瓦解了中心与边缘的二元结构后经过重构并获得中心地位的边缘地带，即身份选择的第三空间。在这里，萨克斯从最初那个被动、屈从的主体转变为一个主动、创造性的主体，从由权力造成的主体成长为一个与之抗争的主体，最终重构犹太人的主体性，实现了犹太文化身份的再定位。正如奥斯特所说，萨克斯"正在留下某种痕迹，这种痕迹比他所能想到的要伟大得多"④。奥斯特借此暗示萨克斯塑造了一种新的身份政治选择模式，为当代美国犹太人的身份建构提供了参考。

从对美国政治的想象性建构，到政治理想破灭，再到犹太化美国政治，奥斯特借萨克斯政治立场的变化表明了当代美国犹太人的政治观：通过将犹太人的政治理念补充进美国主义的思想框架中，促进两种政治文化的交流、互动，使之融会贯通成一种新的政治文化秩序，为在美国社会建构一个容许犹太人自我表征的共同体打下基础，重塑当代美国犹太人的身份政治。奥斯特在小说中积极地探索犹太文化与美国社会的互动关系，希望从犹太传统中寻求解决当代美国社会问题的办法，这充分体现了当代美国犹太作家的政治文化自觉与历史担当。

---

① Paul Auster. *Leviathan*，p. 263.
② Paul Auster. *Leviathan*，p. 243.
③ 爱德华·W. 索杰：《第三空间：去往洛杉矶和其他真实和想象地方的旅程》，第 123 页。
④ Paul Auster. *Leviathan*，p. 263.

第五章　爱伦·坡故居与边界观

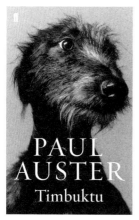

在《海怪》之后,奥斯特发表了《在地图结束的地方》。这部小说与奥斯特其他作品的不同之处在于,小说的叙述者是主人公威廉·古尔维治①的爱犬骨头先生。奥斯特在解释为什么从一条狗的视角来讲述故事时说道:"这样可以通过他表达出我们都能感受到的那种纯粹而又强烈的情感。"②这种"纯粹而又强烈的情感"可以理解为,在小说中,骨头先生作为家庭成员,与威廉一家生活了七年,他十分熟悉这家人的经历和性格,以及他们之间的关系,同时也因为他是一条狗,所以能够客观地陈述事实和诚挚地抒发情感。正如小说所述:"在过去的七年中,他一直听这些故事。难道他还没有资格成为关于这个话题的世界性权威人士吗?"③奥斯特从动物的视角出发表达思想感情的叙事目的显而易见。

骨头先生作为小说的叙述者,同时也是主人公威廉最亲密的伙伴,在陪伴主人流浪多年之后,来到了威廉生命的终点站——爱伦·坡故居。爱伦·坡故居是小说中最重要的空间意象之一,不仅代表美国(Poeland)——威廉生活的国家,还指向波兰(Poland)——威廉的故乡,也是他的犹太祖先生活的地方。可以说,爱伦·坡故居代表了二者的交界地。在《第三空间:去往洛杉矶和其他真实和想象地方的旅程》(*Thirdspace*:

---

① 威廉·古尔维治是这部小说主人公的本名,后来他把自己的名字改成了威利·基·圣诞。
② Aliki Varvogli. *The World That Is the Book*:*Paul Auster's Fiction*, p. 161.
③ 保罗·奥斯特:《在地图结束的地方》,韦玮译,浙江文艺出版社,2008,第12-13页。

Journey to Los Angeles and Other Real-and-Imagined places，1996）中，索杰引用了格洛丽亚·安扎尔都娅（Gloria Anzaldúa）对边界诗学的探讨。她认为边界是一个大开放空间，当两种以上的生活、身份、文化和精神契合在一起，当不同种族、民族、阶层和性别的人碰撞到一起时，边界就诞生了。奥斯特利用 Poe-land 与 Poland 同音异义的特点，将爱伦·坡故居塑造成美国主义与犹太传统的交叉地带，从生活、身份、文化等多个方面阐述了边界的含义。

第一节　犹太家庭生活与美国社会生活的交叉：边界身份建构

在小说中，威廉从小在两种生活之间长大：一种是犹太家庭生活，另一种是美国社会生活。威廉的家庭空间具有鲜明的犹太色彩。骨头先生感到"这所房子里弥漫着酸楚和绝望的气息"，原因是"想想这个家庭来到美国之前所经历的那些事情"。[①] 房子作为接受时间洗礼的物质存在，保留了过去的记忆。即使在新房子里，过去的一切也在这里积聚。正如巴什拉所说："房子是保证人类思想、记忆和梦想完整性的伟大力量之一。"[②]对于威廉一家来说，他们现在生活的空间里仍然保存着他们和他们的祖先之前经历的痕迹。

威利的祖父母和外祖父母住在华沙和罗兹，从一九一〇年到一九二一年，他们共养育过七个子女，威利的父母是唯一幸存下来的一对。只有他们两个的前臂上没有被文上数字，也只有他们两个最终幸运脱逃。但这并不意味着他们往后的一切一帆风顺。骨头先生曾经听过许多让他毛骨悚然的故事。有一次，他们在华沙一个狭小的阁楼里藏了整整十天。还有一次，他们从巴黎步行到南方的自由区去，花了一个月的时间，睡在稻草堆里，靠偷鸡蛋吃才勉强活了下来……当威利的父母在一九四六年抵达布鲁克林的时候，他们开始的不是一段劫后余生的新生活，而是两个死亡之间的短暂间隔。威利的爸爸曾经是波兰一名年轻有为的

---

① 保罗·奥斯特：《在地图结束的地方》，第 10 页。
② Gaston Bachelard. *The Poetics of Space*，p. 6.

律师,现在却不得不从一个远房堂兄那里讨来一份工作,从此就在地铁第七大道站和西二十八街的一个纽扣工厂之间来回奔波了十三年。第一年,威利的妈妈靠在家里给一些犹太小孩上钢琴课来补贴家用,但一九四七年十一月的那个早上,这一切都结束了。威利从她的胯下伸出小脑袋来,并且出人意料地活了下来。①

从第二次世界大战爆发到移民美国初期,再到现在,时间在这所房子里压缩、累积。房子里"酸楚""绝望"的气息代表了第二次世界大战时期犹太人的惨痛经历和他们移民美国后的艰难生活。可以说,威廉一家现在生活的房子里保存了他们对犹太人历史的记忆,他们生活的空间是犹太人的空间,房子象征了犹太人的经历与身份。在这一空间里,威廉面对的是犹太文化的影响,这一影响直接来源于他的父母。"父亲对他来说一直像个谜,经常在整整一星期的沉默之后突然大发雷霆。他不止一次地因为一些微不足道的小错误对威利拳脚相加。"②在父亲去世后,威廉与妈妈相依为命。"和她在一起谈不上开心,不过至少她本分,而且很爱威利,这爱正好补偿了后来一段时期他对威利的唠唠叨叨给威利造成的烦恼。"③威廉的父母是第二次世界大战的犹太幸存者,父亲事业不顺、脾气暴躁的形象与母亲为家操劳、用爱支撑全家的形象形成鲜明对比,这正是犹太作家作品中典型的父亲和母亲形象。欧文·豪(Irving Howe)在《父辈的世界》(*World of Our Fathers*,1976)一书中,描写了东欧犹太家庭移民到美国后,父母亲角色发生的变化。犹太父亲承受了过度的重负,他们事业不顺,家庭地位急剧下跌,犹太家庭的权力逐渐移向母亲一方。犹太母亲保持了平静、稳定的心态,默默地忍受苦难、奉献家庭,她们正在变成高大的人物,激励、鞭策自己的子女。小说中,奥斯特对威廉父母形象的刻画,体现了欧文·豪对东欧犹太家庭来到美国后父母角色变化的描写,④说明威廉从小在象征犹太人经

① 保罗·奥斯特:《在地图结束的地方》,第 10-11 页。
② 保罗·奥斯特:《在地图结束的地方》,第 12 页。
③ 保罗·奥斯特:《在地图结束的地方》,第 13 页。
④ 在欧文·豪的笔下,犹太父亲在新的环境中"遭到社会地位和自我感觉上的惨跌",因此,"许多犹太父亲的被逐和耻辱,一向是英语和意第绪语小说的一大主题"。(详见欧文·豪:《父辈的世界》,第 166 页。)"母亲常常成为家庭的情感中枢,大家都来寻求慰藉的唯一人物,她可以安然除去各种紧张不安。每当社会要求严加管束时,总可以有一个约定俗成的感情流露渠道。在东欧犹太人中间,母亲就是这个渠道。"(详见欧文·豪:《父辈的世界》,第 165 页。)

保罗·奥斯特小说中的空间书写

历与身份的空间中长大,接受犹太家庭生活的影响。

虽然威廉的家庭生活具有鲜明的犹太色彩,但是他周围的社会空间却是典型的美国范式。

> (他)白天在街上玩曲棍球,晚上躺在被窝里看《疯狂》杂志,喜欢听巴迪·霍利和"大爵士人"。他父母完全不懂这些玩意,而威利根本不在乎那些,因为在那个阶段,他的人生目标就是向自己证明他们根本不是自己的亲生父母。他发现他们完全是异乡客,过着极其尴尬的生活,波兰口音和矫揉造作的外国做派让他们显得格格不入。威利不假思索地认为自己活下去的唯一办法就是处处与他们作对。当他的父亲在四十九岁死于心脏病时,威利的悲伤被一种隐秘的解脱感消融了。①

威廉的父母作为移民的一代,虽然来到了美国,但他们的"波兰口音"和"外国作派"表明他们仍然坚守着本民族的传统和生活方式;而威廉作为第二次世界大战后在美国出生的新一代犹太人,没有经历父母所遭受的第二次世界大战磨难以及他们移民美国初期的艰苦生活,不仅缺乏对犹太文化的认同,而且在以"曲棍球""《疯狂》杂志""摇滚"等为代表的美国文化的影响下,他为父母的外国口音和做派感到尴尬,希望尽可能地抛弃所有能够代表本民族传统的事物,拥抱美国文明。对威廉来讲,犹太家庭代表了一种束缚,所以他来到街头——一个崭新的社交领域,代表了自由和摆脱犹太父母的种种负担,玩作为美国人标志的曲棍球;即使在犹太家庭里,他也营造了属于自己的私人空间——他在被窝里看美国杂志、听音乐。最终,在周围铺天盖地的美国文化符号的影响下,"威廉成长为一个美国人"②。正如哈依姆·贝尔蒙特所说,即使移居美国的犹太人"没有向新的文化表示屈服,他们的孩子却几乎完全'屈服'了"③。在美国社会空间的影响下,威廉接受了美国式的教育。

威廉·古尔维治从小在两种生活之间长大:犹太家庭生活和美国社会生活。他骑跨在犹太家庭与美国社会的边界上,逐渐成长为一个边界人。

---

① 保罗·奥斯特:《在地图结束的地方》,第12页。
② 保罗·奥斯特:《在地图结束的地方》,第11页。
③ 哈依姆·贝尔蒙特:《犹太人》,第6页。

安扎尔都娅在探讨边界诗学时说自己是一个边界女人,在两种文化之间长大:"一种是带有浓重印第安影响的墨西哥文化,一种是作为我们自己领土殖民民族之一的盎格鲁文化。"①她用边界人的概念表达了自己的双重身份与人格。小说中的威廉也在犹太家庭与美国社会生活的影响下徘徊在两种文化之间。

在美国文化的影响下,威廉想要通过改宗融入美国的社会空间。一个在电视中出现的圣诞老人的形象改变了威廉的命运。威廉认为:"他是真正的圣诞老人,是世间所有精灵和妖精的唯一的主。他前来布道,宣扬善良、慷慨和自我牺牲。"②在圣诞老人的教育下,威廉认识到"圣诞节是真实的。除非他开始真正接受圣诞节精神,否则就不会有真理,也不会有幸福。从现在起,他一生的任务就是:每天传达圣诞的讯息,不求回报地将爱给予这个世界"③。威廉的这一决定意味着他要抛弃犹太信仰,接受基督教精神。为了达到这一目的,他先是把自己的名字威廉·古尔维治改成了威利·基·圣诞,接着又在右臂上添上了一个圣诞老人图案的文身。威廉想要通过改名和文身的方式实现改宗。

但是,威廉的改宗是不是意味着他已经摆脱了犹太文化的影响了呢?在小说中,对于改宗后的威廉,奥斯特写道,威廉这个人是变了还是没变呢?"他真的成了另一个人了吗?⋯⋯一个诚实的回答是'是'也是'不是',或者,两者都有一点。"④显然,奥斯特在此已经给威廉的改宗下了结论,即他的改宗是不彻底的。一方面,改宗后的威廉以圣诞老人的使者自居,助人为乐。

> 比如说,在一九七二年,他冒着生命危险救了一个溺水的四岁小女孩。一九七六年,在纽约的西四十三街区,他保护了一个受暴徒攻击的八十一岁老人——而他肩膀上挨了一刀,腿上中了一枪。不止一次,他把他最后的钱全部给了他某个倒霉的朋友,他让那些失恋者和悲伤的人在他怀中痛哭。那几年,他还挽救了想要自杀的一个男人和两个女人。⑤

---

① 爱德华·W.索杰:《第三空间:去往洛杉矶和其他真实和想象地方的旅程》,第163页。
② 保罗·奥斯特:《在地图结束的地方》,第18页。
③ 保罗·奥斯特:《在地图结束的地方》,第19页。
④ 保罗·奥斯特:《在地图结束的地方》,第22-23页。
⑤ 保罗·奥斯特:《在地图结束的地方》,第23页。

在圣诞老人宣讲的"自我牺牲"精神的影响下,威廉选择了无条件地奉献、付出。特别是在每年的圣诞节这天,"不管多累也不管宿醉多难受,威利都会爬起来穿上他圣诞老人的衣服,到大街上去晃一整天,给别人送去希望和欢乐"①。对威廉来讲,圣诞节不是假日,而是工作日。他通过这种方式表示对教父的尊重,也是以此来纪念自己的改宗。威廉实践了基督教的精神,表现出对基督教的忠诚。但另一方面,骨头先生也发现,威廉与妈妈的差别比他以前估计的要小得多。威廉与古尔维治太太虽然经常意见不同,但他们的说话方式在本质上一模一样:"走来走去,东拉西扯,啰里啰唆,满篇虚词,外加吸气,傻笑和粗喘。"②威廉虽然为了摆脱犹太身份经常与妈妈作对,但他在无意识中继承了妈妈的说话方式,即犹太人说话的特点。也许威廉能说地道的英语,不像他的父母那样带有波兰口音,但犹太人的说话特点是无法改变的。威廉的语言特色说明他不可能摆脱犹太家庭的影响,被美国社会彻底同化。在两人的世界观上,古尔维治太太与威廉的区别"不在于一个是悲观主义者而另一个是乐观的,他们的区别在于一个人的悲观主义导致了懦弱,而另一个人的悲观主义使之粗暴地蔑视一切"③。奥斯特由此指出威廉继承了妈妈,即犹太人悲观主义的世界观,只是在表现方式上不同而已。犹太人总是认为自己是最后一代犹太人,面对最后的时刻,站在毁灭的边缘。因此,他们持一种悲观主义的世界观。第二次世界大战的苦难从根本上瓦解了古尔维治太太对这个世界的理解,如同韦克斯曼所言:"虽然许多幸存者重新拥有了家庭,建立了事业,感受到了快乐与成功,但他们中的大多数必须承受痛苦的回忆和噩梦、记忆的联想、对历史重演的恐惧以及丧失至亲的痛苦。"④古尔维治太太正是如此。关于死亡与谋杀的记忆已经烙印在了她的意识之中,对她的思想和行为而言,过去而不是现在起到了决定性的作用。她"明白这个世界总会和她过不去,因而她逆来顺受,尽她所能去避免受到伤害"⑤。古尔维治太太的遭遇决定了她在悲观中选择沉默,

---

① 保罗·奥斯特:《在地图结束的地方》,第 156 页。
② 保罗·奥斯特:《在地图结束的地方》,第 29 页。
③ 保罗·奥斯特:《在地图结束的地方》,第 13 页。
④ Zoë Vania Waxman. *Writing the Holocaust*:*Identity*,*Testimony*,*Representation*,p. 119.
⑤ 保罗·奥斯特:《在地图结束的地方》,第 13 页。

而没有经历这一切的威廉则桀骜不驯,"粗暴地蔑视一切"①。威廉表现出犹太人悲观主义世界观的另一面:愤怒、粗暴、激进。当他认为自己无法改变犹太人无路可走的历史命运时,就走向了改宗的极端,选择在悲观中爆发。对威廉来说,最具讽刺意味的是,"他对'犹太性'的拒绝也代表了一种认同"②。他的改宗反而突显了其犹太人悲观主义的精神气质,更加证明了他的犹太身份和改宗的不彻底性。

在小说中,威廉虽然改信了基督教,但他的说话方式和世界观仍然体现了犹太人的特质,反映了犹太传统与文化的影响。在犹太家庭与美国社会生活的边界上,威廉游移在美国身份和犹太身份之间。

边界世界既是交叉地,也是一个边缘地带。徘徊在两种身份之间的威廉既不能彻底融入美国社会空间,也不能完全被犹太社区接纳。威廉年轻时自命为圣诞老人的使者,冒着生命危险救助那些需要帮助的人,

> 时间的流逝并没有善待这个诗人……他的枪伤和刀伤以及健康的衰退使他丧失了灵敏,还有从前令人惊讶的逃跑绝技。陌生人打劫他,打他。他们在他睡着的时候踢他,把他的书烧掉,借他的病痛折磨他。当他又一次因为这种事进了医院,被打得头晕眼花,一只手臂骨折时,他意识到他要是再没什么防身术就活不了了。③

威廉改信基督教,并履行了圣诞老人的职责,把善与爱传递给这个世界,但他没有因为自己的一次次善举被美国社会接纳,反而遭受了不公正的待遇。这一点体现在威廉现在的落魄和其早年助人为乐形象的对比上。威廉就像是个"门外人",被排斥在美国主流生活建构之外,这意味着他融入美国社会空间的努力最终以失败告终。在犹太社区方面,当威廉把自己身上的圣诞老人图案给妈妈看时,古尔维治太太直接疯了。"她痛哭流涕,难以接受这个事实。并不是文身这件事情激怒了她(当然,这也是原因之一,因为文身为犹太教法律所禁止——更不要提文身在她的生命里是一个多么大的阴

---

① 保罗·奥斯特:《在地图结束的地方》,第13页。

② David Brauner. *Post-War Jewish Fiction*:*Ambivalence*,*Self-Explanation and Transatlantic Connections*,p.6.

③ 保罗·奥斯特:《在地图结束的地方》,第25页。

影），而是这个文身图案所代表的东西。"①古尔维治太太经历了第二次世界大战的苦难，威廉手臂上的文身直接勾起了她对德国纳粹在犹太人身上文上数字的记忆。古尔维治太太认为：

> 圣诞老人来自另一方，他属于长老教会和罗马天主教会，属于耶稣的崇拜者和犹太人的仇家，属于希特勒和其他不怀好意的一切。异教徒已经占据了威利的脑袋，要知道他们一旦爬进来，就决不会善罢甘休。圣诞节只是第一步。复活节也只是几个月的事情，到时候他们就会拖着十字架，谈论着谋杀，很快，纳粹突击队就会来砸开大门。她看到了儿子手臂上文的圣诞老人标记，但在她看来，那就是一个纳粹的十字记号。②

古尔维治太太把威廉手臂上的文身与纳粹的十字记号等同起来，坚信威廉正在一步步地走向犹太人的敌人。这最终导致了古尔维治太太的"伤心之处"，"一个折磨她的心病"，那就是"他们绝不会允许他葬在一块犹太人公墓里"，"他绝不会躺在父母身边安息"。③ 对古尔维治太太来讲，犹太墓区象征了犹太身份，代表了犹太人永恒的家园。"虔诚的犹太人捍卫作为他们安息之地的土地，即犹太人墓区。"④犹太民族作为一个漂泊流浪的民族，居无定所、颠沛流离，因此大部分犹太人认为他们与土地的长久关系是建立在作为安息之地的犹太墓区上。正因为如此，犹太人看重自己是否能安葬在犹太墓区，这俨然成为检验犹太人身份的标准，也代表了他们能否永远厮守在犹太人永恒的家园里。古尔维治太太默认作为犹太人的威廉最终会被安葬在犹太人的公墓，但威廉的文身行为等于直接否认了自己的犹太身份，把自己从犹太社区中隔离出去。古尔维治太太对威廉死后无法葬在犹太人墓区的担心表明，威廉已经不为犹太社区所接纳。

改宗后的威廉一方面无法回归到犹太社区中，他选择主动抛弃犹太民族，却仍然保留了犹太人的特质；另一方面他也不能彻底融入美国生活空间，美国社会并没有接受他，但他改信了基督教。威廉成了一个"被解中心

---

① 保罗·奥斯特：《在地图结束的地方》，第 20 页。
② 保罗·奥斯特：《在地图结束的地方》，第 20 页。
③ 保罗·奥斯特：《在地图结束的地方》，第 28 页。
④ Sol Liptzin. *The Jew in American Literature*. New York：Bloch Publishing Company，1966，p. 197.

的主体"①,处于后现代文化的边界世界中。

　　处于边界世界中的威廉选择了"流浪—归来—流浪"的生活方式。1970年,当威廉开始流浪生活时,"……这个国家到处都是逃学和离家出走的孩子、长发的新空想主义者、头脑不正常的无政府主义者和瘾君子……不管旅途把他带到哪儿——匹兹堡或普拉茨堡,波卡特洛或博卡拉顿——他都尽量找那些谈得来的人作伴"②。在美国反正统文化运动③的影响下,威廉选择离开家走向社会。威廉的这一选择意味着他想要挣脱犹太家庭空间的束缚,融入美国社会空间。但是,到了冬天的时候,他又"回到了那个老窝"④。威廉在离家出走一段时间后又回到了布鲁克林的房子里。房子作为居住的空间,具有家的本质,寄托了人们的依恋。正如巴什拉所说,房子是他们的"第一个宇宙,一个真正意义上的宇宙",而"真正居住的空间具有家的本质"⑤。威廉的回归表明,他仍然对自己的犹太家庭充满眷恋。在这里,威廉的生活不像在路上时那样,"节奏太慌张,情绪太散乱,分心的事情太多……"⑥相反,他得到了家的保护和温暖,外部世界的敌意和罪恶都无法侵犯到他,这是一种母亲似的关爱。房子不仅蕴含物质层面的含义,还包括精神领域的意味。在布鲁克林的房子里,威廉可以自由创作,"有时候,他一边写,一边自言自语,把写下来的句子都念出来,入境太深的时候他会大笑、咆哮甚至用拳头砸桌子"⑦。在家里,威廉的思想能够自由驰骋,精神可以获得彻底解放,因此他文思泉涌、佳作迭出。威廉在两种生活环境中的不同状态表明,他的成长和创作需要犹太家庭为其提供庇护,他无法真正地离开家,离开犹太人的生存环境。但是,对于威廉这种生活在美国文化和犹太文

　　① 爱德华·W.索杰:《第三空间:去往洛杉矶和其他真实和想象地方的旅程》,第165页。

　　② 保罗·奥斯特:《在地图结束的地方》,第24页。

　　③ 反正统文化运动是20世纪60年代美国青年在思想文化领域对正统价值标准的公开反叛和挑战,也是对战后社会主流文化的第一次大规模冲击。反正统文化运动汇聚了成分复杂的各种力量,但它们的共同点在于对美国正统文化的反叛性和它们的成员都是年轻人。这些青年大都否定现代资本主义社会的人的理性,转而追求人的本能、感觉和意识。他们既摈弃过去,又无意于未来,关注的只有现在,即现在的自我。最能反映反正统文化思想的生活方式是吸毒、摇滚乐和性解放。(详见刘绪贻等:《美国通史(第六卷):战后美国史1945—2000》,第337-342页。)

　　④ 保罗·奥斯特:《在地图结束的地方》,第27页。

　　⑤ Gaston Bachelard. *The Poetics of Space*, p. 4-5.

　　⑥ 保罗·奥斯特:《在地图结束的地方》,第31页。

　　⑦ 保罗·奥斯特:《在地图结束的地方》,第31页。

化边界上的人来说,一旦跨出了家的界限,"返回就变得问题重重"①。因为对边界人来说,他们已经无意识地接受了外来的思想与精神,在这种情况下,"家"就变成了"一个只能想象返回的地方"②,而不能真正地返回。所以,在这之后不久,威廉就带着骨头先生再次离家出走。对于从小骑跨在两种文化边界上的威廉来说,"家"所代表的犹太文化既能让他找到一种归属感,又会限制他的思想。正如迈克·克朗所说:"'家'被看作可以依附、安全,同时又受限制的地方。"③因此,"在这以后的十六年里,威利一直这样生活。他喜欢和妈妈生活上几个月,之后离开几个月,然后再回来"④。威廉的归来表明,他无法彻底放弃自己的犹太身份,而他的再次离去也说明他已经不能完全退回到犹太家庭生活空间中了。这种状态是一种"存在于家和世界之间的定位",一种"不受家羁绊的状态"(unhomeliness),但不是指无家可归(homelessness)。换句话说,这是一种"不受管辖的状况"和"跨文化的尝试"。⑤威廉成了一个具有"怀旧色彩"的人物。⑥骨头先生记得"他们曾经两次离开过布鲁克林,又两次回到布鲁克林"⑦。威廉生活在美国世界与犹太世界的夹缝中,他在这两个世界之间旅行,追逐着自己的身份,确认着自己的文化归属,其"流浪—归来—流浪"的生活模式象征了旅行者的身份。索杰在解释"旅行"的含义时说:

> ……处在美国的主流建构之外的人,大多数……是"世界旅行家",这是为了生存势所必然的……那些"世界"旅行者,都具有独特的经验来应变那些不同的"世界",来在其中确证……从一个人转变为另一个人,这就是……"旅行"……⑧

① Andrew Thacker. *Moving Through Modernity*:*Space and Geography in Modernism*. Manchester and New York:Manchester University Press,2003,p. 213.

② Andrew Thacker. *Moving Through Modernity*:*Space and Geography in Modernism*,p. 214.

③ 迈克·克朗:《文化地理学》,第43页。

④ 保罗·奥斯特:《在地图结束的地方》,第21页。

⑤ Homi K. Bhabha. *The Location of Culture*. London and New York:Routledge,1994,p. 13.

⑥ Norman Finkelstein. *The Ritual of New Creation*:*Jewish Tradition and Contemporary Literature*. New York:State University of New York Press,1992,p. 135.

⑦ 保罗·奥斯特:《在地图结束的地方》,第32页。

⑧ 爱德华·W. 索杰:《第三空间:去往洛杉矶和其他真实和想象地方的旅程》,第168页。

威廉作为一名美国犹太人，徘徊在两种身份之间，将旅行当作一种生活方式，探索开放空间的无限可能。

第二节　美国与波兰的结合："边界文化"诞生

在旅行结束之时，威廉来到了巴尔的摩的爱伦·坡故居。威廉和骨头先生走到一所漂亮的小房子跟前，"这个由红色砖块砌成的玩具屋般大小的建筑装饰着绿色的百叶窗，三级绿色台阶，还有一个刷得油亮雪白的门。墙壁上嵌了一块金属板……埃德加·爱伦·坡故居，一八三二至一八三五年"。① 面对爱伦·坡故居，威廉说道："这个叫坡的家伙是我的祖父，是我们所有美国文人的伟大祖先和父亲。没有他，就不会有我，不会有其他人，不会有任何人。我们曾经在坡的世界里激动万分。"②威廉首先表达了对爱伦·坡故居美国性的认同。接着他又说道："如果你说得快点，那也是我的亲爹妈出生的国家。"③威廉认为爱伦·坡故居（Poe-land）也代表了他的故乡波兰（Poland）。奥斯特进一步补充说："他们不在巴尔的摩，他们在波兰。也许是凭借某种运气，或者命运，或神圣的力量，威利又回到了他的故乡。他又回到了他祖先生活（过）的地方，现在，他可以安息了。"④威廉把爱伦·坡故居当作波兰的举动反映了他的犹太情结。如今"波兰不仅被看作现实的定居点，而且被当作形而上的景观。换句话说，波兰地理成了犹太人想象的地理"⑤。犹太人通过记忆的回想和情感的宣泄把波兰真实的空间烙印在他们的思想意识里，继而将其转化为扎根在他们内心的空间。对他们来说，波兰代表了一种犹太情感和思想。同样，对于小说中的威廉来说，波兰既是地理意义上犹太人的居住区，又超出了地理空间的限制，代表了犹太人

---

① 保罗·奥斯特：《在地图结束的地方》，第 41-42 页。

② 保罗·奥斯特：《在地图结束的地方》，第 42 页。

③ 保罗·奥斯特：《在地图结束的地方》，第 42 页。

④ 保罗·奥斯特：《在地图结束的地方》，第 43 页。

⑤ Haya Bar-Itzhak. "Poland：A Materialized Settlement and a Metaphysical Landscape in Legends of Origin of Polish Jews," In *Jewish Topographies*：*Visions of Space*，*Traditions of Place*. Julia Brauch，Anna Lipphardt，and Alexandra Nocke，eds. Aldershot and Burlington：Ashgate，2008，p. 165.

的信仰和情感,是一种想象的地理。威廉在认同爱伦·坡故居美国性的同时,又发掘了这一空间的"犹太性"。爱伦·坡故居同时具有了美国性和"犹太性"两种属性。这儿是美国,但又不是纯粹的美国;这儿是波兰,但又不是真实的波兰。这是美国与波兰的接合部。正如威廉的爱犬骨头先生所说:"主人坐在(美国的)地上,背靠着波兰的墙。"[①]威廉处于美国与波兰的边界上。虽然威廉来巴尔的摩是为了找自己的高中老师斯万森,但现在,在爱伦·坡故居,威廉认为他宁可是这儿,这世界上没有什么别的地方能跟这儿相比了……一定是有个天使把他们带到这儿来的。[②] 威廉对美国和波兰构成的边界空间表示了认同。

在这个后现代领域的边界世界里,威廉描述了"边界文化"。"边界文化"是一个多语义的词语[③],也可以说是一个后现代词语,一个充满了"跨文化融合"和"作为各种重叠现实……而被感知的……二元性"的"大杂烩"。[④]威廉的"边界文化"意味着美国文化与犹太文化两种文化的结合。在爱伦·坡故居——美国与波兰的边界线上,威廉描述了"边界文化",即他对美国文明的认同和对犹太精神的难以割舍。威廉又记起了四十年前的奥德尔发油。在他五六岁时,"我那波兰妈妈就把奥德尔抹在我头皮上,把我的头发全部理顺……我要吃着口香糖变成一个美国人,可这种头发就说明我属于——我那该死的父母知道什么是什么"[⑤]。奥德尔发油象征了威廉的犹

---

① 保罗·奥斯特:《在地图结束的地方》,第 62 页。

② 保罗·奥斯特:《在地图结束的地方》,第 42 页。

③ 索杰描述的"边界文化":它意味抵制、合谋、违法、密谋、犯规……酝酿新内容的种种混血艺术形式:喷雾壁画、技术祭坛、方言诗、音响涂鸦、朋克拉奇、视像舞曲、反波列罗舞、反整体……说流畅的英语、西班牙语、西班牙英语和英西班牙语……不同种族、性别和年龄之间的跨文化友谊……创造性占有、征用和颠覆主导文化形式……新目录:主持新方案的崭新地图、东方民主化、西方社会化、北方第三世界化和南方第一世界化……去中心众声喧哗,文化相似地区间不同的地理—文化关系:特皮托—圣迭胡安那、圣班久—新波多黎各、迈阿密—魁北克、圣安东尼奥—柏林、你的家乡和我的家乡、再次婚配、新国际主义无中心……归来复又出走因为到达只是幻觉……适应新混血身份和职业的新术语变幻不断:是墨西哥裔美国人而不是讲西班牙语的美国人,是混血而不是混种,是社会思想家而不是波西米亚人,是股东而不是演员,是知识分子而不是后现代……发展一种新模式来解释危机重重的世界,我们所知的唯一世界……发扬光大国家和国家、语言和语言间的边界,更确切地说,探究新的语言来表达波动无定的边界……体验艺术与社会、合法与非法、英语与西班牙语、男性与女性、北方与南方、自我与他者之间的边缘,颠覆这些关系……在裂缝口言说,从这里,从中间。边界就是接合部,而不是边际,一元文化主义给放逐到了天边……。(详见爱德华·W.索杰:《第三空间:去往洛杉矶和其他真实和想象地方的旅程》,第 170-171 页。)

④ 爱德华·W.索杰:《第三空间:去往洛杉矶和其他真实和想象地方的旅程》,第 170 页。

⑤ 保罗·奥斯特:《在地图结束的地方》,第 51 页。

太身份,但威廉却想成为美国人。上课时,威廉"一根根地摸到头发的根部,把它们夹在大拇指和中指中间,然后慢慢地拉。……慢慢地,奥德尔发油的每一个痕迹都会消失"①。在生命的最后时刻,威廉又想起了自己小时候渴望摆脱犹太传统束缚、融入美国社会空间的冲动,而"发油的事只是个头"②,威廉陆陆续续地回忆起了自己对美国文化的屈服。从音乐、电影,到汽车、食物……威廉承认自己"和其他人一样屈服于这些东西的魅力"③,而"这是美国知识的作用"④。当威廉细数美国文明的诱惑时,他又想起自己圣诞老人的差事,认为自己"心地纯洁、善良,是圣诞老人的好帮手"⑤。威廉对圣诞老人差事的认可表明了他对美国文化的认同。在第二次世界大战后的美国,随着美国社会对犹太人的接纳,"一个必然出现的文化事实便是犹太人与居住地文化在一定程度上实现了文化认同"⑥。威廉的话表明他把自己当成美国社会构成中的一员,并在美国社会获得了一种扎根意识,"美国思想正在成为犹太身份的基本组成部分"⑦。当然,这种认同是指"犹太人与居住地文化之间建立的通约性联系,是指犹太人与居住地人在行为与心理上所呈现的部分趋同倾向和'共振现象',而不是指丧失犹太特质的文化同化"⑧。因此,在边界上,当威廉表现出对美国文明的认同时,他也表达了对犹太精神的难以割舍。威廉为自己因为实践圣诞精神把妈妈的保险金全部捐出去而后悔。"但现在我想把钱要回来,向你道歉。我做了冲动和愚蠢的事情,我们都为此付出了代价。"⑨他列举了古尔维治太太的一大串优点,跟她的毛病作比较,"请求她原谅他带来的一切伤害"⑩。他又对骨头先生讲起了妈妈的遭遇:"他们那时候也追杀她。像狗那样追杀她,她为了活命,不停地逃跑。人也会被像狗那样对待,我的朋友。有时候他们只能睡

① 保罗·奥斯特:《在地图结束的地方》,第51-52页。
② 保罗·奥斯特:《在地图结束的地方》,第52页。
③ 保罗·奥斯特:《在地图结束的地方》,第55页。
④ 保罗·奥斯特:《在地图结束的地方》,第53页。
⑤ 保罗·奥斯特:《在地图结束的地方》,第58页。
⑥ 刘洪一:《犹太文化要义》,商务印书馆,2004,第84页。
⑦ Sam Girgus. *The New Covenant*: *Jewish Writers and the American Idea*, p. 6.
⑧ 刘洪一:《犹太文化要义》,第84页。
⑨ 保罗·奥斯特:《在地图结束的地方》,第59页。
⑩ 保罗·奥斯特:《在地图结束的地方》,第63页。

在谷仓甚至草地里,因为他们没有别的地方可去。"①从小时候千方百计地证明自己不是父母的孩子到长大后改信基督教,在与妈妈的关系中,威廉一直扮演了反抗者的角色,向妈妈和她代表的犹太传统示威。但在弥留之际,威廉终于敞开心扉,正视与妈妈以及妈妈代表的犹太文化的关系。奥斯特以古尔维治太太和威廉的母子关系隐喻了犹太移民的后代与犹太传统之间的关联;对以威廉为代表的犹太移民后代来说,虽然他们费尽心思想要摆脱犹太文化的影响,但犹太精神与"犹太性"是一种不可剥夺的精神感觉。"一个人可能只有 5% 的犹太成分,但这个 5% 珍贵而有力。"②在小说中,威廉既没有放弃圣诞老人的差事,又为给古尔维治太太带来的伤害难过。这说明威廉既对美国文明表示认同,又无法割舍犹太文化精神。他的内心一直纠结在美国文化与犹太文化之间。至此,在爱伦·坡故居——美国与波兰的边界线上,"边界文化"诞生。这是美国文化与犹太文化交叉、融合、重叠的结果,是一种"文化的混杂"。

对于身处"边界文化"中的威廉来说,他在言行、生活方式、思想感情方面都表现出一些新的特质。他一方面身为犹太人,继承了犹太人的说话方式、世界观,并牢记犹太人的历史与文化,另一方面也由于同美国社会的某种认同而改宗,成为美国社会构成的一部分。《犹太美国文学:诺顿选集》(*Jewish American Literature:A Norton Anthology*,2001)一书的编者在谈到现在的美国犹太人时说道:"大多数的美国犹太人适应了新的文化……学会同时作为犹太人和美国人生存。"③奥斯特在评论美国犹太诗人查尔斯·列兹尼科夫的身份时也说道,列兹尼科夫既是美国人,也是犹太人,也可以说他两者都不是,最重要的是"他的美国身份和犹太身份不可分割"④。在奥斯特看来,列兹尼科夫"既不能说没有被同化,也不能说已经被彻底同化"⑤。他同时占据了两个世界、两种空间,这就是身份选择的第三空间。小说中的威廉正是如此。奥斯特以爱伦·坡故居作为威廉旅行的最后一

①　保罗·奥斯特:《在地图结束的地方》,第 116 页。

②　雅各·瑞德·马库斯:《美国犹太人,1585—1990:一部历史》,杨波等译,上海人民出版社,2004,第 312 页。

③　Jules Chametzky. "General Introduction," In *Jewish American Literature:A Norton Anthology*. Jules Chametzky, et al., eds. New York: W. W. Norton & Company, Inc, 2001, p. 11.

④　Paul Auster. *Collected Prose*, p. 380.

⑤　Paul Auster. *Collected Prose*, p. 379.

站,以此象征了他的边界身份——身份选择的第三空间。这是美国,但威廉的心不在美国,他把此地当作波兰,但这儿又不是真实的波兰,这儿是美国与波兰的边界。处于边界的威廉既是美国人也是犹太人,但又决非纯粹的美国人和犹太人,他是实现了身份再造的新型犹太人。在这个亦此亦彼又非此非彼的第三空间中,规整的二元对立被打破,含混与多样性出现,威廉建立了后现代的犹太人主体性。

在小说的最后,威廉相信自己死后会进入"汀泊图"——那是人们死后将要去的地方。当你的灵魂离开身体后,身体会被埋进泥土中,灵魂却会飘升到下一个世界。[①] 这个地方"在某个沙漠的中央,离纽约或巴尔的摩很远,离波兰或者任何一个他们旅行中曾经到过的地方都很远",这是"精神的绿洲","为了到达那里,你必须穿越一片宽广无垠的沙和火的王国,一片永恒的虚无之地"。[②] 可以说,"这个世界的地图结束的地方,就是汀泊图地图的开始"[③]。又一个边界,一个跨越了真实与想象、现实与虚幻的空间。威廉的话表明他的灵魂也必将骑跨在边界上。

在《在地图结束的地方》中,奥斯特从生活、身份和文化等方面阐述了边界的含义,表明当代美国犹太人对边界的认同。从第一代移民到美国的犹太人,再到今天在美国的犹太人,尽管他们生活的时代不同,但他们都面临同一个问题,就是如何在"美国性和'犹太性'之间建立一种微妙的平衡关系"[④]。在 20 世纪初的一些犹太作家,如伊斯雷尔·赞格威尔(Israel Zangwill)、玛丽·安廷(Mary Antin)[⑤]看来,美国身份与犹太身份之间的

---

① 保罗·奥斯特:《在地图结束的地方》,第 45-46 页。
② 保罗·奥斯特:《在地图结束的地方》,第 45-46 页。
③ 保罗·奥斯特:《在地图结束的地方》,第 45-46 页。
④ Edward S. Shapiro. *We Are Many*:*Reflections on American Jewish History and Identity*,p. 29.
⑤ 伊斯雷尔·赞格威尔,英国犹太作家、戏剧家。一方面,赞格威尔主张各种族融入美国的"大熔炉",这一词正是出于他的剧作品《大熔炉》(*The Melting-Pot*:*Drama in Four Acts*,1907)。另一方面,赞格威尔也关心犹太人的问题,主张犹太人在世界任何可能的领土上建立自己的家园。玛丽·安廷,美国犹太女作家。她1881年出生于俄国犹太人居住区,1894年随家人移居美国,著有自传体小说《应许之地》(*The Promised Land*,1912)。玛丽·安廷主张犹太移民融入美国社会,把美国当作自己的国家。她提倡美国化,把其看作一种重生。

矛盾不可调和。[①] 赞格威尔甚至认为,美国的犹太人在身份问题上只有两种选择:或者更改国籍;或者放弃犹太身份,彻底融入美国社会。他不相信美国身份与犹太身份可以和谐共处。[②] 第二次世界大战的爆发让美国犹太人对自己的身份产生了新的认识。一方面,他们在美国感受到肉体和精神上的安全,这使他们对美国文化产生了认同;另一方面,第二次世界大战犹太人大屠杀事件也让犹太人把同化看作对死去的六百万同胞的背叛,他们更加重视保持自己的"犹太性"。在此影响下,美国犹太移民的后代既表达了融入美国社会的渴望,"向新的文化表示了屈服"[③];又"重新寻求作为一个犹太人的欢乐……加速'寻根'的进程"[④]。他们不再持非此即彼的二元论生活观、身份观和文化观,而是试图在美国性与"犹太性"之间寻求一个新的角度,一个身份选择的第三空间。[⑤]《在地图结束的地方》就探讨了这一问题:威廉通过和平方式造就边界世界,实现了身份再造,成为新型的犹太人。他的这一选择打破了规整的二元对立,建立了身份选择的第三空间。

---

① Edward S. Shapiro. *We Are Many*: *Reflections on American Jewish History and Identity*, p. 14.

② Edward S. Shapiro. *We Are Many*: *Reflections on American Jewish History and Identity*, p. 14.

③ 哈依姆·贝尔蒙特:《犹太人》,第 6 页。

④ 哈依姆·贝尔蒙特:《犹太人》,第 7 页。

⑤ 索杰的第三空间概念是在原来的二元结构中加入一个第三者,打破并摧毁现代主义的二分法。这个第三项既包含又超越了其他两项,它从不是孤立的,不与前面两个空间彻底决裂、唯我独尊,这是索杰空间性三元辩证法的关键。索杰在评价胡克斯的文化政治道路时说道:"她选择的是一个同时既是中心又是边缘(同时又双方都不是)的空间,一个位于边沿的、艰险的地方。它充满矛盾与含混,危险与新的可能;这是政治选择的第三空间。"(详见爱德华·W.索杰:《第三空间:去往洛杉矶和其他真实和想象地方的旅程》,第 123 页。)

第六章 城市变体与共同体思想

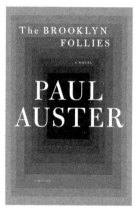

2005 年，保罗·奥斯特的小说《布鲁克林的荒唐事》出版。次年，这部作品获得西班牙阿斯图里亚斯王子文学奖。奥斯特在接受采访时说，这部作品同布鲁克林的精神有关。[1] 可见，对布鲁克林精神的解读是理解整部作品的关键。针对布鲁克林精神，有的评论家认为这是一种温暖、富有生气的氛围，有的认为这是一种生命百态的呈现，还有的认为这表达了普通人对美好生活的渴望。这些论断为我们理解作品的主题打下了基础，但仍然缺少对布鲁克林精神本质的阐发。本章以此为突破口，通过对小说中三种城市变体的考察，解析蕴含其中的三类共同体，即不运作的共同体、乌托邦和沟通共同体，进而总结出布鲁克林精神的本质。

共同体的概念由来已久。早在古希腊时期，亚里士多德就提出以正义为原则的友爱城邦的观点。在此之后，许多西方思想家都对个体与城邦的关系做出阐述，探讨人类共同生存的模式。现代意义上的共同体思想起源于德国社会学家费迪南德·滕尼斯（Ferdinand Tönnies）的《共同体与社会》（*Gemeinschaft und Gesellschaft*，1887）。在这部作品里，滕尼斯认为共同体与社会相对，代表了真正的共同生活，是真实、有机的生命。鲍曼、雷蒙德·威廉斯（Raymond Williams）和杰勒德·德兰蒂（Gerard Delanty）等学者认同滕尼斯的共同体思想。比如，德兰蒂在《共同体（第三版）》

---

① Mary Morris. "A Conversation with Paul Auster." p. 172.

［*Community*（*Third Edition*），2018］中认为，共同体是一个关于归属的开放式的沟通系统，场所、身份、归属、沟通、共同性是共同体的核心内涵。德兰蒂对共同体的定义呼应了现代城市中个体对归属感的追寻，对于我们理解《布鲁克林的荒唐事》中的城市精神至关重要。

城市作为共同体的一种表现形式，从广义上说，由有形的地理景观和无形的社会意义构成，其总体目标是为人类的生存与繁盛创造一个可持续发展的环境。可见，构成城市的基本因素既包括客观的物质环境，也包括人的体验等主观因素。在此基础上，派尔提出理解城市最重要的三个问题：人与人之间如何形成关联，即聚集的方式；城市如何形成地理神经丛，实现建筑的沟通与互动；城市如何成为一种生活方式，满足不同人的需求。[①] 派尔提出的这些问题从政治、文化和社会等层面讨论了有关权力运作、人际交往和社会秩序等内容，为我们深刻理解城市的内涵打下了基础。

基于对城市内涵的理解，作家们通过文学创作展示了作品与城市的密切关联。他们深入城市的肌理，观察城市里的人，描写城市里的建筑，融入城市的社会生活，用玲珑通透的笔触展示城市发展的脉络，用自己的情感、认知和理想投射城市发展的未来。在他们的笔下，城市不是故事发生的背景和场所，而是故事本身，是整部作品的核心。如查尔斯・狄更斯（Charles Dickens）小说里的伦敦，沃尔特・本雅明（Walter Benjamin）作品中的巴黎等。狄更斯喜欢描写 19 世纪伦敦的中下阶层人士，把他们当作伦敦城的主体。在他们的引领下作者闲逛伦敦，向读者展示了一座双面城市：一边是富丽堂皇的商业地带，另一边则是破落不堪的贫民窟。狄更斯通过对比的手法批判英国的社会现实，同时揭示蕴藏在伦敦城里的新型社会、经济和文化关系，影响了 20 世纪的西方现代主义作家。本雅明作为 20 世纪的城市漫游者，把巴黎的拱廊街当作资产阶级消费和权力的象征，认为其代表了现代大都市的生活体验，而闲逛者作为巴黎拱廊街上最常见的一类人，展示了现代人的精神状态。夹杂着对拱廊街以及人群等一系列辩证意象的矛盾情感，本雅明在对资本主义现实的分析与思考中寻找真理的碎片，探索觉醒的可能。不管是 19 世纪的狄更斯还是 20 世纪的本雅明，他们对城市的书写都是融城市经验与形塑渴望为一体，传达了城市是文学的空间、文学是城市

---

① Steve Pile. "What Is a City?" p. 19.

的书写的思想主张。

奥斯特继承了文学前辈们的城市书写传统。在《布鲁克林的荒唐事》中,他围绕第二次世界大战期间欧洲城市代表的不运作共同体、生存饭店代表的乌托邦和布鲁克林代表的沟通共同体展开论述,批判了极权体系控制下的反乌托邦和脱离现实的空中楼阁,提倡以边界身份归属为核心的沟通共同体,从而传达了在民主、平等与正义的社会环境中,人们开展丰富社交的共同体思想,也再现了狄更斯、本雅明等作家城市书写的精神标识。但是,与他们不同的是,奥斯特对城市的描摹与认知中渗透了深厚的犹太情感,夹杂了对犹太历史、文化的指涉,以及对犹太人生存困境的担忧。但他又没有将这种书写仅仅局限于犹太人的范围内,而是把它扩展到整个人类,表达了对人类城市生存策略的关注。

第一节　欧洲城市:不运作的共同体

普遍意义上的共同体是指个体与个体之间在交流、互动中达成协议、组成社会。正如 J. 希利斯·米勒(J. Hillis Miller)所说,共同体是"一个由共同的故事(关于起源和结果的神话)、语言、制度、法律、风俗、在婚姻和继承上具有规范性的家庭结构,以及获得人们认同的性别角色等要素所组成的共同体"[①]。但是,让-吕克·南希(Jean-Luc Nancy)在《不运作的共同体》(*The Inoperative Community*,1986)中认为,人是"独体",具有隐秘的他异性,不存在主体间的相互交流,不存在社会关联,也不存在集体意识等,由此揭示了不运作共同体的特点:缺乏交流与共享的经验,没有身份认同的归属感。在《布鲁克林的荒唐事》中,奥斯特借助第二次世界大战时期的欧洲城市、现代世界、罗莉和迈克的家宅三个空间意象再现了不运作的共同体,批判了极权体系控制下的反乌托邦。

在小说中,不运作的共同体首先体现在第二次世界大战时期的欧洲城市上。奥斯特通过再现第二次世界大战时期欧洲的城市废墟,引出有关大屠杀的历史记忆,展现了极权体系控制下的共同体形态。南希认为,德国纳

[①]　J. 希利斯·米勒:《共同体的焚毁:奥斯维辛前后的小说》,第24页。

粹的逻辑不仅是灭绝他者,还要追求纯正的内在性①,而实现共同体单一性的主要手段就是驱逐和死亡。具体到作品中,希特勒在攫取德国的政权后,首先驱逐了第三帝国的非雅利安人,小说中的人物韦恩伯格就是在这个时候离开德国来到了美国。伴随着驱逐,还有死亡。南希认为,共同体在他者的死亡中得以彰显。② 在小说中,死亡表现在倒下的父母、流浪的孩子和满目疮痍的废墟上。奥斯特借人物的城市记忆回顾了这段关于死亡的历史:

> 他们的父亲在战斗中被打死倒下了,他们的母亲躺在倒塌的教堂和楼房的废墟之下,而他们自己在冬天的严寒中,在被炸毁的城市的瓦砾堆上徘徊,在森林里搜寻食物,有孤单一人的孩子,有成双成对的孩子,也有四个、六个和十个一伙的孩子,脚上没有鞋,裹着破布,瘦削的脸上沾满污泥。③

在奥斯特笔下,第二次世界大战时期的欧洲城市作为共同体,不仅崩解得七零八落,还被焚毁,消耗殆尽。倒塌的教堂、楼房的废墟、炸毁的城市瓦砾等建筑意象与死去的父亲、躺下的母亲和流浪的孩子形象交融在一起,展现了共同体的崩塌。特别是在小说中,奥斯特穿插了韦恩伯格医生的人生经历,说明德国纳粹对以家庭为核心的犹太共同体的撕裂与摧毁。韦恩伯格的父亲死于战场,母亲为了让儿子躲避德国纳粹的屠杀,将其送往美国,自己却固执地留在了德国,不肯向希特勒屈服。韦恩伯格的家庭故事代表了德国无数犹太家庭的遭遇:死亡、分别、幸存者的精神创伤等。大屠杀导致了犹太共同体焚毁,特别是作为共同体核心的稳定家庭支离破碎。奥斯特借此说明德国纳粹作用在犹太人身上的权力是代表消灭和抹除的暴君权力。这一权力机制运作的目标是灭绝,而不是改造与规训。正如鲍曼所说:"纳粹的目的绝不在于奴役……纳粹希望造就的事态就是一种彻底的清洗——把犹太人从日耳曼民族的生活世界中有效地驱赶出去。"④大屠杀作为人类历史上的极端事例,是权力意志最彻底、最全面、最肆无忌惮的一次爆发。德

---

① Jean-Luc Nancy. *The Inoperative Community*. Minneapolis and Oxford: University of Minnesota Press, 1991. p.12.

② Jean-Luc Nancy. *The Inoperative Community*. p.15.

③ 保罗·奥斯特:《布鲁克林的荒唐事》,陈安译,人民文学出版社,2008,第95页。

④ 齐格蒙·鲍曼:《现代性与大屠杀》,杨渝东、史建华译,译林出版社,2011,第158页。

国纳粹通过向犹太人施展代表毁灭的强制权力，成为极权统治的典型，造成第二次世界大战时期欧洲城市共同体的焚毁。正如米勒所说："纳粹驱逐数百万犹太人，让他们流离失所，破坏犹太聚居区的家庭和社群纽带。纳粹并非只是简单地破除其帝国版图中犹太共同体的功效，而是……一举铲除。"[①]德国纳粹通过驱逐与死亡的方法建构了反乌托邦世界。

不运作的共同体没有伴随第二次世界大战的结束而消亡，而是延续到了当代世界。在小说中，当汤姆提到现代社会时，认为纳粹建构的反乌托邦世界在当代重现——"互相残杀、撕成碎片"[②]。比如：在南斯拉夫、萨拉热窝和科索沃有成千上万的无辜者惨遭屠杀；在美国，"9·11"事件致使"三千具尸体火化产生的烟雾……渐渐向布鲁克林飘移过来，把我们笼罩在骨灰和死亡的白色烟雾之中"[③]；除此之外，还有美国社会右翼集团掌管全局，电台访谈节目大肆宣传法西斯主义，枪支游说，媒体怯弱等。这正应对了奥斯特在谈到《布鲁克林的荒唐事》的创作背景时所说的话，当时他对美国的国内现实、小布什上台执政后的一系列政策和美国发动阿富汗、伊拉克战争等问题忧心忡忡，为了振作精神，才用喜剧的方式创作了这部小说，希望能够从黑暗中找寻到一丝光亮。[④] 由此可见，德国纳粹旨在消除犹太人的仇恨心理和极端行为在当代社会中复现，正是这种心理和行为造成极端不正义的制度环境，迫使公众遭受邪恶现实政治的压迫，最终导致暴力冲突与流血死亡。可以说，大屠杀事件并不是特定历史背景下的一个孤立事件，纳粹的暴力统治也没有随着希特勒的失败而消失，它代表的极权社会形式和追求单一性的思想方式延续到了当代，建立在其上的共同体也在驱逐和排挤异己的过程中走向撕裂和失效。

不运作共同体的第三种形态体现在罗莉居住在北卡罗来纳州的房子——一座黑暗、封闭的家宅上。罗莉的丈夫大卫化身为极权主义者，对家庭成员实施了强权专制。在小说中，当罗莉的舅舅内森飞到北卡罗来纳州、找到罗莉的住处时，他看到房子"前面窗户上的百叶窗全都垂挂着"，"……防范着自然光线的亮光，抵御着外部世界的侵袭"，"住在这房子里就像住在

保罗·奥斯特小说中的空间书写

① J.希利斯·米勒：《共同体的焚毁：奥斯维辛前后的小说》，第 8 页。
② 保罗·奥斯特：《布鲁克林的荒唐事》，第 92 页。
③ 保罗·奥斯特：《布鲁克林的荒唐事》，第 286 页。
④ Mary Morris. "A Conversation with Paul Auster." p. 165.

洞穴里一样"。① 洞穴一样的房子与福柯笔下隔离、封闭的监狱形成呼应。这预示着一种不受任何外界干扰的绝对权力开始在暗无天日的房间,即监狱的空间秩序中运作。在这一空间秩序中,权力的掌控者是大卫。作为一名狂热的基督教教徒,他带领全家每周去教会参加仪式,又听从牧师的建议处理掉家里的电视机、无线电、电话、电脑、光盘、录音磁带、唱片和除《圣经》之外的所有图书,接着他又退订杂志、报纸。禁止家人上电影院,并把一周中的一天作为沉默日,禁止家人说话。正如罗莉所说:"不再有音乐,不再有小说,不再有诗歌。"②大卫通过抵制世俗文化和禁言的方式剥夺他者的话语权,用整齐划一的单调代替复杂多变的差异,这是典型的强权专制的方式。在大卫的强势控制下,不仅罗莉遵守沉默日的惯例,连她的女儿露西也加入了这一行列,"连续三个星期四,她都默不作声"③。作为共同体显著特征的主体间交流,在罗莉和大卫的家宅中消失了。沉默的个体成为一个个"独体",伴随着有效的言语行为的缺失,共同生活的家宅正在转变为不运作的共同体,家庭成员间的纽带关系陷入危机。这不仅体现在丈夫与妻子间的不信任和争吵上,还表现在大卫为了驯服妻子,把罗莉当作监狱中的犯人,锁在窗户上钉满木板的卧室里长达半年之久上。作为强权的对象,罗莉活着的时候"像动物一样"被囚禁,死了则会被扔进一座"没有标记的墓穴"。④ 奥斯特借此暗示在权力的专制统治下,罗莉不再是一个拥有独特个性的生命,而是被简单粗暴地划入活人与死人的范畴。她活着的时候要面对大卫的精神控制与宗教规训,是权力局势的载体;死了则会被消除可辨认的身份与形象,成为权力意志用统一秩序取代例外的方式。在专制权力具有惩罚性的内在机制的运作下,罗莉不仅是接受改造与规训的犯人,还是性别压迫的对象。大卫认为:"她是我妻子。妻子应该随从她的丈夫。她的职责是在所有方面都随从丈夫。"⑤正是秉承了这种观点,大卫囚禁自己的妻子并把基督教的教义强加给她。由此可见,大卫不仅拒绝承认罗莉作为犹太人的特殊性,也否认其作为独立女性的特殊性。他将妻子收编在基督教

---

① 保罗·奥斯特:《布鲁克林的荒唐事》,第 235 页。
② 保罗·奥斯特:《布鲁克林的荒唐事》,第 250 页。
③ 保罗·奥斯特:《布鲁克林的荒唐事》,第 250 页。
④ 保罗·奥斯特:《布鲁克林的荒唐事》,第 257 页。
⑤ 保罗·奥斯特:《布鲁克林的荒唐事》,第 240 页。

和男权社会的统一性中,企图以压迫和专制的方式抹除其个体差异,彰显权力的威严和对个体的掌控。在不运作的共同体中,家宅已经不是亲密交流和共享爱的空间,而是压迫与拆解的空间,在以大卫为代表的极权主义的作用下,罗莉无法通过对家宅共同体的认同实现自我身份的认同。奥斯特借此再现了极权政权建构的反乌托邦世界,批判了极权体系造成的共同体的焚毁。

第二节　生存饭店:乌托邦

对不运作共同体的不满和对公平正义社会秩序的渴望,催生了乌托邦共同体。乌托邦的概念根植于希腊的黄金时代,古典思想、柏拉图理想政体的概念、基督教的天堂和伊甸园形象都是其重要的思想源泉。[①] 1516 年,伴随着托马斯·莫尔(Thomas More)的名著《乌托邦》(*Utopia*)一书出版,乌托邦开始指涉理想的共和国。18 世纪后,乌托邦被想象成逐步改善的未来。到了 19 世纪和 20 世纪,乌托邦以社会主义或共产主义的形式出现。不管乌托邦的概念如何演变,它始终代表了人们对更加美好的生活的向往。在《布鲁克林的荒唐事》中,面对以第二次世界大战欧洲城市为代表的不运作共同体,奥斯特通过塑造生存饭店、蛤蜊汤旅馆和"布赖特曼阁楼"书店三种乌托邦变体,想象了乌托邦共同体,在展望民主、平等、正义的社会结构的同时,揭示了其脱离日常话语与经验的空想特点。

在小说中,生存饭店的理念来自哈里的第二次世界大战经历。当哈里目睹了第二次世界大战的残酷现实后,他想象为欧洲的儿童建立一个庇护所:"我每天都要跳伞到欧洲某个被摧毁的角落,去拯救迷途和饥饿的男孩和女孩……每次发现一个孤儿,我就拉着他的手,把他领到生存饭店。"[②]在哈里的心中,生存饭店是拯救第二次世界大战中的孩子的避难所,代表了远离战争的美好世界。与纳粹极权主义造成的大规模灭绝与奴役的世界截然相反,哈里的生存饭店追求的是遏制和消除罪恶行径,限制和避免具有破坏

---

① 格雷戈里·克雷斯:《乌托邦的观念史》,张绪强译,商务印书馆,2023,第 1 页。
② 保罗·奥斯特:《布鲁克林的荒唐事》,第 95 页。

性的人类念想,保证社会利他主义的发展。这正是理想社会中乌托邦思想的表现。正如小说中所说,生存饭店"象征着保证你有一个更好的世界,一个不仅是地方的地方,而且还是一个机会,一个生活在你梦想之中的机遇"①。至此,奥斯特阐明了生存饭店在乌托邦理念指引下的共同目标感:追求"在心灵里访问的世界"②。这也从一个侧面说明生存饭店作为乌托邦共同体的一种变体,代表了空想的社会,而不是现实。在小说中,哈里"对生存饭店原则的信念"③还延续到了自己的遗嘱里。哈里的遗嘱所指定的两名受益者是书店的两个伙计汤姆和拉弗斯,他们"将继承第七大道上的房产和名为'布赖特曼阁楼'书店的生意,其中包括所有属于上述生意的财物和金钱"④。也就是说,哈里把自己的大部分遗产都留给了两个非亲非故的伙计,而不是自己的亲人,用小说中的话说,哈里依然是那个"幻想从被炸毁的欧洲城市里抢救孤儿的十岁小孩子……从未放弃过对生存饭店……的信念",他在生命的最后时刻也信守承诺,"照顾了他的男孩们"。⑤ 奥斯特借此表明哈里延续了早期为欧洲儿童建立庇护所的乌托邦理念,通过超现实的想象追寻心灵的共同目标。

哈里心中的生存饭店在城市,但对于汤姆来说,第二次世界大战极权主义政权造成的反乌托邦世界就在城市空间中,城市是"藏垢纳污之地"⑥,象征了堕落与罪恶,只有乡村生活才能代表乌托邦的本质。因此,汤姆心目中的"小乌托邦"在乡下的某个地方——"那地方有很多土地和足够的房屋提供给所有愿意生活在那里的人"⑦。汤姆设想的社区更为贴近乌托邦的乡村传统:在气候宜人的乡村,一间草房或者一处长棚就已经令人知足。在格雷戈里·克雷斯(Gregory Claeys)看来,衡量乌托邦乡村传统的标准就是在自然条件优渥的农村有一处普通的陋室或者说是一座木质住宅⑧。在小说中,蛤蜊汤旅馆作为乡村乌托邦的化身,位于新英格兰边远地区南佛蒙特

① 保罗·奥斯特:《布鲁克林的荒唐事》,第 94 页。
② 保罗·奥斯特:《布鲁克林的荒唐事》,第 95 页。
③ 保罗·奥斯特:《布鲁克林的荒唐事》,第 203 页。
④ 保罗·奥斯特:《布鲁克林的荒唐事》,第 203 页。
⑤ 保罗·奥斯特:《布鲁克林的荒唐事》,第 203 页。
⑥ 保罗·奥斯特:《布鲁克林的荒唐事》,第 99 页。
⑦ 保罗·奥斯特:《布鲁克林的荒唐事》,第 99 页。
⑧ 格雷戈里·克雷斯:《乌托邦的观念史》,第 151 页。

的一座小山的山顶上。这是"一座三层楼的白色房子,有十六个房间,一个全框架的前门廊"①。在旅馆的周围有六十英亩树林,一个池塘,一个苹果园,一堆蜂箱,一个木屋,还有无边无际的草地。奥斯特在小说中对蛤蜊汤旅馆及其周围环境的描述符合乌托邦乡村传统中对住宅和其所处的天堂般环境的描写。关于其中的居民,汤姆设想的是与"喜爱、尊敬的人生活在一道"②,即他的母亲、妹妹等亲人和朋友。在现实中,汤姆的母亲已经去世,妹妹也杳无音信。正是母亲的离世和妹妹的失踪导致汤姆承受"重负"③。于是,他通过幻想在"一个与世隔绝的地方"④与家人重聚来具象化乌托邦,以逃避残酷的现实。

小说中乌托邦共同体的第三个变体是"布赖特曼阁楼"书店,代表思想领域的乌托邦。早在1991年,哈里就在布鲁克林开设了"布赖特曼阁楼"书店,楼下主要堆放旧书,"那里有数千册书塞在书架上——什么书都有,从不再重印的词典到已被人遗忘的畅销书,再到皮封面的《莎士比亚全集》"⑤。楼上则摆放着七八百册善本书和手稿,"有相当旧的(如狄更斯和萨克雷),也有比较新的(如福克纳和伽迪斯)。旧书大多是皮面装帧,当代的书则有透明的护皮包在护封上面"⑥。从作者对"布赖特曼阁楼"书店的描述上来看,这家书店主要经营文学类书籍,代表阅读与思考的力量,这意味着一种意识形态和精神领域的统治,指涉了知识分子作为统治者的乌托邦。在乌托邦中享有威望的学者通常会表达渴望改善的普遍愿望和构想。在小说中,奥斯特把经常光顾书店、拿书店当家一样的汤姆塑造成一名美国文学研究者,致力于研究爱伦·坡、亨利·戴维·梭罗和赫尔曼·麦尔维尔(Herman Melville)等19世纪美国经典作家的思想与理念,并撰写了《假想伊甸园:美国内战前的精神生活》一文。伊甸园是西方乌托邦传统的源泉,奥斯特借汤姆的伊甸园书写表达了其对现实的不满和对历史的想象,描绘了知识分子渴望改变现状的愿景。

生存饭店、蛤蜊汤旅馆和"布赖特曼阁楼"书店,作为乌托邦共同体的三

① 保罗·奥斯特:《布鲁克林的荒唐事》,第159页。
② 保罗·奥斯特:《布鲁克林的荒唐事》,第99页。
③ 保罗·奥斯特:《布鲁克林的荒唐事》,第99页。
④ 保罗·奥斯特:《布鲁克林的荒唐事》,第169页。
⑤ 保罗·奥斯特:《布鲁克林的荒唐事》,第24页。
⑥ 保罗·奥斯特:《布鲁克林的荒唐事》,第52页。

种变体,蕴含了作者对民主、平等、有序的社会正义的渴望。奥斯特在传记中也不止一次表现出对公民权益、社会公正和种族歧视等问题的关注,[①]传达出对政治正义的思考与呼吁。但最终这种构想还是在现实面前败下阵来。生存饭店只存在于哈里的头脑中;蛤蜊汤旅馆则是一个从未开张营业的"世外桃源",如同内森所说,移居到这里还"仅仅是连篇的空话和不可实现的幻想"[②];唯一"现实"的"布赖特曼阁楼"书店也伴随着哈里的离世面临被出售和改造的命运。正如小说中所述,图书让位于"女鞋和女用手提包,最上面三层楼将改建为豪华合作公寓"[③]。在资本的威力下,"女鞋"和"女用手提包"代表的消费文化,以及"豪华合作公寓"代表的房地产业取代了图书代表的知识与思想,房地产成了纽约正式的"宗教",就连上帝也身穿钞票西装。这种变化不仅预示着生活方式的转变——恣意的消费和快速的满足取代了思想的自由与知识的快乐,也意味着幻想社会正义的神话共同体在现实的资本与权力面前不堪一击。

第三节　布鲁克林:以边界身份归属为核心的沟通共同体

面对第二次世界大时期欧洲城市代表的不运作共同体和生存饭店代表的乌托邦共同体,奥斯特批判了极权主义的暴力统治,也摒弃了脱离现实的空想。他深入布鲁克林的城市肌理中,描写了居民之间充满温情和相互慰藉的共同生活,从而探讨了另外一种共同体的可能,即一种以身份归属为核心的沟通共同体。德兰蒂在《共同体(第三版)》中提出以共享感和归属感为核心的沟通共同体概念。在德兰蒂看来,"身份在共同体中占据核心位置"[④]。个体通过确认对共同体的归属感建立自己的身份,而共同体又会增强个体的身份意识,最终通过身份归属建立共同体的边界。在共同体内部,成员之间相互分享、关爱,通过沟通与交流实现和合共生。根据德兰蒂对共

---

① 保罗·奥斯特:《内心的报告》,第 119 页。
② 保罗·奥斯特:《布鲁克林的荒唐事》,第 172 页。
③ 保罗·奥斯特:《布鲁克林的荒唐事》,第 264 页。
④ Gerard Delanty. *Community* (*Third Edition*). Abingdon and New York: Routledge, 2018, p. 139.

同体的定义,奥斯特笔下的布鲁克林从本质上说是以边界身份归属为核心的沟通共同体。

在小说中,布鲁克林首先是美国犹太人身份建构与协商的场所。身患绝症的内森本想找个清静的地方了却余生,却意外在布鲁克林展开新的生活,建构了自己的双重身份:一方面,他声称自己是犹太人,坚守犹太历史文化身份;另一方面,他又违背犹太人的传统,与天主教教徒交往,承认自己吸毒的经历,不忌讳性事,表现出美国人开放率直的性格。内森穿行于犹太传统与美国文化之间,保留了双重身份与人格。内森的外甥汤姆同样在布鲁克林建构了自己的居间身份,他一方面致力于美国文学研究,向梭罗、坡等美国作家看齐,表达了对美国爱恨交织的复杂感情,另一方面认为第二次世界大战期间大屠杀的种族仇恨延续到了现在,美国社会呈现出基督教权利躁狂症的症状,表达了对犹太人生存现状的担忧。汤姆既试图寻找新的美国生活方式,又担负起对犹太民族的责任,表现出美国精神与犹太情感的混杂。除了内森和汤姆外,内森的外甥女,即汤姆的妹妹罗莉也具有杂糅身份。她承认自己有一半犹太血统,根据犹太法律,自己纯粹是犹太人,[①]但在美国的时代洪流下,她又逐渐失去控制:先是 17 岁时离家出走、生下非婚女孩,缺席妈妈的葬礼,接着做了袒胸舞娘、出演色情电影、拍裸照,后来成了一名流浪歌手、吸毒,最后嫁给了"一个把宗教戒律强加于他人的、傲慢的宗教狂热分子"[②]。罗莉虽然是一名犹太人,但其所作所为背离了犹太宗教和文化传统的要求,表现出美国反文化运动的影响。她的身上体现了两种文化的碰撞与冲突。即使后来她洗心革面、定居布鲁克林,同性恋的性取向也依然决定了其身上的杂糅气质。从内森到汤姆,再到罗莉,奥斯特塑造的这些人物既是犹太人,又是美国社会构成的一部分,他们"适应了新的文化……学会同时作为犹太人和美国人生存"[③]。换句话说,小说中的人物生活在美国世界与犹太世界的夹缝中,在两个世界之间"旅行",追逐着自己的身份,确认着文化归属。对他们来说,布鲁克林是美国世界与犹太世界交会的地方——边界文化的诞生地。安扎尔都娅在解释"边界"的定义时说,只要两种以上的文化契合在一起,只要不同种族的人占据着同一块领地……

① 保罗·奥斯特:《布鲁克林的荒唐事》,第 69 页。
② 保罗·奥斯特:《布鲁克林的荒唐事》,第 71 页。
③ Jules Chametzky. "General Introduction." p. 11.

边界就很真实地存在了。① 小说中的美国犹太人就是安扎尔都娅笔下的边界人，他们骑跨在布鲁克林犹太传统与美国文化的交界线上，保留了双重身份与人格。

布鲁克林不仅是美国犹太人聚居的场所，还是同性恋者实现边界身份归属的地方。在奥斯特笔下，布鲁克林以开放的姿态接纳同性恋者，成为他们的共居地。先是 20 世纪 90 年代来到布鲁克林的书店老板哈里，一个既与千万富翁的女儿贝特结为夫妻，又与落魄的青年画家戈登保持同性恋关系的边界人，徘徊在上流阶层和底层社会、婚姻与同性恋爱之间，表现出游移不定的多元人格与身份。接着是哈里救下的一个牙买加黑人拉弗斯——一名携带艾滋病毒的男同性恋者。他跨越种族与性别全身心地爱着哈里，甚至把自己打扮成哈里遗孀的样子参加其葬礼：“一身遗孀的肃穆打扮，穿一件紧身黑衣，一双三英寸的黑色高跟鞋，戴一顶筒状黑色女帽，还有一副精巧的黑色面罩。”②拉弗斯把自己变成了一个纯粹女性的化身，“胜过存在于自然妇女王国内的一切女性”③，既表现出孀居的痛苦，又满面柔情与爱意。可以说拉弗斯打破了种族、性别的二元对立，成为一个种族捏合、性别联结的结合体，在不同身份的间隙中构建了新的立场。最后是被内森救回布鲁克林的罗莉。她在经历被男性轮奸和丈夫监禁等性别压迫后，选择与布鲁克林当地妇女南希相爱，并发展成同性恋人。正如她向内森坦白时所说：“全世界没有一个像她这样的人。我非常爱她……我说的是我真的爱她。她也爱我……我说的是我们在相恋。南希和我是情人。”④对于各自有过一段婚史的两个女性来讲，她们基于对男性的充分了解才作出了彼此相爱的决定，而不是一时冲动。因此罗莉说道：

> 你瞧，我们有那么多共同之处。我们情投意合，就像姐妹一样。我们总是知道对方的想法和感情。我交往过的男人，都总是在说话——空谈啊，解释啊，争论啊，尽在那儿瞎扯淡。而我们在一起时，我只要看着她，她和我就融为一体了。以前跟任何人在一起我都从来没有这种感

---

① 爱德华・W. 索杰：《第三空间：去往洛杉矶和其他真实和想象地方的旅程》，第 163 页。
② 保罗・奥斯特：《布鲁克林的荒唐事》，第 211 页。
③ 保罗・奥斯特：《布鲁克林的荒唐事》，第 211 页。
④ 保罗・奥斯特：《布鲁克林的荒唐事》，第 272 页。

觉。南希称之为神秘缘分，可我就说是爱情，圣洁而单纯的爱情，真正的
情感。①

这种建立在真正情感基础上的亲密关系具有净化灵魂的作用，同时也产生
了颠覆社会秩序的作用。作为一名女同性恋者，罗莉没有民族，因为犹太民
族反对同性恋。② 一边是不同民族，一边是性别差异，站在民族与性别边界
线上的罗莉成了一个混血女，具有了混血意识。安扎尔都娅在《边界：新混
血女》(*Borderlands / La Frontera：The New Mestiza*，1987)一书中从身处
第三世界的女同性恋的角度解释混血的含义，认为它是一种"捏合、联合、结
合"的产物，"质疑光明和黑暗的定义，赋予它们以新的意义"。③ 安扎尔都
娅通过重新书写民族、种族、阶级、性别等范畴的历史，占据了一个既是边缘
又是中心，同时又两者都不是的位置，构建了新的杂糅身份。同样，小说中
的罗莉也打破了非此即彼的二元论民族观、性别观，选择了一个亦此亦彼的
边界空间。在这个身份选择的接合部，罗莉挑战着身份的同质性：她的"犹
太性"和女性气质，表现出后现代混血女的主观能动性。作为小说中着墨颇
多的同性恋群体，他们跨越性别的界限，用混血意识挑战叠加了阶级、种族、
民族等不同因素的同质身份，成为边界人。

在布鲁克林，除了美国犹太人和同性恋者实现了边界身份归属外，还有
拥有"白色、褐色和黑色皮肤"的人，操着"外国口音"的人，留着"络腮胡子、
身穿白色长袍"的人，"印度教徒"，"矮子和跛子"，"年迈养老金领取者"，"无
家可归捡破烂的人"等。④ 这些来自不同种族的外国人以及美国社会的边
缘人都在布鲁克林找到了自己的身份归属，实现了边界身份认同。奥斯特
借此展示了布鲁克林包容、开放的精神风貌，这为共同体中各成员之间的沟
通与交流创造了条件。

---

① 保罗·奥斯特：《布鲁克林的荒唐事》，第 273 页。
② 在《旧约》中的《利未记》(*Leviticus*)里，耶和华告诫摩西(Moses)说："(男人)不可与男人苟合，
像与女人一样，这本是可憎恶的。"(详见《圣经》，第 181 页。)而"(男)人若与男人苟合，像与女人一样，他
们二人行了可憎的事，总要把他们治死，罪要归到他们身上"。(详见《圣经》，第 184 页。)《利未记》清楚
地指出同性恋不仅违背上帝的旨意，而且也是犹太社会所不允许的，犯者要被判死刑。
③ 爱德华·W. 索杰：《第三空间：去往洛杉矶和其他真实和想象地方的旅程》，第 165 页。
④ 保罗·奥斯特：《布鲁克林的荒唐事》，第 171 页。

克雷斯认为适合人类发展的最好环境是有丰富社交的地方,①沟通与交流可以帮助人们获得幸福感,社交资源能够弥补失落感。在《布鲁克林的荒唐事》中,丰富的社交体现在人们互帮互助的友爱关系中。比如当汤姆把舅舅内森介绍给老板哈里时,哈里对内森说:"汤姆就像我的家人,既然你是他的亲戚,那你也是我家里人。"②哈里把对汤姆的好意与信任延伸到他的舅舅身上,不仅毫无保留地向内森说出自己的过往,还与他分享未来的人生计划,表达了对内森的友善与信赖。内森也不负所托,不仅为哈里着想,劝其放弃伪造和倒卖霍桑《红字》(*The Scarlet Letter*,1850)手稿的计划,还在哈里被骗后不顾自身安危捍卫他的财产,表现出朋友间肝胆相照、赴汤蹈火的真情。除此之外,发生在哈里与汤姆、拉弗斯之间的故事也让内森不止一次地感慨他们之间的真诚、热情与爱。③ 哈里无私地帮助汤姆和拉弗斯,甚至在死后把大部分遗产留给他们俩;汤姆和拉弗斯也不求回报地对待哈里,特别是拉弗斯,"摒弃虚荣和贪欲"④,一再拒绝接受这笔遗产。还有当历经磨难的罗莉来到布鲁克林后,南希和她的妈妈免费为罗莉母女提供住宿,并主动提出让罗莉给南希当助手,解决她的工作问题。人与人之间的好意与信任在日常交往中逐渐延展和加深。在此基础上,人们开始关切其他人的幸福与快乐,并将其与自己的幸福和快乐联系起来,最终编织成一张彼此友爱的关系网。在这张关系网中,个体跨越界限与另外的个体接触,产生爱与交流,形成共享的空间。

为了进一步展现布鲁克林的共享与沟通空间,奥斯特聚焦当地人的公共生活区域——街道。在他的笔下,布鲁克林的街道是当地人交流与分享共同体验的空间:

> 从严格的人类学观点看,我发现,比起我先前接触的各地区的人,布鲁克林人是最愿意和陌生人说话的。他们会随意干涉别人的事情(老妇人会对年轻妈妈骂骂咧咧,因为她们没有让孩子们穿得足够暖和;过路人会一把抓住遛狗的人,埋怨他把牵狗的绳子拉得太紧),他们会像四岁

---

① 格雷戈里·克雷斯:《乌托邦的观念史》,第10页。
② 保罗·奥斯特:《布鲁克林的荒唐事》,第53-54页。
③ 保罗·奥斯特:《布鲁克林的荒唐事》,第209页。
④ 保罗·奥斯特:《布鲁克林的荒唐事》,第209页。

孩子那样七嘴八舌地争论有争议的停车位问题；他们妙语连珠，俏皮话脱口而出，好似天性使然。[①]

在布鲁克林的街道上，互不相识的人聚集在一起，展开公共活动。奥斯特通过描写他们相互搭讪、聊天的场景反映了布鲁克林人之间如家人般的亲密关系，以及在这一关系之下他们在情绪、认知和行为方式上达成的认同与共情：老妇人关心孩子们的冷暖，年轻妈妈领会老妇人的好意；过路人关心狗的感受，遛狗人信任过路人……在这种类似于家庭关系的人际交往中，每个成员的善与好意都会被其他成员认可，成为整个区域的善与好意，由此产生爱的共享感。正如马里亚诺·隆哥（Mariano Longo）所说，爱提供了一种人与人之间内心世界交流与共享的可能。[②] 最终，友爱的纽带把整个地区凝聚在一起，继而向整座城市蔓延开来，形成城市共同体。

在这种以沟通和共享为核心的城市共同体中，布鲁克林呈现出多元共生、和而不同的生活状态。正如内森在布鲁克林的所见所闻：

> 白色、褐色和黑色皮肤的混杂和变幻，外国口音的多声部合唱，孩子们和街道，努力奋斗的中产阶级家庭，女同性恋者，多家韩国杂货店，一个留络腮胡子、身穿白色长袍、每当我们穿过街上人行横道时总向我鞠躬的印度教徒，矮子和跛子，蹒跚在人行道上的年迈养老金领取者，教堂钟声和上万条狗，不公开身份的隐居人口，还有无家可归捡破烂的人，他们推着购货车沿街走，在垃圾堆里掏摸瓶瓶罐罐。[③]

尽管布鲁克林人在种族、国家、阶级、性倾向、信仰、语言和文化等方面千差万别，但他们占据同一个空间，允许多样性与差异化的存在，相互理解、彼此包容，携手走向新的共同生活。正是因为这种融洽的氛围，当罗莉的女儿露西初来布鲁克林时，尽管她走过第七大道，经过干洗店、食品杂货店、面包店、美容院、报摊、咖啡馆等不同商铺，听到西班牙语、朝鲜语、俄语、汉语、阿拉伯语、希腊语、日语、德语和法语等不同语言，她非但没有感到害怕和困

① 保罗·奥斯特：《布鲁克林的荒唐事》，第 4 页。
② Mariano Longo. *Emotions through Literature：Fictional Narratives，Society and the Emotional Self*. Abingdon and New York：Routledge，2020，p. 166.
③ 保罗·奥斯特：《布鲁克林的荒唐事》，第 171 页。

惑,反而很喜欢听这种多样化的声音。① 奥斯特借此暗示了布鲁克林多元共生、祥和温馨的城市环境。正因为如此,内森非常满意自己所作的定居布鲁克林的决定,说自己与这座城市情投意合,爱上了生活的社区,"爱上了那里的一切"②。奥斯特借内森的态度表达了对布鲁克林作为城市共同体的认同。在这里,外国人和社会边缘人通过边界身份归属感确立对外的界线,通过沟通和交流突破壁垒和圈层的限制,实现对内信任、团结和关爱的目标,最终建立起以边界身份归属为核心的沟通共同体。奥斯特通过在布鲁克林形塑沟通共同体,表达了人们对安全、信任、交流和身份等的憧憬。

陈安在《布鲁克林的荒唐事》的《译后记》里说,尽管当今美国存在着许多社会问题,比如奥斯特在小说里提到的贪婪谋财、假冒伪劣、吸毒、婚外恋、离婚、搞黄毒、强奸、宗教骗子、邪教狂热等,但是这些问题的出现大多是因为人与人之间缺少关爱和帮助,所以奥斯特要借小说中人物的言行告诫人们,希望人与人之间有更多的理解和爱心,相互信赖和爱护,生活得幸福美满。③ 鉴于此,奥斯特在作品中赞扬的布鲁克林精神,从根本上说是一种强调人与人之间沟通与交流的共同体精神。值得注意的一点是,奥斯特的共同体思想中始终贯穿着他对犹太历史、文化的认同。在他对第二次世界大战欧洲城市代表的不运作共同体的考察中,蕴含了其对犹太人大屠杀事件的追忆与反思;在对以生存饭店为代表的乌托邦共同体的想象中,夹杂了他对犹太人理想生活的展望;在他对以布鲁克林为代表的沟通共同体的形塑中,饱含了其对犹太人生活境遇的考量。他的城市变体书写表达了其追求在民主、平等与正义的社会环境中,人们开展丰富社交的城市共同体思想,融民族文化心理与人文主义思想为一体,代表了他对包括犹太人在内的整个美国社会建立多元共生、和而不同生活方式的设想与冲动,体现了一种充满人文关怀的乐观主义精神。

---

① 保罗·奥斯特:《布鲁克林的荒唐事》,第 215 页。
② 保罗·奥斯特:《布鲁克林的荒唐事》,第 171 页。
③ 保罗·奥斯特:《布鲁克林的荒唐事》,第 290 页。

结　语

在 20 世纪 60 年代，当人们还在过分倚重社会建构与历史之间的能动关系时，福柯就指出："造成我们这个时代焦虑的原因更多的与空间有关，而不是时间。"[①]福柯集中讨论了空间而非时间，试图改变人们把空间边缘化为背景、容器、环境的想法。不仅是福柯，列斐伏尔、索杰等社会空间理论家都在努力并成功地恢复了空间更为中心化的地位，为愈演愈烈的空间转向革命作出了贡献。

保罗·奥斯特作为第三代美国犹太作家的杰出代表，他富有时代气息的作品给当代文坛注入了新的活力。其创作中最能体现时代气息的就是对空间的关注。从《纽约三部曲》中的纽约，到《末世之城》中虚实相间的末世之城和《偶然之音》中亦真亦幻的庄园，再到《海怪》和《在地图结束的地方》中身份选择的空间，最后回到《布鲁克林的荒唐事》中的布鲁克林，奥斯特对空间的关注几乎体现在其创作的每一部作品中。综观这些作品，奥斯特关于空间的探讨可以分为四个阶段。

第一阶段，以成名作《纽约三部曲》为主，奥斯特聚焦现实的日常生活空间。在《纽约三部曲》中，纽约作为现实的日常生活空间，体现了物质、精神与社会的一体。在纽约的地理迷宫中，小说里的人物纷纷陷入迷失的状态中，日常生活的异化成了纽约社会的主要特征。不过，奥斯特在认识到纽约社会危机的同时，没有放弃从日常生活中寻找希望的可能。在作为日常生活空间基本组成部分的房间里，小说主人公们实现了犹太身份的回归，感受

---

① 详见 http://foucault. info/documents/heteroTopia/foucault. heteroTopia. en. html Jun. 2, 2010。

保罗·奥斯特小说中的空间书写

158

到了犹太身份的悖论,经历了美国身份与犹太身份的冲突。奥斯特借此指出犹太身份在当代的意义体现在追寻与探索的过程中,而不是表面的界定上。

第二阶段,以《末世之城》和《偶然之音》为主,奥斯特关注虚实相间的权力空间。在这两部作品中,奥斯特虚构了末世之城和庄园等空间意象,探讨了空间与权力的关系。但是,对于这两个亦真亦幻的空间意象而言,除了它们都是一个封闭的场所外,纠结在这两种空间模式里的权力形态完全不同:一种是种族灭绝式的暴君权力,另一种是驯服的规训权力。结果一种权力体系导致了混乱无序的空间状态,另一种则建立了固定的容纳模式。奥斯特通过描写两种空间模式里的不同权力形态指出,犹太人在大屠杀事件中遭受的是反犹势力代表的暴君权力的压迫;在现实中则受资本和上帝的管控,是权力规训的对象。作者借此暗示,不管是对历史上还是现实中的犹太人来说,作为社会与个体核心价值目标的民主与自由都只是一种虚妄。

第三阶段,以《海怪》和《在地图结束的地方》为主,奥斯特解读了无形的第三空间——关于差异与身份的新文化政治空间。在这两部作品中,奥斯特分别借助自由女神像和边界的空间意象探讨了第二次世界大战后在美国出生的新一代犹太人所面临的身份选择问题。在奥斯特笔下,这一代犹太人在身份选择上呈现出两种模式:要么通过暴力斗争重建犹太人主体性,实现犹太文化身份的再定位;要么通过和平方式造就边界世界,实现身份再造,成为新型的犹太人。犹太人的这两种身份选择都打破了规整的二元对立,建立了身份选择的第三空间。

第四阶段,以《布鲁克林的荒唐事》为主,奥斯特回到现实的城市,为在美国社会中建构一种以身份归属为核心的沟通共同体寻绎出路。在小说中,他围绕第二次世界大战欧洲城市代表的不运作共同体、生存饭店代表的乌托邦和布鲁克林代表的沟通共同体展开论述,批判了极权体系控制下的反乌托邦和脱离现实的空中楼阁,提倡以边界身份归属为核心的沟通共同体,传达了在民主、平等与正义的社会环境中,人们开展丰富社交的共同体思想。奥斯特对城市的描摹与认知中既渗透了深厚的犹太情感,夹杂了对犹太历史、文化的指涉,以及对犹太人生存困境的担忧,又没有将这种书写仅仅局限于犹太人的范围,而是把它扩展到整个人类的层面,表达了对人类城市生存策略的关注，体现了一种充满人文关怀的乐观主义精神。

纵观奥斯特空间探讨的这四个阶段可以发现，他笔下的空间已经不单纯是反映人们行为活动的外在约束，而是物质、精神与社会的一体，是权力的体现，是身份选择的决定性因素，也是理想生活的寄托。因此，空间在奥斯特的小说中占据了核心位置，而不是被边缘化为背景和场所。

从创作初期对具体、现实空间的解读，到后来对亦真亦幻空间的分析，再到第三阶段对无形、隐含空间的探讨，最后到返回现实的空间——在这个过程中，奥斯特对空间的认识逐步深入、层层递进，他在积淀了前期对空间认知的基础上，寻绎将新世纪小说中的空间书写转化为现实的可能。因此，奥斯特对空间的关注是一个动态发展的过程，始于现实并终于现实。

在奥斯特笔下这四个阶段的空间话语分析中，美国犹太书写成了联系它们的纽带。纽约现实的日常生活空间体现了当代美国犹太人对身份的追寻与探索；虚实相间的末世之城承载了犹太人关于大屠杀的历史记忆；亦真亦幻的庄园记录了美国犹太人遭受的双重权力规训；无形的第三空间代表了第二次世界大战后在美国出生的新一代犹太人的身份选择；现实的布鲁林寄托了作者对当代美国社会和谐共同生活的想象。奥斯特通过探讨这四个阶段的空间，表达了美国犹太人的立场与情感。

这种美国犹太立场与情感体现了奥斯特作为第三代美国犹太作家所独有的特征，即他对建立在美国和犹太政治文化共通互补基础上的共同体的向往。奥斯特出生于第二次世界大战后，从小在美国的社会环境中长大。他没有经历第一代犹太作家早期移民美国的艰辛，也没有像第二代犹太作家那样生活在大屠杀的时代。他"是被当成美国男孩养大的"[①]，他对祖先的认识远远不如对美国文化的熟悉。在这样一种客观的历史条件下，奥斯特作为第三代美国犹太作家面临了一个新的问题，就是如何看待自己的犹太身份与美国社会之间的关系。以亚伯拉罕·卡恩为代表的第一代美国犹太作家在作品中描述了那一代犹太移民来到美国后的艰辛和对新身份产生

---

① 保罗·奥斯特：《孤独及其所创造的》，第 30 页。

的困惑；①以艾萨克·巴舍维斯·辛格(Isaac Bashevis Singer)、索尔·贝娄和伯纳德·马拉默德(Bernald Malamud)为代表的第二代美国犹太作家在作品中探讨了犹太移民在美国社会的"同化"问题。② 无论是第一代还是第二代美国犹太作家，都对犹太人与美国社会之间的关系问题进行了属于他们那一时代的解读。奥斯特作为第三代美国犹太作家，必然会对这一问题产生新的感悟，这种感悟在其作品中以空间话语为外在表现形式，以身份追寻、历史记忆、自由幻想、政治主张、边界观和共同体思想为核心内容，表达了其反思历史，提倡建立美国犹太政治文化共同体的主观意图。以奥斯特为代表的第三代美国犹太作家已经在美国社会占据一席之地，他们能够更加自信地表达和重塑犹太文化，探讨犹太文化与美国社会的关系。因此，他们往往从自身的视角出发，挖掘犹太文化的价值，并把美国社会问题与犹太文化传统相结合，从中寻求解决当代美国社会问题的办法。奥斯特也不例外。他在创作中关注两种政治文化的互动、交流，既在美国的社会环境中追求犹太文明的现代性，又在犹太文明的框架中理解美国社会，实现两种政治文化在精神观念和价值观层面的结合，为在美国社会建立一个允许犹太人自我表征的共同体创造可能。鉴于此，奥斯特的"犹太性"不能单纯地从犹太文化或宗教角度来考虑，还应包含其美国化的一面，融美国现代性与犹太民族性为一体，表现出混杂的特点。

---

① 在亚伯拉罕·卡恩的代表作《戴卫·莱文斯基的发迹史》中，主人公戴卫是一名犹太移民。他来到美国后把美国当成了真正的家园，一步步抛弃了自己的犹太身份。当他跻身并融入美国富人社会时，他的美国梦终于实现了。但是，他却牺牲了能够维系他犹太身份的民族遗产，在精神上无法得到满足。戴卫无法调节自身的矛盾——"犹太心灵和美国自我"。因此，他注定是一个饥饿、孤独的追寻者，即使他获得了物质上的成功。这反映了犹太移民来到美国后对新身份产生的困惑。(详见 David Martin Fine. "In the Beginning: American-Jewish Fiction, 1880 - 1930," In *Handbook of American-Jewish Literature: An Analytical Guide to Topics, Themes, and Sources*. Lewis Fried, ed. Westport, Connecticut: Greenwood, 1988, p. 26.)

② 在《辛格研究》一书中，乔国强分析了辛格作品中三种"同化"模式：17 世纪犹太人的"同化"，在形式上主要表现为个人化行为，主要是由情感因素造成的；19 世纪晚期至 20 世纪早期犹太人的"同化"形式，主要表现为摇摆不定，即处于"同化"潮流中的犹太人，在社会的"主流文化"和其祖先信仰之间徘徊、挣扎；第三个历史时期，即第二次世界大战后犹太人的"同化"则变成一件不可能的事。(详见乔国强：《辛格研究》，上海外语教育出版社，2008，第 157 页)。在索尔·贝娄的作品，如《奥吉·玛琪历险记》(*The Adventures of Augie March*, 1953)中，贝娄表现了第二代美国犹太移民的自我认识和精神成长的过程。奥吉虽然体验了美国生活的酸甜苦辣，但他始终保持了犹太人的行为方式和人格气质，没有被美国社会"同化"。(详见乔国强：《美国犹太文学》，第 356 - 357 页。)在伯纳德·马拉默德的作品，如《店员》(*The Assistant*, 1957)中，马拉默德解读了另外一种"同化"。作为犹太人的莫里斯·鲍勃对非犹太人弗兰克·阿尔平的"同化"，而非美国社会对犹太人的"同化"。

奥斯特的共同体思想以及由此表现出来的混杂的"犹太性",一方面展现了其深刻的犹太历史、文化自觉以及对犹太人生存现状的担忧,另一方面他又没有将这种立场仅仅局限于犹太人的范围,而是扩展到其他族群和整个社会的层面,表达了对人类生存与发展的关注。正如杨金才在分析 21 世纪外国文学发展趋势时所说,"作为生命意识表现形式的人之生存境遇"①是作家们乐于书写的题材,其中又融合了政治立场差异、历史记忆、民族身份建构和人文思想等问题。奥斯特笔下的美国犹太书写正是如此,其中既浸透着犹太民族文化意蕴,又包含了人文主义思想与生命关怀。

综上所述,奥斯特笔下的空间包含两个方面的内容:一是个别的场所和建筑意象,如纽约、末世之城、庄园、自由女神像、边界世界和布鲁克林等;二是一种美国犹太人的空间状态——在这里,与美国犹太人有关的事情发生,他们的活动得到表现,反之,正是他们的事情和活动激活了这一空间状态,决定了它的性质,如异化的纽约社会中美国犹太人的身份迷失与追寻,末世之城中反犹势力对犹太人的大屠杀,庄园里资本和上帝对犹太人的规训,围绕自由女神像产生的犹太化美国主义思想,边界世界中美国犹太人的身份再造和布鲁克林沟通共同体的建立等。在奥斯特的小说中,这种特定的地点场所与美国犹太人的空间状态相互依存。一方面,场所离不开行为活动的参与,美国犹太人的空间状态赋予其意义;另一方面,空间状态也不能脱离特定的物质环境,他们的行为活动总是发生在某些场所中。因此,奥斯特小说中的空间是地理位置和美国犹太人空间状态的双重结合,它不仅指代特定的场所与建筑意象,更加强调美国犹太人的行为活动。②

虽然本书的聚焦点是奥斯特小说中的空间,但这并不代表奥斯特笔下的空间不包含时间。空间和时间是两个不同却又不能分割的范畴。列斐伏

---

① 杨金才:《关于 21 世纪外国文学发展趋势研究的几点认识》,《当代外国文学》,2013 年第 4 期,第 164 页。

② 此处参考了《犹太地志学》(*Jewish Topographies*：*Visions of Space*，*Traditions of Place*，2008)中"犹太场所"(Jewish places)和"犹太空间"(Jewish spaces)两个概念。"犹太场所"是指地理位置、具体的地点,如犹太人聚居区、犹太墓区等。"犹太空间"是指一种空间状态。在这里,犹太人的事情发生,犹太人的活动得到表现,反之,正是这些犹太事情和活动决定了这一空间状态的性质。简而言之,地理位置决定"犹太场所",行为活动决定"犹太空间"。详见 Anna Lipphardt, Julia Brauch and Alexandra Nocke. "Exploring Jewish Space：An Approach," In *Jewish Topographies*：*Visions of Space*，*Traditions of Place*. Julia Brauch, Anna Lipphardt and Alexandra Nocke, eds. Aldershot and Burlington：Ashgate, 2008, p. 4.

尔认为空间中浓缩、凝聚了时间，如大自然的四季轮换，太阳在天边的升起，月亮和星星在苍穹的位置。就像树桩上的年轮代表了树木生长的岁月，空间表现了时间。[①] 同样，在奥斯特对四个阶段空间的解读中，空间也变成了时间的标识物。在现实的日常生活空间中，奥斯特表现了现代纽约社会的异化和美国犹太人的身份探寻。现实的日常生活空间成为"现代"的象征。在虚实相间的权力空间中，奥斯特把读者带回到第二次世界大战的黑暗年代，再现了反犹势力对犹太人的大屠杀，亦真亦幻的权力空间成为"过去"的代表。在无形的第三空间中，奥斯特专注于第二次世界大战后在美国出生的新一代犹太人的身份选择问题。这一代犹太人在身份选择上呈现出含混、多样性的后现代趋势。第三空间成了"后现代"的标识物。最后，在布鲁克林，奥斯特回到"现实"，转向对善良人性、和谐人际关系和温馨社会生活的关注，致力于建构一种新的社会秩序。从象征"现代"的日常生活空间到代表"过去"的权力空间，再到标志"后现代"的第三空间，最后回到表示"现实"的城市，奥斯特作品中的空间深深地打上了时间的印记，成为一种时间化了的空间。从"现代"到"过去"，到"后现代"，再到"现实"的时间运动，构筑了一种立体的空间关系，表现出奥斯特从现代和后现代主义向现实主义转变的趋势：在主题表达上，从揭露社会异化的虚无主义转向提倡建立社会新秩序的乐观主义；在表现手法上，从现代和后现代主义叙事风格转向现实主义维度。奥斯特笔下的空间展现了时间，同时，也正是通过时间，他作品中的空间得到了更好的理解和阐释。

① Henri Lefebvre. *The Production of Space*，p. 95.

附录 保罗·奥斯特年谱

1947 年 出生

2 月 3 日,奥斯特出生于美国新泽西州纽瓦克市。祖父母是奥地利犹太人,20 世纪初移民到美国。1919 年 1 月 23 日,他的祖母射杀了自己的丈夫,这桩丑闻因为主角是犹太人而备受关注,成为当时报纸上的头条新闻。奥斯特的外祖父是第一次世界大战后从加拿大移民到纽约的犹太人,外祖母则是从俄国移民到美国的犹太人。奥斯特的父亲先后经营过收音机商店、小型电器店和大型家具店,后来涉足房地产业。奥斯特的妹妹从小患有精神方面的疾病,长大后基本上处于精神病状态,靠药物支撑。

1952 年 5 岁

奥斯特开始进入学校接受教育。

1953 年 6 岁

奥斯特认为这是他人生中的关键一年,一方面他的自我意识被唤醒,另一方面通过观看电影《世界大战》,他认识到在邪恶面前,上帝和无助的人一样无助。奥斯特称之为信仰上的休克——突然意识到上帝力量的局限。

1954 年 7 岁

奥斯特成为一名热烈的运动爱好者,特别是棒球运动。这一点直接反映在他后来的小说创作中。

1955 年 8 岁

奥斯特在这一年的 9 月份转入一所希伯来小学。

1956 年　9 岁

奥斯特第一次用自己攒的钱买了"现代文库"之爱伦·坡诗歌故事全集。

1957 年　10 岁

奥斯特开始阅读福尔摩斯。他通过观看电影《不可思议的收缩人》经历了哲学上的震撼，一种形而上的休克，这改变了他对世界的认知。

1958 年　11 岁

奥斯特再次花一大笔钱购买"现代文库"图书，这次是欧·亨利选集。他沉迷于故事的结局与叙事，但认为它离一流文学还有距离。

1959 年　12 岁

奥斯特撰写了人生中的第一篇侦探小说。6 月，奥斯特小学毕业，进入初中时代。

1961 年　14 岁

奥斯特沉浸于古典乐，从巴赫和贝多芬、汉德尔和莫扎特、舒伯特和海顿的作品中汲取养分。第一次接触卡夫卡和奥威尔的作品。第一次阅读《共产党宣言》，开始对政治感兴趣。在纽约附近的夏令营里，团队中的一名男孩被闪电击中死去，当那道闪电劈下来的时候，奥斯特就站在离男孩不到一英尺的地方，这是奥斯特第一次认识到偶然性的魔力，奠定了其日后在小说创作中运用偶然性展开叙事的写作特点。

1964 年　17 岁

奥斯特的父母离婚。

1965 年　18 岁

奥斯特高中毕业，借着毕业旅行他第一次来到巴黎。9 月奥斯特进入哥伦比亚大学学习。

1966 年　19 岁

奥斯特第一次遇到莉迪亚·戴维斯，后来她成为奥斯特的第一任妻子。

1967 年　20 岁

7 月，奥斯特参加哥伦比亚大学三年级海外交换生项目，再次前往巴黎。在接下来的几个月里，因为与哥伦比亚大学驻巴黎教务处的项目主任吵架，奥斯特决定结束这个项目并退学，但11月回到纽约后，在哥伦比亚大学本科系主任的劝说下，奥斯特改变主意，继续自己的学业。在这一阶段，奥斯特除了写诗、译诗和创作剧本外，还阅读了大量诗歌和哲学书籍，其中梅洛·庞蒂的现象学对他影响颇深。

1968 年　21 岁

哥伦比亚大学发生学生暴动，奥斯特参加示威静坐，并被抓进监狱关了一夜。

1969 年　22 岁

奥斯特毕业于哥伦比亚大学英文和比较文学系，获学士学位。

1970 年　23 岁

奥斯特获哥伦比亚大学硕士学位，并在墨西哥海峡的油轮上当起了海员。

1971 年　24 岁

奥斯特搬到法国，与女友莉迪亚·戴维斯住在一起。在巴黎的三年半时间里，奥斯特靠翻译、写时评文章、当电话接线员、做英语家教和同声传译等工作谋生。

1974 年　27 岁

7 月，奥斯特与戴维斯回到纽约，于 10 月 6 日结婚。他的诗集《发掘：诗歌》(*Unearth：Poems*)出版。

1975 年　28 岁

奥斯特获英格拉姆·梅里尔基金会资助，共计五千美元。

1976 年　29 岁

奥斯特的诗集《墙上的字》(*Wall Writing*)出版。

1977 年　30 岁

3 月，奥斯特的第一部剧上演，结果演出惨败，这部剧后来改名为《劳雷尔和哈代上天堂》。6 月，奥斯特与戴维斯的儿子丹尼尔出生。奥斯特的诗集《寒冷的碎片》(*Fragments from the Cold*)出版。

1978 年　31 岁

11 月,奥斯特与戴维斯的婚姻告终。在这一阶段,奥斯特没有固定工作,靠翻译、写诗和写评论文章勉强糊口,写作停滞不前。

1979 年　32 岁

奥斯特的父亲去世,他开始写《孤独及其所创造的》(*The Invention of Solitude*)的第一部分。奥斯特获国家艺术基金会诗歌奖金。

1980 年　33 岁

奥斯特的作品《空格》(*White Spaces*)和诗集《勇敢面对》(*Facing the Music*)出版。

1981 年　34 岁

奥斯特与作家西丽·哈斯特维特结婚,育有一女,名叫索菲,日后成为一名歌手。

1982 年　35 岁

奥斯特的自传《孤独及其所创造的》出版。同年,他编辑和翻译了《20 世纪法国诗歌》(*The Random House Book of Twentieth-Century French Poetry*)。

1985 年　38 岁

奥斯特发表小说《玻璃城》(*City of Glass*),这部作品入围爱伦·坡推理小说奖。

1986 年　39 岁

奥斯特发表小说《幽灵》(*Ghost*)和《锁闭的房间》(*The Locked Room*)。同年,他在普林斯顿大学担任讲师,直到 1990 年。

1987 年　40 岁

奥斯特的小说《纽约三部曲》(*The New York Trilogy*)出版,其中包括《玻璃城》《幽灵》和《锁闭的房间》。同年,《末世之城》(*In the Country of Last Things*)出版。

1988 年　41 岁

奥斯特出版诗集《失踪:诗选》(*Disappearances：Selected Poems*)。

1989 年　42 岁

奥斯特的小说《月宫》(*Moon Palace*)出版。

1990 年　43 岁

奥斯特的小说《偶然之音》(*The Music of Chance*)出版,这部作品获1991 年美国笔会/福克纳小说奖提名。奥斯特获得美国艺术和文学协会颁发的莫顿·道文·萨贝尔奖。

1991 年　44 岁

奥斯特的诗集《根基:1970—1979 年诗歌与散文精选》(*Ground Work*:*Selected Poems and Essays 1970－1979*)出版。

1992 年　45 岁

奥斯特的小说《海怪》(*Leviathan*)出版;回忆录《饥饿的艺术》(*The Art of Hunger*)出版。

1993 年　46 岁

奥斯特的小说《海怪》获得法国梅迪西斯外国小说奖;《偶然之音》被改编成电影;《眼睛的自传》(*Autobiography of the Eye*)出版。奥斯特买下布鲁克林一栋四层褐石房,一直住到去世。

1994 年　47 岁

奥斯特的小说《眩晕先生》(*Mr*. *Vertigo*)出版。

1995 年　48 岁

电影《烟》(*Smoke*)和《面红耳赤》(*Blue in the Face*)上映,奥斯特为这两部电影编写剧本,并与王颖合导了《面红耳赤》。《烟》在该年度的柏林影展中获得银熊奖、特别评审团大奖、国际影评人奖及观众票选最佳影片奖。奥斯特的回忆录《红色笔记本》(*The Red Notebook*:*True Stories*)出版。

1996 年　49 岁

奥斯特离开长期合作的维京企鹅出版社,与亨利·霍尔特出版公司签署了一份三本书的出版协议。同年,奥斯特获得约翰·威廉·克林顿文学杰出贡献奖。

1997 年　50 岁

奥斯特的回忆录《穷途，墨路》(*Hand to Mouth：A Chronicle of Early Failure*)出版。

1998 年　51 岁

奥斯特创作剧本《桥上的露露》(*Lulu on the Bridge*)。

1999 年　52 岁

奥斯特发表小说《在地图结束的地方》(*Timbuktu*)。

2002 年　55 岁

奥斯特发表小说《幻影书》(*The Book of Illusions*)；主编《我曾以为父亲是上帝：来自美国"全民故事计划"的真实故事》(*I Thought My Father Was God：And Other True Tales from NPR's National Story Project*)；与艺术家萨姆·梅塞合作出版《我的打字机的故事》(*The Story of My Typewriter*)。奥斯特的母亲于 5 月去世。奥斯特 8 月遭遇车祸，所幸没有受伤。

2003 年　56 岁

奥斯特的小说《神谕之夜》(*Oracle Night*)出版；《散文集》(*Collected Prose*)出版。

2005 年　58 岁

奥斯特的小说《布鲁克林的荒唐事》(*The Brooklyn Follies*)出版。

2006 年　59 岁

奥斯特的小说《密室中的旅行》(*Travels in the Scriptorium*)出版。奥斯特获得西班牙阿斯图里亚斯王子文学奖。

2007 年　60 岁

奥斯特出版《诗集》(*Collected Poems*)，创作剧本《马丁·弗罗斯特的内心世界》(*The Inner Life of Martin Frost*)。同年，奥斯特被授予列日大学荣誉博士学位，并被推选为美国笔会中心副主席。《布鲁克林的荒唐事》入选 IMPAC 都柏林国际文学奖长名单。奥斯特获法国艺术和文学勋章。

2008 年　61 岁

奥斯特的小说《黑暗中的人》(*Man in the Dark*)出版;《密室中的旅行》入选 IMPAC 都柏林国际文学奖长名单。

2009 年　62 岁

奥斯特的小说《隐者》(*Invisible*)出版。

2010 年　63 岁

奥斯特的小说《日落公园》(*Sunset Park*)出版,获意大利拿波里奖;《黑暗中的人》入选 IMPAC 都柏林国际文学奖长名单。

2011 年　64 岁

奥斯特的《隐者》入选 IMPAC 都柏林国际文学奖长名单。

2012 年　65 岁

奥斯特的回忆录《冬日笔记》(*Winter Journal*)出版;《日落公园》入选 IMPAC 都柏林国际文学奖长名单。奥斯特获纽约市文学荣誉奖。

2013 年　66 岁

奥斯特的书信集《此刻——柯慈与保罗·奥斯特书信集》(*Here and Now：Letters，2008 - 2011*)出版。

2017 年　70 岁

奥斯特的小说《4321》出版,并入围当年的布克国际文学奖名单。

2022 年　75 岁

奥斯特的儿子丹尼尔因吸毒过量去世。

2023 年　76 岁

奥斯特的小说《鲍姆加特纳》(*Baumgartner*)出版。

2024 年　77 岁

4 月 30 日奥斯特因癌症去世。

参考文献

主要资料来源

奥斯特,保罗:《布鲁克林的荒唐事》,陈安译。北京:人民文学出版社,2008 年。

——:《冬日笔记》,btr 译。北京:人民文学出版社,2016 年。

——:《孤独及其所创造的》,btr 译。杭州:浙江文艺出版社,2009 年。

——:《内心的报告》,小庄译。北京:人民文学出版社,2017 年。

——:《纽约三部曲》,文敏译。杭州:浙江文艺出版社,2007 年。

——:《穷途,墨路》,于是译。杭州:浙江文艺出版社,2014 年。

——:《在地图结束的地方》,韦玮译。杭州:浙江文艺出版社,2008 年。

Auster,Paul. *Collected Prose*. London:Faber and Faber,2003.

—. *Hand to Mouth*. New York:Henry Holt,1997.

—. *In the Country of Last Things*. London:Faber and Faber,1987.

—. *Leviathan*. New York:Penguin Books,1992.

—. *The Art of Hunger*. New York:Penguin Books,1993.

—. *The Brooklyn Follies*. London:Faber and Faber,2005.

—. *The Music of Chance*. New York:Viking Penguin,1990.

—. *The New York Trilogy*. New York:Penguin Books,1990.

—. *Timbuktu*. New York:Henry Holt,1999.

辅助资料来源

埃班,阿巴:《犹太史》,阎瑞松译。北京:中国社会科学出版社,1986 年。

巴特,罗兰:《流行体系:符号学与服饰符码》,敖军译。上海:上海人民出版社,2000 年。

拜克,利奥:《犹太教的本质》,傅永军、于健译。济南:山东大学出版社,

2002 年。

包亚明主编:《后现代性与地理学的政治》。上海:上海教育出版社,2001 年。

——:《现代性与空间的生产》。上海:上海教育出版社,2002 年。

贝尔蒙特,哈依姆:《犹太人》,冯玮译。上海:三联书店上海分店,1991 年。

鲍曼,齐格蒙:《现代性与大屠杀》,杨渝东、史建华译。南京:译林出版社,2011 年。

布伯,马丁:《论犹太教》,刘杰等译。济南:山东大学出版社,2002 年。

陈俊松:《栖居于历史的含混处:E.L. 多克特罗访谈录》。《外国文学》,2009 年第 4 期:86 - 91。

崔丹:《迷宫·偶然与死亡:论保罗·奥斯特〈纽约三部曲〉的叙事艺术》。《外语与外语教学》,2015 年第 2 期:92 - 96。

戴阿宝:《终结的力量:鲍德里亚前期思想研究》。北京:中国社会科学出版社,2006 年。

但汉松:《跨越"归零地":21 世纪美国小说研究》。北京:北京大学出版社,2022 年。

丁冬:《论奥斯特〈内心的报告〉中的实验性自我书写》。《外国文学》,2021 年第 5 期:73 - 83。

——:《论〈日落公园〉中保罗·奥斯特的纽约书写》。《湖南科技大学学报》,2017 年第 2 期:50 - 55。

福柯,米歇尔:《不正常的人》,钱翰译。上海:上海人民出版社,2003 年。

——:《疯癫与文明:理性时代的疯癫史》,刘北成、杨远婴译。北京:生活·读书·新知三联书店,1999 年。

——:《古典时代疯狂史》,林志明译。北京:生活·读书·新知三联书店,2005 年。

——:《规训与惩罚:监狱的诞生》,刘北成、杨远婴译。北京:生活·读书·新知三联书店,1999 年。

——:《另类空间》,王喆译。《世界哲学》,2006 年第 6 期:52 - 57。

傅有德:《犹太哲学与宗教研究》。北京:中国社会科学出版社,2007 年。

高莉敏:《保罗·奥斯特与当代美国犹太作家》。《译林》,2012 年第 6 期:207 - 210。

——:《〈末世之城〉:大屠杀的历史记忆》。《上海大学学报》,2016 年第 3 期:103 - 115。

——:《语言自觉与文化身份建构——保罗·奥斯特〈玻璃城〉中隐含的"犹太

性"》。《徐州师范大学学报》,2010 年第 4 期:50‐54。

哈维,戴维:《后现代的状况——对文化变迁之缘起的探究》,阎嘉译。北京:商务印书馆,2004 年。

——:《希望的空间》,胡大平译。南京:南京大学出版社,2005 年。

豪,欧文:《父辈的世界》,王海良、赵立行译。上海:上海三联书店,1995 年。

赫尔曼,朱迪思:《创伤与复原》,施宏达等译。北京:机械工业出版社,2015 年。

吉登斯,安东尼:《现代性与自我认同:现代晚期的自我与社会》,赵旭东、方文译。北京:生活·读书·新知三联书店,1998 年。

季桂保:《后现代境域中的鲍德里亚》。《后现代性与地理学的政治》,包亚明主编。上海:上海教育出版社,2001 年。

姜小卫:《凝视中的自我与他者——保罗·奥斯特小说〈纽约三部曲〉主体性问题探微》。《当代外国文学》,2007 年第 1 期:25‐32。

姜颖、胡全生:《从〈玻璃之城〉看〈纽约三部曲〉对侦探小说的颠覆》。《江西社会科学》,2008 年第 9 期:116‐121。

——:《论奥斯特小说情节的偶然性——以〈纽约三部曲〉和〈月宫〉为例》。《江西社会科学》,2009 年第 6 期:114‐117。

姜颖:《保罗·奥斯特小说的叙事策略》。《英美文学研究论丛》,2009 年秋第 11 辑:464‐470。

开普兰,摩迪凯:《犹太教:一种文明》。黄福武、张立改译。济南:山东大学出版社,2002 年。

柯慈,保罗·奥斯特:《此刻——柯慈与保罗·奥斯特书信集》。梁永安译。台北:宝瓶文化事业有限公司,2013 年。

柯恩,亚伯拉罕:《大众塔木德》,盖逊译。济南:山东大学出版社,2000 年。

克朗,迈克:《文化地理学》,杨淑华、宋慧敏译。南京:南京大学出版社,2005 年。

克雷斯,格雷戈里:《乌托邦的观念史》,张绪强译。北京:商务印书馆,2023 年。

李金云:《保罗·奥斯特小说研究》。武汉:武汉大学出版社,2016 年。

——:《主体 语言 他者:美国当代作家保罗·奥斯特研究》。上海:复旦大学出版社,2019 年。

李琼:《保罗·奥斯特的追寻:在黑暗中寻找自己的位置》。厦门:厦门大学出版社,2012 年。

——:《略论玄学侦探小说的基本特征:评保罗·奥斯特的〈纽约三部曲〉》。《外国文学评论》,2008 年第 1 期:66‐71。

列斐伏尔,亨利:《空间与政治》,李春译。上海:上海人民出版社,2008年。

刘洪一:《犹太文化要义》。北京:商务印书馆,2004年。

——《走向文化诗学:美国犹太小说研究》。北京:北京大学出版社,2002年。

刘怀玉:《现代性的平庸与神奇:列斐伏尔日常生活批判哲学的文本学解读》。北京:中央编译出版社,2006年。

刘绪贻等:《美国通史(第六卷):战后美国史1945—2000》。北京:人民出版社,2008年。

龙迪勇:《空间叙事学》,北京:生活·读书·新知三联书店,2015年。

陆扬:《空间和地方的后现代维度》。《学术研究》,2009年第3期:128-133。

——《空间转向中的文学批评》。《吉林大学学报》,2009年第5期:66-72。

——《列斐伏尔:文学与现代性视域中的日常生活批判》。《清华大学学报》,2009年第5期:66-74。

——《析索亚"第三空间"理论》。《天津社会科学》,2005年第2期:32-37。

——《译序》。《第三空间:去往洛杉矶和其他真实和想象地方的旅程》,爱德华·W.索杰著。上海:上海教育出版社,2005年:7-20。

马库斯,雅各·瑞德:《美国犹太人,1585—1990:一部历史》,杨波等译。上海:上海人民出版社,2004年。

米勒,J.希利斯:《共同体的焚毁:奥斯维辛前后的小说》,陈旭译。南京:南京大学出版社,2019年。

朴玉:《奥斯特〈布鲁克林的荒唐事〉中的自我与共同体思想》。《湖南科技大学学报》(社会科学版),2018年第5期:42-47。

乔国强:《美国犹太文学》。北京:商务印书馆,2008年。

——《辛格研究》。上海:上海外语教育出版社,2008年。

——《中国美国犹太文学研究的现状》。《当代外国文学》,2009年第1期:32-46。

塞托,米歇尔:《日常生活实践》,方琳琳,黄春柳译。南京:南京大学出版社,2009年。

苏鑫:《美国犹太作家菲利普·罗斯的身份探寻与历史书写》。北京:中国社会科学出版社,2019年。

索杰,爱德华·W.:《第三空间:去往洛杉矶和其他真实和想象地方的旅程》,陆扬等译。上海:上海教育出版社,2005年。

——:《后大都市》,李钧等译。上海:上海教育出版社,2006年。

——:《后现代地理学:重申批判社会理论中的空间》,王文斌译。北京:商务印书馆,2004 年。

汪民安、陈永国编:《后身体:文化、权力和生命政治学》。长春:吉林人民出版社,2003 年。

汪民安:《福柯的界线》。北京:中国社会科学出版社,2002 年。

——:《权力》。《外国文学》,2002 年第 2 期:81 - 89。

——:《身体、空间与后现代性》。南京:江苏人民出版社,2005 年。

王守仁主撰:《新编美国文学史》第四卷,1945—2000。上海:上海外语教育出版社,2002 年。

王玉括:《小人物与大历史:评 E. L. 多克托罗的新作〈霍默与兰利〉》。《外国文学动态》,2010 年第 1 期:27 - 29。

吴宁:《日常生活批判——列斐伏尔哲学思想研究》。北京:人民出版社,2007 年。

杨金才:《关于 21 世纪外国文学发展趋势研究的几点认识》。《当代外国文学》,2013 年第 4 期:162 - 164。

杨仁敬:《美国后现代派小说论》。青岛:青岛出版社,2003 年。

尹星:《保罗·奥斯特的〈玻璃城〉:后现代城市的经验》。《当代外国文学》,2016 年第 4 期:13 - 21。

游南醇:《充满不确定性的世界:保罗·奥斯特小说研究》。北京师范大学博士论文,2010 年。

张媛:《转身中的保罗·奥斯特城市景观书写嬗变》。《外语教学》,2016 年第 3 期:80 - 83。

Alford, Steven E. "Chance in Contemporary Narrative: The Example of Paul Auster." *Literature Interpretation Theory*, 11.1 (2000): 59 - 82.

—. "Spaced-out: Signification and Space in Paul Auster's *The New York Trilogy*." *Contemporary Literature*, 36.4 (1995): 613 - 632.

Bachelard, Gaston. *The Poetics of Space*. Maria Jolas, trans. Boston: Beacon Press, 1969.

Barbour, John D. *The Value of Solitude*. Charlottesville and London: University of Virginia Press, 2004.

Barone, Dennis, ed. *Beyond the Red Notebook*: *Essays on Paul Auster*. Philadelphia: University of Pennsylvania Press, 1995.

Bauman, Zygmunt. *Modernity and the Holocaust*. Ithaca, New York: Cornell University Press, 1989.

Berger, Alan L. *Crisis and Covenant: The Holocaust in American Jewish Fiction*. New York: State University of New York Press, 1985.

Bhabha, Homi K. *The Location of Culture*. London and New York: Routledge, 1994.

Bloom, Harold, ed. *Bloom's Modern Critical Views: Paul Auster*. Philadelphia: Chelsea House Publishers, 2004.

Brauch, Julia, Anna Lipphardt, and Alexandra Nocke, eds. *Jewish Topographies: Visions of Space, Traditions of Place*. Aldershot and Burlington: Ashgate, 2008.

Brauner, David. *Post-War Jewish Fiction: Ambivalence, Self-Explanation and Transatlantic Connections*. New York: Palgrave, 2001.

Bremner, Charles. "A Brooklyn Identity." *The Times*. March 16, 1991: 18 – 19. http://www. stuartpilkington. co. uk/paulauster/interviewtimes1. htm Dec. 24, 2010.

Brooker, Peter. *New York Fictions: Modernity, Postmodernism, the New Modern*. London and New York: Longman, 1996.

Brown, Mark. *Paul Auster*. Manchester and New York: Manchester University Press, 2007.

Chametzky, Jules, John Felstiner, Hilene Flanzbaum, and Kathryn Hellerstein, eds. *Jewish American Literature: A Norton Anthology*. New York and London: W. W. Norton & Company, 2001.

Chandler, Marilyn R. *Dwelling in the Text: Houses in American Fiction*. Berkeley, Los Angeles and Oxford: University of California Press, 1991.

Ciocia, Stefania and Jesús A. González, eds. *The Invention of Illusions: International Perspectives on Paul Auster*. Newcastle upon Tyne: Cambridge Scholars Publishing, 2011.

Clarke, Graham, ed. *The New American Writing: Essays on American Literature Since* 1970. London: Vision Press and New York: St. Martin's Press, 1990.

Cohen, Josh. "Paul Auster, Edmond Jabes, and the Writing of Auschwitz." *Midwest Modern Language Association*, 33.3 (2000-2001): 94 – 107.

Connelly, Kelly C. "From Poe to Auster: Literary Experimentation in the Detective Story Genre." Diss. Temple University, 2009.

Crampton, Jeremy and Stuart Elden, eds. *Space, Knowledge and Power*. Burlington: Ashgate, 2007.

Crinson, Mark, ed. *Urban Memory: History and Amnesia in the Modern City*. London and New York: Routledge, 2005.

Dawidowicz, Lucy S. *On Equal Terms: Jews in America 1881-1981*. New York: Holt, Rinehart and Winston, 1982.

Delanty, Gerard. *Community (Third Edition)*. Abingdon and New York: Routledge, 2018.

Dimont, Max. *Jews, God and History*. New York: The New American Library, Inc., 1962.

Dimovitz, Scott. "Portraits in Absentia: Repetition Compulsion and the Postmodern Uncanny in Paul Auster's 'Leviathan'." *Studies in the Novel*, 40.4 (2009): 461.

—. "Subverting Subversion: Contrapostmodernism and Contemporary Fiction's Challenge to Theory." Diss. New York University, 2005.

Donovan, Christopher. *Postmodern Counternarratives*. New York and London: Routledge, 2005.

Drenttel, William. *Paul Auster: A Comprehensive Bibliographic Checklist of Published Works 1968-1994*. New York: William Drenttel, 1994.

Dupre, Joan Alcus. "Fighting Fathers/Saving Sons: The Struggle for Life and Art in Paul Auster's *New York Trilogy*." Diss. The City University of New York, 2007.

Edsforth, Ronald and Larry Bennett, eds. *Popular Culture and Political Change in Modern America*. Albany: State University of New York Press, 1991.

Finkelstein, Norman. *The Ritual of New Creation: Jewish Tradition and Contemporary Literature*. New York: State University of New York Press, 1992.

Fischel, Jack and Sanford Pinsker, eds. *Jewish-American History and Culture: An Encyclopedia*. New York and London: Garland Publishing, Inc., 1992.

Foucault, Michel. *Discipline and Punish*. Alan Sheridan, trans. New York: Vintage Books, 1979.

—. *Madness and Civilization*. Richard Howard, trans. New York: Vintage Books, 1988.

—. *Of Other Spaces*. http://foucault.info/documents/heteroTopia/foucault.

heteroTopia.en.html June 2, 2010.

Fried, Lewis, ed. *Handbook of American-Jewish Literature: An Analytical Guide to Topics, Themes, and Sources*. Westport, Connecticut: Greenwood, 1988.

Friedman, Theodore and Robert Gordis, eds. *Jewish Life in America*. New York: Horizon Press, 1955.

Gerstenfeld, Manfred. *American Jewry's Challenge: Conversations Confronting the Twenty-First Century*. Lanham: Rowman & Littlefield Publishers, Inc., 2005.

Girgus, Sam B. *The New Covenant: Jewish Writers and the American Idea*. Chapel Hill and London: The University of North Carolina Press, 1984.

Gomel, Elana. *Bloodscripts: Writing the Violent Subject*. Columbus: The Ohio State University, 2003.

Gordon, Colin, ed. *Power/Knowledge*. Colin Gordon, Leo Marshall, John Mepham and Kate Soper, trans. New York: Pantheon Books, 1980.

Hassan, Ihab. *The Postmodern Turn: Essays in Postmodern Theory and Culture*. Ohio: Ohio State University Press, 1987.

Hayden, Dolores. *Urban Landscapes as Public History*. Cambridge and London: The MIT Press, 1995.

Herzogenrath, Bernd. *An Art of Desire: Reading Paul Auster*. Amsterdam: Rodopi, 1999.

Howe, Irving. *World of Our Fathers*. New York: Harcourt Brace Jovanovich, 1976.

Hungerford, Amy. *The Holocaust of Texts: Genocide, Literature, and Personification*. Chicago and London: The University of Chicago Press, 2003.

Hutchisson, James M., ed. *Conversations with Paul Auster*. Jackson: University Press of Mississippi, 2013.

Kalua, Fetson. "Homi Bhabha's Third Space and African Identity." *Journal of African Cultural Studies*, 21.1 (2009): 23–32.

Kay, Lucy, Zoë Kinsley, Terry Phillips and Alan Roughley, eds. *Mapping Liminalities: Thresholds in Cultural and Literary Texts*. Bern: Peter Lang, 2007.

Keith, Michael and Steve Pile, eds. *Place and the Politics of Identity*. London and New York: Routledge, 1993.

Kennedy, Liam. *Race and Urban Space in Contemporary American Culture*. Edinburgh: Edinburgh University Press, 2000.

Kort, Wesley A. *Place and Space in Modern Fiction*. Gainesville: UP of Florida, 2004.

Kremer, S. Lillian. "Post-alienation: Recent Directions in Jewish-American Literature." *Contemporary Literature*, 34.3 (1993): 571 - 591.

Lefebvre, Henri. *Critique of Everyday Life*. *Vol*.1: *Introduction*. John Moore, trans. London and New York: Verso, 1991.

—. *Everyday Life in the Modern World*. Sacha Rabinovitch, trans. New Brunswick and London: Transaction Books, 1984.

—. *The Production of Space*. Donald Nicholson-Smith, trans. Cambridge: Blackwell, 1991.

Lehmann, Sophia Badian. "In Pursuit of a Past: History and Contemporary American Jewish Literature." Diss. State University of New York at Stony Brook, 1997.

Liptzin, Sol. *The Jew in American Literature*. New York: Bloch Publishing Company, 1966.

Little, William G. *The Waste Fix*. New York and London: Routledge, 2002.

Longo, Mariano. *Emotions through Literature*: *Fictional Narratives*, *Society and the Emotional Self*. Abingdon and New York: Routledge, 2020.

Malamat, Abraham. *A History of the Jewish People*. London: Weidenfeld and Nicolson, 1976.

Malin, Irving and Irwin Stark, eds. *Breakthrough*: *A Treasure of Contemporary American-Jewish Literature*. New York, Toronto and London: Mcgraw-Hill Book Company, 1964.

Malin, Irving, ed. *Contemporary American-Jewish Literature*. Bloomington and London: Indiana University Press, 1973.

Marchetti, Valerio and Antonella Salomoni, eds. *Abnormal*. Graham Burchell, trans. New York: Picador, 2003.

Martin, Brendan. *Paul Auster's Postmodernity*. New York & London: Routledge, 2008.

Massey, Doreen, John Allen and Steve Pile, eds. *City Worlds*. London and New York: Routledge, 1999.

Maydan, Ryan Jeffrey. "'In Any Event': Chance, Choice, and Change in the Postmodern Fictional Text." Diss. University of Ottawa, 2006.

McCaffery，Larry and Sinda Gregory. "An Interview with Paul Auster." *Contemporary Literature*，33.1 (1992)：1‐23.

Merivale，Patricia and Susan Elizabeth Sweeney，eds. *Detecting Texts：The Metaphysical Detective Story from Poe to Postmodernism*. Philadelphia：University of Pennsylvania Press，1999.

Merlob，Maya. "Textuality，Self，and World：The Postmodern Narrative in Paul Auster's *In the Country of Last Things*." *Critique*，49.1 (2007)：25‐45.

Millard，Kenneth. *Contemporary American Fiction：An Introduction to American Fiction Since* 1970. 北京：外语教学与研究出版社，2006 年。

Nancy，Jean-Luc. *The Inoperative Community*. Minneapolis and Oxford：University of Minnesota Press，1991.

Novick，Peter. *The Holocaust in American Life*. Boston and New York：Houghton Mifflin Company，1999.

Oberman，Warren. *Existentialism and Postmodernism：Toward a Postmodern Humanism*. Diss. University of Wisconsin-Madison，2001.

Parini，Jay，ed. *American Writers，Supplement* XII. New York：Charles Scribner's Sons，2003.

Peacock，James. *Understanding Paul Auster*. Columbia：The University of South Carolina Press，2010.

Qiao Guoqiang. *The Jewishness of Isaac Bashevis Singer*. Bern：Peter Lang，2003.

Salmela，Markku. "The Bliss of Being Lost：Revisiting Paul Auster's Nowhere." *Critique*，49.2 (2008)：131‐146.

Shapiro，Edward S. *We Are Many：Reflections on American Jewish History and Identity*. New York：Syracuse University Press，2005.

Shatzky，Joel and Michael Taub，eds. *Contemporary Jewish-American Novelists：A Bio-Critical Sourcebook*. London：Greenwood Press，1997.

Shechner，Mark. *The Conversion of the Jews and Other Essays*. London：The Macmillan Press Ltd，1990.

Shiloh，Ilana. *Paul Auster and Postmodern Quest：On the Road to Nowhere*. New York：Peter Lang，2002.

Soja，Edward W. *Postmetropolis：Critical Studies of Cities and Regions*. Oxford and Malden：Blackwell，2000.

—. *Thirdspace*: *Journeys to Los Angeles and Other Real-and-Imagined Places*. Cambridge: Blackwell Publishers Inc., 1996.

Springer, Carsten. *A Paul Auster Sourcebook*. Frankfurt am Main: Peter Lang, 2001.

—. *Crises*: *The Works of Paul Auster*. Frankfurt am Main: Peter Lang, 2001.

Tabbi, Joseph. *Cognitive Fictions*. Minneapolis and London: University of Minnesota Press, 2002.

Tani, Stefano. *The Doomed Detective*. Carbondale and Edwardsville: Southern Illinois University Press, 1984.

Thacker, Andrew. *Moving Through Modernity*: *Space and Geography in Modernism*. Manchester and New York: Manchester University Press, 2003.

Trofimova, Evija. *Paul Auster's Writing Machine*: *A Thing to Write With*. New York: Bloomsbury, 2014.

Umari, Kifah Al. "Intertextuality, Language, and Rationality in the Detective Fiction of Edgar Allan Poe and Paul Auster." Diss. The University of Texas at Arlington, 2006.

Varvogli, Aliki. *The World That Is the Book*: *Paul Auster's Fiction*. Liverpool: Liverpool University Press, 2001.

Wade, Stephen. *Jewish American Literature Since 1945*: *An Introduction*. Edinburgh: Edinburgh University Press, 1999.

Walker, Joseph. "Committing Fiction: Crime as Cultural Symptom in Contemporary American Literature and Film." Diss. Purdue University, 1998.

Warf, Barney and Santa Arias, eds. *The Spatial Turn*: *Interdisciplinary Perspectives*. London and New York: Routledge, 2009.

Watson, Sophie and Katherine Gibson, eds. *Postmodern Cities and Spaces*. Oxford and Cambridge: Blackwell, 1995.

Waxman, Zoë Vania. *Writing the Holocaust*: *Identity*, *Testimony*, *Representation*. Oxford: Oxford University Press, 2006.

Zieba, Izabela. "Paul Auster and Charles Reznikoff: The Hunger-Artists of Jewish America." *Shofar*: *An Interdisciplinary Journal of Jewish Studies*, 33.1 (2014): 101 – 124.

Zilcosky, John. "The Revenge of the Author: Paul Auster's Challenge to Theory." *Critique*, 39.3 (1998): 195 – 206.

索　引

保罗·奥斯特小说中的空间书写

后　记

　　笔者于 2008 年 9 月至 2011 年 7 月在上海外国语大学师从乔国强教授攻读博士学位。在读博期间,乔国强教授以其独到的眼光和敏锐的学术观察力向笔者推荐了保罗·奥斯特这位当代美国犹太作家,并鼓励笔者透过其新颖、奇特的叙事技巧发掘背后的主题思想。笔者就此开始阅读奥斯特的作品。恰逢奥斯特的小说从 2007 年开始逐步被翻译成中文在国内出版,国内旋即掀起了一股阅读和研究奥斯特作品的浪潮。在笔者当时所知的范围内,就有姜颖、姜小卫、游南醇、李琼、李金云、丁冬、崔丹等国内学者撰写过与之相关的期刊论文和学位论文。不过,这些研究大多围绕奥斯特的后现代性展开。笔者在阅读奥斯特的作品、传记、书信和采访后发现,他的作品中蕴含了深厚的犹太文化底蕴,但因作者运用了大量现代主义和后现代主义的写作技巧,才使得其"犹太性"较为隐晦和难以觉察。鉴于此,笔者从空间的维度出发,探讨其作品的犹太属性,撰写了博士论文。

　　从 2011 年博士毕业至今,经过十多年的潜心研究,笔者对奥斯特的作品和美国犹太文学有了更加深入的理解和思考。笔者逐渐认识到奥斯特作为从小生活在美国的犹太人,除了犹太传统的熏陶外,也不可避免地受到美国文化的影响,因此,两种文化的碰撞与交融必然体现在其文学创作中,两者不可少其一。另外,奥斯特作为第三代美国犹太作家,其创作与第一和第二代美国犹太作家既有相同之处,又有区别,这种差异恰好说明了其"犹太性"的独特之处。基于这些考虑,笔者在博士论文的基础上,重新观照奥斯特的作品,既参考了近年来新兴的文学理论,如共同体理论等,也考察了奥斯特在 2000 年之后发表的小说,如《布鲁克林的荒唐事》等,力求全面、客观地展现奥斯特小说中的空间与美国犹太书写之间的关系,并揭示"犹太性"

保罗·奥斯特小说中的空间书写

的当代意义。

本书的付梓既离不开乔国强教授对笔者的谆谆教导和鼓励提携,也离不开乔老师的夫人姜玉琴教授的真知灼见和耐心指导。至今,笔者依然记得两位老师为笔者修改博士论文的画面,以及他们为笔者的专著推荐版式的场景。在此,笔者向乔老师和姜老师表达最诚挚的感谢。在本书即将出版之际,乔国强教授于 2024 年 7 月病逝。对于恩师的离去,笔者感到无比难过和痛心。现在想来,5 月份笔者邀请恩师为本书作序时,他已身心俱疲,却欣然应允笔者的请求,并在两日之内完成写作发给笔者。在恩师去世后的日子里,每当回想起这件事,笔者的心中都五味杂陈:既感念老师对学生绵绵不绝的恩情,又惊叹老师强大的意志力和坚韧的精神,还有苦涩难言的自责与懊悔。时至今日,笔者常常在恍惚间觉得老师不曾离去:他的话语还清晰地萦绕在我耳边,笑容生动地浮现在我眼前。笔者相信恩师只是换了一种方式指引我们,我们唯有沿着他指引的方向步履不停,才能不负师恩。

最后,感谢本书的编辑信艳女士,正是因为她付出了大量艰辛的劳动,此书才能顺利出版,在此衷心表示感谢。

2024 年 11 月